岩 波 文 庫

32-265-4

キ ー ツ 詩 集

中 村 健 二 訳

目　次

『詩集』（一八一七年）

生き物にとって、自由に歓びを味わう
ことに優る幸せがありうるだろうか。
「蝶の運命」[*]――スペンサー

* 「蝶の運命」はエドマンド・スペンサー初期の詩集『嘆きのうた』(一五九一年)に収められた寓意詩。嫉妬深い蜘蛛に殺される蝶を詠う。

《献詩》リー・ハント氏に

輝きと美は地上から消えた。
　朝まだき、外をさまよい歩いても、
　微笑む朝日(1)を歓迎して、東の方に
香煙の輪が立ちのぼるのを見ることはない。
五月初め、優しい声をした若くて陽気な
ニンフの群れが、フローラ(2)の神殿を飾ろうと、
　小麦の穂、薔薇や撫子や菫を
編み籠に入れて運んで行くのを見ることもない。
けれど、同じような高尚な歓びは残っています。
　そして、僕はつねに僕の運命を祝福するでしょう。
心地よい木陰でパン(3)の姿を探すことも
　もうない時代に、こんなささやかな捧げ物が

あなたのような方に喜んでいただけたことを知り、
　僕は自由と緑陰の歓びを感じているのです。

(1)**微笑む朝日**　太陽神アポロン。「香煙」は生贄《いけにえ》の代わりとしてこの神に捧げたもの。
(2)**フローラ**　イタリアの花と豊穣と春の女神。
(3)**パン**　(ギ神)牧人と家畜の神。牧羊神とも。ニンフと戯れ、葦笛の音楽を好む。

《詩》

小高い丘で爪立ちをした

詩人のために造られた、緑《みどり》寄り添うところ——『リミニ物語[1]』

小高い丘で爪立ちをした。
空気はひんやりして、とても静かだ。
可愛い蕾をいくつもつけ、葉もまばらな
先細りの茎が、つつましくも誇らしげに、
弧を描いて横の方に垂れている。
早朝に降りた星飾りの露玉は
まだ蕾から消えてはいなかった。
雲は、毛を刈られ、きれいな小川から
出てきたばかりの羊のように真っ白、
空の青い野原で気持ちよさそうに眠っていた。
それから小さな音なき音が葉叢《はむら》を流れたが、

それは静寂《しじま》が洩らす溜め息から生まれたもの。
草地を覆うどこの日陰でも、
ものの動く気配はたえてなかった。
一つ残らず見たい人には、四方八方
目を彷徨わせても見飽きない、様々な景色がある。
遥かかなた、地平線の澄みきった大気を一瞥し、
地平線の縁《ふち》に小さく見える縁《へり》飾りを調べ、
終わりのない爽やかな森の散策路の、
趣のある不思議な湾曲を思い浮かべる。
あるいは、木陰の切れ目か緑の岩棚で、
勢いよく流れる小川が休憩する処を想像する。
こうしてしばらく眺めたあと、マーキュリー(2)の
はためく翼が僕の踵に乗り移ったかのように、
身軽で自由になった気がした。心も軽くなって、
さまざまな愉しみが幻のように浮かんでくる。
それですぐに、悦楽の数々をたばねた花束

(鮮やか、乳白、柔らか、薔薇色)を摘み始めた。

　蜜蜂飛び交う山査子《さんざし》の茂み――
ああ、趣ある林の一画にこれは絶対欠かせない。
瑞々しい黄花藤《きばなふじ》がその上をおおい、
根元には涼しさと湿り気と緑を保つため、
丈の長い草を育てよう。また苔を葉叢の網で
包めるように、草には菫の日除けになってもらおう。

　野薔薇の蔓がからまった榛《はしばみ》や
夏の玉座でそよ風をうけている
忍冬《すいかずら》の茂み――そこにも若木の枝が落とす
多くの格子模様が見られるはずだ。
若木は浅緑の大勢の兄弟と一緒に、
美しく苔むした老木の根から生えたもの。
根のまわりでは水源の水音が聞こえ、

自分を覆う可愛い娘たち、青釣鐘花《あおつりかねばな》のことを
声高《こわだか》に語る——それとも悲しんでいるのか。
あんなにきれいな娘たちが爽やかな花床から
心ない子供の手で乱暴に摘み取られ、
道端に捨てられて枯れるにまかされるのを。
星形の花弁の蕾を新たに咲かせよ、
きみたち、燃えるような金盞花《きんせんか》よ！
金色の目蓋から露の滴をぬぐい取れ。
偉大なアポロンが命じているのだ。
近ぢか、きみたちを称える歌を、手ずから
弦を張った多くの竪琴に歌わせると。
彼が今度きみたちの目蓋に接吻《くちづけ》するときは、
僕もきみたちを楽しみにしていると言ってくれ。
だから僕がどこか遠くの谷を彷徨うときは、
彼の大声が風に乗って聞こえてくるかもしれない。

こちらでは、スイートピーがほんのり赤い翼を
ひろげ、爪立ちして飛び立とうとしている。
その下では、白く細い蔓が何にでも摑みかかり、
ところ構わず小さな環を巻きつけようとする。

　藺草《いぐさ》茂る小川の土手にかかる、
たわんだ橋板の上にしばし佇んで、
「自然」の穏やかな振舞いをじっと観察してみよう。
森鳩の鳴き声より柔らかなことが分かるだろう。
あの角を流れてくる川のなんと静かなことか。
水面をおおう川柳《かわやなぎ》に、かすかな囁き一つ、
送ってよこさない。草の葉がいくつか、
ゆっくりと格子模様の影の上を流れていく。
足早の流れが、小石の川底にむかって
持ち前の小言を聴かせている所に着くまでに、
きみは二つのソネットを読みおえているだろう。

19　小高い丘で爪立ちをした

川底で姫鮠《ひめはや》の群れが小さな顔を覗かせ、
流されまいと体をくねらせているが、
それは水に冷まされた日光の贅沢な
温かさを味わうため。彼らがたえず
甘い歓びをねじ伏せ、小石の川底に
銀色の腹を憩わせるさまを見たまえ。
ちょっとでも手を入れようものなら、
その瞬間、ただの一匹も残っていないだろう。
でもふたたび視線を戻せば、また元の所にいる。
小波は芥子菜《クレソン》に到達し、エメラルドの葉の間で
涼むことができるのを心から喜んでいるようだ。
涼んでいる間、緑が絶えないように、
芥子菜に瑞々しさと水分を与えている。
このように好意の交換を続ける両者は、
行動の誠実さを分かち合う善人のよう。
ときどき低い枝から五色鶸《ごしきひわ》が次々に

飛び降りるが、瞬時もじっとしていない。
水を飲み、さえずり、羽づくろいをする。
今度は気まぐれなのか、すぐに飛び去る。
あるいは黒と金の翼を見せびらかすように、
黄色い羽をはためかせ、中空を舞っている。
こんな場に居合わせたら、僕はきっと祈るだろう、
これほど美しくないものには心を奪われないようにと。
たんぽぽの綿毛を吹きはらう
乙女のガウンの柔らかな衣ずれの音や、
彼女の敏捷な爪先が、走らせている栗毛の脇腹を
突くときの軽快なリズムほど美しくないものには。
無心に遊んでいるところをこのように目撃され、
彼女はどんなにか驚き、顔を赤らめることだろう。
ああ、彼女をそっと小川の橋に連れ出し、
半ば微笑んでいる口許や俯いた顔を見ていたい。
ああ、一瞬でもいいから、その手首に触れ、

彼女の吐息に耳を傾けていたい。
僕のそばを離れるとき、鳶色の前髪の奥から
美しい眼を何度も僕のほうに向けてほしい。

次にはなにが？　一株の宵待草、
心はその上を漂い、やがてまどろむ。
心地よい眠りに就くこともあるだろう、
蕾がはじけ本物の花に変わるときの音に
驚かされることがなければ。あるいは様々な蛾が
飛び交う音に。蛾もじっとしてはいられないのだ。
あるいは、雲の上に銀色の縁を覗かせ、
ゆっくり滑るように大空に昇ってくる
月の耿耿《こうこう》と冴えわたる光に。
心優しい詩人の創造者、この麗しい世界と
そこに住むすべての優しい人を歓ばせる者、
雲を輝かせ、透明な川に光輪を添える者、

葉と露と流れ落ちる滴を一つにする者、
美しい目を閉じ、美しい夢を見させる者、
孤独と放浪を愛する者、
見上げる眼差しと優しい思いを愛する者——
僕たちに微笑みかけ、楽しいお話を語らせる、
他のすべての権能者よりも僕はあなたを称える。
というのも、賢者や詩人に筆を取らせたのは、
「自然」の光に包まれた麗しい楽園だから。
飾らない直線の静かな壮大さのなかに、
山林の松のそよぎが見える。
また、物語が美しい結末を迎えるとき、
山査子咲く林間の安全を肌で感じる。
物語が豪華な翼にのって飛んでいくとき、
魂は心地よい失神状態で我を忘れる——
露に濡れた美しい薔薇が僕らの顔を撫で、
花咲く月桂樹がダイヤモンドの花瓶から飛び出す。

頭上にはジャスミンとスイートブライアが見え、
粉をふいた葡萄が緑の服の陰で笑っている。
また、足許では水晶の泡だつ音が
たちまちすべての煩いを忘れさせる。
それで、僕らはこの世から引きあげられ、
ふわふわした円い雲の上を歩いている気がする。
次の物語を初めて語った作者もそう感じた――
プシュケー(3)がそよ風に乗って不思議の国へ行ったこと。
プシュケーと〈愛《エロス》(3)〉の唇が初めて触れたとき、
二人が感じたこと。愛ゆえか戯れか、彼らが
互いの頬をつねったこと。溜息まじりに、
相手のふるえる目に接吻をした次第。
銀のランプ――恍惚――驚き――
暗闇――孤独――恐ろしい雷鳴。
二人の悲しみは消え、ともに天に昇り、
ゼウスの玉座の前に跪《ひざまず》き、お礼を述べたこと。

木の枝を押し分け、僕らに広い森のなかを
見させてくれた作者も同じように感じた。
そのおかげで、ファウヌス[4]やドリュアス[5]が
かさこそ音を立て木々の中を近づいてくる様子や、
きれいな野の花で作られ、象牙色の手首や
とび跳ねる足首に飾られた花輪を垣間見ることができる。
彼はまた、美しいシュリンクス[6]があまりの恐ろしさに
震えながら、アルカディアのパンから逃げた次第を語った。
ニンフもあわれなら、パンもあわれ。彼が見つけたのは
葦茂る小川を流れる風の魅惑的な溜め息、
甘い寂寥と心地よい苦痛に満ちた、半ば聞こえる歌声。
彼はただ泣くよりほかすべはなかった。

透きとおった泉に映る自分の姿に焦れるナルキッソス[7]を、
大昔の詩人が初めて詠った動機は何だったのか。
愉しい散策の途中で、彼は小さな森を

見つける。そこは枝がびっしり重なりあい、
真中にはひときわ透きとおった池があって、
ひんやりして心地よい水面には、枝を這う
見事な蔓草の花環のむこうから、そこかしこで
青空が静かに顔をのぞかせている。
そして池の土手に、彼は寂しげな花を見つけた。
誇らしい様子などない、つつましくも侘しい花——
澄みきった水面に美しい全身を傾け、
水に映る自分の悲しむ姿を抱き寄せようとしていた。
そよ吹く西風にも耳をかさず、動こうともしない。
なおも項垂《うなだ》れ、焦がれ、恋して止まぬふうだった。
それで詩人がこのうましき場所に立っていたとき、
彼の想像力に朧げながら、突然閃くものがあった。
それからしばらくして、彼は青年ナルキッソスと
悲しいエコー(8)の不幸な物語を語ったのだった。

　最も甘美な歌のなかの歌、つねに新しく、
新鮮で、純粋な歓びを味わわせてくれる歌、
月明りの中をさまよう若者を称えるために
生まれたあの歌——熱く激した頭からその歌が
生まれた詩人はどこにいたのか。若者のもとに
届けてくれたのだ——見えない世界からは
様々な形象を、中空から、花一杯の巣から、
星々が全部見える柔らかな枕からは、
この世のものならぬ歌声を。
ああ、まちがいなく彼は人間の領域を超え、
不思議の世界へ行ったのだ、
神聖なエンディミオン[9]よ、きみを探すために。
彼は詩人で、まちがいなく恋する人でもあった。
天人花《てんにんか》咲く下の谷間から、静かにそよ風が
吹いてきて、厳かで甘くてゆったりした聖歌が
ディアナ[10]の神殿から微かに聞こえてきたとき、

彼はラトモスの山頂に立っていた。神殿からは
香煙が膨みながら彼女の住む星へ昇って行った。
彼女の顔は幼子の目のように澄み、
生贄を見下ろし笑みを浮かべて立っていたが、
詩人は彼女のこんなにもあわれな運命に涙し、
またこれほどの佳人のかくも寂しい姿に涙した。
それで激しい怒りに燃えた詩人は黄金の歌を手に入れ、
うち萎れたシンシア[11]に、恋するエンディミオンを与えた。

　広大な大空を支配する女王よ！　僕が目にした
光り輝くものの中でもっとも美しい女王よ！
あなたが輝きにおいて全てのものに優るように、
あなたを詠うこの甘美な物語はすべての物語に優る。
おお、蜜のように甘い三つの言葉がほしい。そうすれば
あなたの婚礼の夜の唯一の驚異を話せるだろう。

　遠くの船が竜骨を見せているかに思われるところで、
フォイボス(12)はしばし、大きな車輪の動きを遅らせると、
まだ見せない豪華な姿が威厳を帯びるまえに振りかえり、
あなたの恥じらう目に笑みを投げかけた。
夕べの空はたいそう明るく澄んでいたので、
健康な人々は、喇叭の合図を聞いたホメロスのように、
あるいは台座に立つ青年神アポロンのように、
ことのほか上機嫌で歩きまわっていたし、
きれいな女性たちは、驚いて横を向いた
ウェヌスのように美しく暖かだった。
そよ風は霊気に満ち、しかも清純、
半ば閉ざされた格子窓から忍び入って
憔悴した病人たちを癒し、眠りを妨げる
高熱をさまして彼らを深い熟睡へと誘った。
間もなく、爽やかに目覚める。燃えるような渇きはなく、
指先の熱もない。こめかみが裂けるような痛みも消えた。

弾かれたように身を起こす。目に飛び込んできたのは
親友たちの驚いた顔。嬉しさで呆としているようだ。
彼らは病人の腕や胸に触り、接吻してはじっと見つめ、
熱の引いた額に張りついている髪をかき分ける。
若者と娘はお互い相手をじっと見つめる。
両手は下げたまま身じろぎもせず、相手の
目のなかの輝きに気づいてびっくりしている。
甘い驚きに満たされ、二人はそうして立っていたが、
彼らの口は〈詩〉となって解き放たれた。
そんなだから、恋の悩みで死んだ若者はいない。
その瞬間、口を出た静かな調べは
決して断ち切られることのない絹の絆を作った。
シンシア！　僕はあなたと愛する羊飼いとの
接吻の後のさらに大きな幸せを語ることはできない。
詩人は生まれたのか？——今はここまでにしておこう。
僕の放浪する精神はこれ以上飛翔してはならない。

(1)**エピグラフ**　『リミニ物語』はパオロとフランチェスカの倫ならぬ恋を扱ったリー・ハントの長篇詩(一八一六年)。引用は同詩第三歌から。原話はダンテの『神曲』地獄篇第五歌で有名。
(2)**マーキュリー**　(ロ神)メルクリウス。ギリシア神話のヘルメスに相当。神々の使者で、有翼のサンダルをはき、有翼の帽子をかぶり、手には魔法の杖カドケウスを持つ。
(3)**プシュケー、エロス**　ギリシア語で「魂」の意。プシュケーとエロス(アモール)の恋物語は古代ローマの作家アプレイウスの『黄金の驢馬』によって有名になった。
(4)**ファウヌス**　(ロ神)森の神。ギリシア神話のパンと同一視された。
(5)**ドリュアス**　(ギ神)樹木の精。
(6)**シュリンクス**　(ギ神)ニンフ。パンに追われ捕まえられようとしたとき、葦に姿を変えられた。
(7)**ナルキッソス**　(ギ神)水に映った自分の姿に恋をした美青年。エコー(一八〇行)をはじめ、多くのニンフ、乙女に言い寄られたが受け容れなかった。ナルシスとも。
(8)**エコー**　(ギ神)森の精(ニンフ)。
(9)**エンディミオン**　(ギ神)羊飼いの美青年。月の女神セレネーに愛された。
(10)**ディアナ**　(ロ神)月の女神で、処女性と狩猟の守護神。
(11)**シンシア**　(ギ神)キュンティア。月の女神で、ディアナともアルテミスともいう。
(12)**フォイボス**　(ギ神)太陽神としてのアポロンの別名。「輝く者」の意。

ある詩の序歌 その一例

さあ、騎士道の話をさせてくれ。
大きな白い羽が僕の瞳《め》の中で踊っているから。
現代の軍帽の羽飾りとちがい、
思い思いに優雅に靡いている。
とても優雅だから、人間の手は、
いや、アーキメイゴ(1)の魔法の杖でさえ、
あんなふうに曲げることはできないだろう。
むしろこう考えなくてはならない――
山のそよ風がふざけ半分、一番の楽しみを捨て、
穏やかな力が作るこの不思議を誇示している、と。
さあ、騎士道の話をさせてくれ。
しばし思いに耽っていると、朝の大気を裂くように
槍が斜めに突き出される。一人の美女が

(華奢な足は寒さで感覚がなくなっている)、
古城の崩れかけた胸壁の上から
勇敢な守護者が送る槍の挨拶に涙で応える。
汚れなきわが身の喜びを隠そうともせず、
幸せに身を震わせ、ゆったりとした長衣《ローブ》を掻き合わせる。
ときどきこの礼節の騎士が休息をとるとき、
もたれている若い秦《とねりこ》の枝や
紅鶸《べにひわ》の巣から覗いている苔と一緒に、
槍は湖にはっきりと映っている。
ああ、いつか騎士道の残酷さを語ることがあるだろうか。
戦士の目から火花が散り、
大きな手は瞋恚《しんい》の炎《ほむら》を握りしめ、
暗い眉間には怒りで皺が刻まれている時の。
あるいは、彼の心が冷静な意図から
馬上槍試合の名誉に惹かれ、
競技場を取り囲む観客たちが

落ち着いて堂々とした武者ぶりに目を見張る時の。
いやいや、これは的外れだ。ではどのように
吟遊詩人の消えゆく調べを甦らせればいい？
それはいまも侘しいゴシックアーチの下、
濃緑《こみどり》の蔦の中、落葉松の間で聞こえているのか。
宴の賑わいと豪華さをどう歌えばいい？
ワインの大樽は一滴残らず飲み干され、
あの輝く槍は格子模様の壁に、
立派な槍旗の陰の下、
光る胴鎧や剣や楯と一緒に立てかけてあるのか？
楯には真っ赤な地《じ》に拍車の紋章が見られるだろうか。
足取り軽い姫君たちは広いホールを
静かに歩き、嬉しそうな顔を見せ、
天に瞬く綺羅星もかくやとばかり、
五人、七人集まって、優雅な立ち話に興じるのか？
何はともあれ、騎士道の話をせねばならない。

あの馬があんなに誇らしげにやってくるのはなぜか。
あの優しい騎士がありあまる力をみなぎらせ、
当の馬より誇らしげに馬を御するのはなぜか。

　スペンサー！　あなたの眉は弓なり、晴やかで優しく、
僕の脳裏に明るい日の出のように浮かんでくる。
そしてあなたの高貴なお顔を思うとき、
僕の心はいつも喜びで踊るのです。
純粋で新鮮な緑の月桂冠以上に現世的なものが
あなたの顔に見られたことは一度もなかった。
偉大な詩人よ、そんなだから、敢然と詩の道に
踏み出す僕の近くにいてくださいと、畏れ臆せず
あなたの優しい霊に呼びかけます。それとも、
このように不意を衝かれて驚いたあなたは、
愛するリバタス(2)への優しい気遣いから、
彼が辿ったあの輝かしい光の小径を、別人の足が

がむしゃらに辿るのを警戒しているのでしたら、
リバタスは言うでしょう。別人たる僕の願いは
たいそう控え目で、その光の小径を粛々とたどり、
変なことを口にしたら、当の本人が畏れ驚くだろうと。
あなたは彼の言を聞き届けるでしょうから、僕は安心して
願うばかりです――広い草原、美しい木々、草の斜面、
朝、夕べ、光、陰、花々、
清流、静かな湖、聳える塔が見られるのを。

(1)アーキメイゴ　スペンサー『妖精の女王』一、二巻に登場する魔法使い。
(2)リバタス　自由の擁護者リー・ハント。リバティ(自由)から派生させた呼称。

キャリドー　断片

若きキャリドー[1]は湖で舟を漕いでいる。
健康な精神は静かな夕暮れの美を
味わいつくそうと、目を凝らす。
夕べもこの幸福な世界から去るのを惜しむのか、
景色から光はいつまでも消えない。
彼はさわやかな青空に額をさらし、
遠くまで澄みわたる周りの風景に微笑む。
ほとんど興奮の極に達した心を
落ち着かせようと、丘の緩斜面の
心地よい緑や、湖の水際にたいそう
優雅に垂れ、きれいな花をつけた
小暗い木々に目を向ける。
澄んだ機敏な眼差しも、黒羽の燕の

宙返りや突進にはほとんどついていけず、
半ば休んでいる時の様子、愉しそうに翼を
水につけるさま、滑らかな水面すれすれに
飛んでいく様子を大いに楽しみ、やがて
旋回の輪を広げながら虚空に消えていくのを見守る。

　彼の漕ぐ鋭い竜骨の小舟は
小波たてて軽やかに進み、
睡蓮の花咲く一画に入って行く。
葉は大きく、その白い天蓋は
天の露を受けるため上を向いている。
睡蓮は小さな島の突端近くに生えていて、
キャリドーは大地のこの美しい一画を、そこから
最もよく見渡せるだろう。四阿《あずまや》を思わせる岸辺は
緩やかに湾曲しながら、白と淡青色の
山脈《やまなみ》の方に消えているが、熱い心と

「自然」の曇りない美を究めようとする眼の
持ち主は、舟の両側にたいそう魅力的に
広がっている景物《けいぶつ》を簡単に見過ごすことは
できないだろう。優しいキャリドーはそれらに
挨拶を送る。以前からの長い知り合いだから。

　茂った木立が長く連なって見え、
沈みゆく夕日が喜んで黄金の衣を纏わせている。
木立からときどき懸巣《かけす》が飛び立ち、
美しい翼にのって中空を駈けあがる。

　崩れ廃れたもの寂しい小塔が
神さびて誇らしく立っている――失われて久しい
栄光を嘆くには誇らしすぎるが。あたりには
樅の木が生え、地面に堅い球果を落としている。

　十字架を載せた小さな礼拝堂は
壁高く蔦の花環を纏わせ、ステンドグラスの
白鳩は軽やかに羽をひろげて
紫の雲間から飛び立つつもりのようだ。

　木々の緑に覆われた島々は湖に
柔らかな影を投げかけ、島の奥の
葉叢茂る空地には、黄昏の薄暗がりをとおして、
羊蹄《ぎしぎし》の大きな葉、先の尖った〈狐の手袋《フォックスグラヴ》〉、
自生する〈忘れな草《キャッツ・アイ》〉の輝き、細い樺の木の
銀色の幹、小川をおおい隠す背高の草などが
見える。若者がこれら心慰むものを
長いあいだ眺めつづけ、天が山の花々を
露で濡らしていたとき、彼の満ち足りた感覚は
喇叭の銀色の音を捉えた。ああ！　彼にとって
その音には沢山の喜びがこもっている。番兵の眼が

谷間を駈けてくる二頭の白馬を発見したのだ。
彼はすぐに懐かしい友に会うだろう。
それで舟を思いきり押し出すと
たちまち湖上を滑るように進んでいく。
ナイチンゲールの最初の連れ歌にも耳をかさず、
うっとり夢見ている白鳥にも目を向けない。
彼の心はそれほど完全に前方に飛んでいた。

　彼は岬の突端をまわる。そこからは
薄闇に包まれた大きな城が見えるだろう。
彼の乗る小舟の舳先が水に浸かった
大理石の階段に着くころ、もう蜜蜂は
二つの大きな桃の周囲を飛んではいないだろう。
階段を急ぎ足でかけあがり、
折り戸を開ける間ももどかしい。
すぐに大広間や回廊の

樫の床を飛ぶように走って行く。

うれしい音よ！　青い翼で中空をただよう
あの輝く眼の小さな妖精たちも、
かたかたと鳴る馬の足音ほど、彼の心を
惹かなかった。彼が中庭に飛び込んだとき、
二頭のりっぱな駿馬と二頭の婦人用馬が
手綱を緩められ、頭を垂れていたが、
彼らは不気味な落し戸の下を通り、
幸せな荷を運び入れていた。婦人それぞれの手に
彼は心をこめて接吻《くちづけ》し、優しく握りしめる。
震える思いで華奢な足首をつかむと
魂は甘美な失神で遠のいていく。
感謝の囁きを聞いているうちに
かよわい足を地面に下ろすのが
遅れてしまう。彼女たちは背の低い馬から

彼の首の方へたいそう優雅に身を傾ける。
恋の悩みの涙のせいか、
夕べの露が彼女たちの髪に降りていたのか、
彼は頰が濡れているのに気づき、震える唇と
輝く眼で、彼の腕に抱きとめられた
しなやかで喜ばしい身体のすべてを
祝福する。妖精の国から来た不思議な
何かのように、美しいふっくらした手が
彼の肩から垂れている。それは
夏のにわか雨を浴びた真っ白な忍冬《すいかずら》のようだ。
彼はその手に幸せな頰をすり寄せる。
まるでこれ以上の喜びはいらないかのように。
そのとき有徳の士サー・クレリモンドの優しい声が
現身《うつせみ》の外部から届いた何かのように、
彼の耳に聞こえてきた。それでほてった腕を
静かに引き戻したが、腕は甘美な隷従から解放され、

新しい脈拍で鼓動していた。静かに身を屈めると、
彼は自分の歓びに終わりがないことを神に感謝し、
恭しく額に手をあてた。その手は
苦しむ者を救うために神が造りたまいしもの、
この世の侘しい岬から栄光の勲《いさお》しへと
キャリドーを引き上げてくれた手だった。

　松明の灯りのなか従者たちに囲まれ、
元気な駿馬の流れるような鬣《たてがみ》を撫でながら、
一人の騎士が立っていた。彼は物腰に
気品があり、また背の高い人だったので、
兜の羽飾りは野生の秦《とねりこ》の液果《ベリー》のように、
あるいはマーキュリーの翼帽子のように、
高いところで揺らめいているだろう。
その鎧兜は形がじつに巧みに
造られていたから、硬く重い鋼鉄だとは

誰も思わなかっただろう。それは本当に
美しい形状の、豪華な衣装なのだ。
天界から降りて来たばかりの精霊が中にいて、
自分を人間の目にさらしているような。
あちらは誉れ高い勇士サー・ゴンディバート殿、
有徳の士が緊張気味のキャリドーに言うと、
若き勇士は優雅な足どりで
近づいてきた――顔に品のいい笑みを浮かべ、
手甲《てっこう》をつけた手を差し出して、驚きで目を
まるくし憧れに胸を熱くしている少年に、
自分から声をかけようとした。少年は微笑み交す
婦人たちを先導する間も、しばしば振り向いては、
騎士の額のうえで大層優美に弧をえがいている
頬当てに見とれる。彼らはいくつか灯りのそばを
通り過ぎたが、灯りは高天井の大広間から吊るされ、
鋼の鎧兜にこの世のものならぬ輝きを添えていた。

ほどなく彼らは快適な部屋に坐っていた。魅力的な唇の婦人たちは、紫の星状花や琥珀色の釣鐘花をつけて窓辺をつたう緑葉の蔓のことを真っ先に話題にした。サー・ゴンディバートは輝く鎧兜を脱ぎ、風通しのいい軽いマントの寛いだ感じを喜んでいたし、クレリモンドがあたりを優しい穏やかな眼で見まわしている間、若きキャリドーは、騎士としての武勲談やありとある悪行を果敢に撃退した様子、また腕っぷしの強さで狼狽や恐怖や不安から美女を守った次第などを聞きだそうと胸を熱くしていた。こんな思いでいる間も、彼はそれぞれの乙女の手に熱烈な接吻をしたし、眼には男らしい情熱がこもっていたから、乙女たちは探るような目で互いを見かわした。
やがて二人の表情は微笑みに変わったが、
魔法の島の上に拡がる青空のように美しかった。

静かにそよ風が森から吹きよせ、
静かに蠟燭の炎を吹き消した。
遠く四阿の夜鳴鶯《フィロメラ》の歌は澄んでいたし、
ライムの樹花の香りはさわやかだった。
遠くに聞こえる喇叭の音は謎のように荒々しく、
大空に一人きりの月は美しかった。
この部屋の幸せな人間たちの会話も楽しそうで、
天界の西門が閉まろうとしているときの忙しない
精霊たちの会話か、宵の明星《ヘスペラス》が昇るとき
人間に聞こえるあの低いざわめきのようだった。
彼らの眠りが快いものでありますように。

（1）キャリドー　『妖精の女王』第六巻に登場する「礼節」の騎士。ただし、この詩に描かれている場面は元の詩にはない。彼が騎士の見習いだった頃を想定している。

ある女性《ひと》たちに

自然の驚異を探求しているあいだ、
　迷路を行くきみたちの軽快な足取りに同行できなくても、
夢想家の友シンシアの顔を賛美する崇拝の言葉を
　聞くことができなくても、それはかまわない。

しかし渓流ながれる山の斜面を、優しい友よ、
　僕は想像の中できみたちと一緒にたどる——
流れ落ちる澄んだ渓水《たにみず》、ほとばしる湧水、
　野の花に露を恵む飛沫《しぶき》を僕はじっと見つめる。

迷宮彷徨のさなか、いつまでも佇んでいるのはなぜ？
　歓びを口にするのも忘れ、息を潜めているのはなぜ？
そうか、きみたちは月光を浴びた空気の精シルフを慰める、

ナイチンゲールの優しい歌声に聴き入っているのだ。

今は朝、露を置いた花々はまだ垂れたまま、
海辺を歩むきみたちの姿が見える。
ああ、また見える。きみたちは身をかがめて、
僕に贈る何か記念になるものを拾っている。

智天使《ケルビム》が銀の翼にのって降りてきて、
天宮の透かし彫りの宝石を僕にもってきたとしても、
（1）タイの快い祝福の言葉が、星々を励ます天使の
甘い声と一つになって、僕に笑みをくれたとしても、

美しいニンフよ、きみたちからの贈り物ほどには、
緑の波がきみたちの足許によろこんで打ち上げ、
輝く黄金の砂浜から拾いあげた貝殻ほどには、
僕の胸に熱い感動を呼び覚まさなかっただろう。

優雅で純粋で繊細な心の持ち主にとって、
たとえ束の間でも余暇をもつことは
ほんとうに甘美で特別な愉しみ——
そのような歓びを見つける人は幸いだ。

(1)タイ　メアリ・タイはアイルランドの詩人。彼女の寓意詩「プシュケーまたは愛の伝説」(一八一一年)をキーツは一時愛読した。

同じ女性たちから、不思議な貝殻と詩の写しを贈られて

ゴルコンダ(1)洞窟のダイヤをきみは持っているか？
　山で凍てついた水滴のように純粋で、
噴泉のむこうから差しこむ光のなかで羽ばたく
　蜂鳥の緑の冠のように光っているダイヤを。

深紅色の発泡葡萄酒用のゴブレットを持っているか？
　本当に大きくて重くて金製の、
美女アルミダ(2)と勇士リナルド(2)の神聖な物語が
　みごとに描かれたあのゴブレットを。

ふさふさした鬣《たてがみ》の乗馬をきみは持っているか？
　敵に痛手を負わせる剣を持っているか？

美しい調べを喨々《りょうりょう》と吹き鳴らす喇叭を持っているか？
　あの名高いブリトマート(3)の楯を持っているか？

きみの肩から垂れているものはなに？　大そう華やかで
　泉を見つめる沢山の花々が刺繡してある。
それはきみの意中の貴婦人《フェア・レディ》がくれたスカーフか？
　そしてきみは今、彼女の四阿へ急いでいるのか？

ああ！　礼節の騎士よ、きみは喜びに恵まれている。
　きみの青春を輝かせる栄光は溢れんばかりだ。
僕の歓びもお知らせしておこう。それには
　励ましと慰めの魔力がいっぱい詰まっている。

この同じ紙に美しい字で書かれた、光あふれる
　花冠《リース》と鎖紐《チェイン》の物語(4)をきみは目にするだろう。
騎士よ、それは苦悩の束縛から解き放つ

　貴重な特性を僕の心に養ってくれる。

この貝の蓋を見たまえ。それは妖精が作ったもの。
濃い影のなか、妖精王オベロン(5)が消沈している。
美わしのティターニア(5)は遠いどこかに雲隠れ、
　辛い悲しみと苦悩のなかに彼を置き去りにする。

低く溜め息をつくリュートにのせて彼が激しい調べを
　奏でると、ナイチンゲールが憑かれたように聴き入る。
いぶかしげな天の精霊たちも声をひそめ、
　朝露にまじってしばしば涙がひかる。

この小さな天蓋のなかで、低く悲しく消え入るような、
　あれら不思議な調べはいつまでも響いているだろう。
曲の優しい調子が変わることはないだろうし、
　オベロンの音楽が絶えることもないだろう。

そんなだから、感覚の歓びに耽りたいとき、
　香《かぐわ》しい薔薇の枕に頭をのせ、
花冠と鎖紐の物語に、その余韻が消え去るまで
　耳を傾けてから眠りに落ちる。

エリック(6)、さようなら。きみは歓びに恵まれ、
　きみの青春を輝かせる栄光は溢れんばかりだ。
僕にも歓びがあって、それには
　励ましと慰めの魔力がいっぱい詰まっている。

(1)**ゴルコンダ**　インド南部の古代都市。ダイヤモンド加工で有名。
(2)**アルミダ、リナルド**　十六世紀イタリア詩人タッソーの叙事詩『解放されたイエルサレム』の登場人物。
(3)**ブリトマート**　『妖精の女王』第三巻のヒロインで女戦士。
(4)**花冠《リース》と鎖紐《チェイン》の物語**　十九世紀アイルランド詩人トマス・ムアの詩「花冠と鎖紐」(一八〇一年)への言及。若者が恋人に二人の心を繋ぐものとして、両者のどちらが望ましい

かをたずねる。

(5)オベロン　妖精の国の王。次行のティターニアはその妻。シェイクスピアの劇『夏の夜の夢』で有名。ここはドイツの詩人ヴィーラントの『オベロン』(一七八〇年)を下敷きにしている。

(6)エリック　書簡詩(後出)が捧げられている友人ジョージ・フェルトン・マシューの愛称。

メアリ・フロッグリー[1]に

あなたが遠い昔に生きていたら、
あなたの明るい容貌のことや
その名も光明神殿に祀られて
自らの光のなかで踊っている
あなたのうるんだ眼について、
数々の不思議が語られたことだろう。
その上では両の眉毛が傾き、
可愛らしい意味を作ってみせる。
それは繊細な曲線を描いている――
空にかかる黒雲の筋のように。
あるいは、雪の寝床に落ちた
からすの羽のように。
あなたの黒髪は下へ流れ、

たくさんの優美な曲線を作る。
生えてきた地面に向かう
クリスマスローズの葉のように。
豊かな巻き毛の後ろでは
大粒の真珠が顔を覗かせる。
つややかに波打ちながら
束ねた髪がふさふさと流れ落ちる。
明るい大気のなか、吊り香炉から
空に向かって立ちのぼる煙の玉のように
大きくて円い。ほかにも、蜜のような
声の美しさや、軽く内に反った
足首の上品さも加えておこう。さらには、
めったに見られないあの美しい乳房のことも。
それは甘い秘密におおわれているので、
覗き見しようと熱心に飛びまわる
小さなプッティ(2)の目にふれる

こともめったにない。
例外は、爽快な沐浴のために
あなたが穢れのない水にひたすとき。
それは朝の冷気の中で生まれた
双子の睡蓮の花のようだ。
おお、あなたが当時生きていたら、
ミューズ(3)も十人になっていただろう。
あなたは双子姉妹のタリア(3)より
もっと高貴な血筋を望むだろうか。
すくなくとも僕は、つねに、永遠に、
美女神《グレイス》(4)は四人と呼ぶことにする。

　騎士たちが槍を高々と
掲げていたころに生きていたら、
あなたは何になりたかったですか。
ああ！　あなたの刺繍をした前飾り《ベスト》が

銀色に輝いて揺れているのが見える。
象牙色の胸を半ば隠しているが、
ああ、何たること！　残酷な運命が
綺麗なものは隠しておこうと、
そこに黄金の胸当てを用意している。
そうでなければ見られたのに。
小さな雲に隠れる太陽光線のように、
あなたの髪は兜《カスク》の中で束ねられ、
その上では乳白色の羽飾りが四本、
高価な花瓶から伸びた、
もの静かな百合の花のように垂れている。
実に堂々とした歩調で、
真っ白な馬がやってくる。
あなたの武勲を支える従者だ！
その尻には、雪に映える
北極光のように馬飾りが輝く。

その背に乗れ！　剣を抜け！
その剣こそ魔法使いの死のしるし、
あらゆる呪文の破滅のもと、
悪竜の雄叫びを鎮めるもの。
ああ！　それはあなたが決してしないこと——
あなた自身が魔法使いだから、
目で殺す人の血を
決してこぼしたりはしないだろう。

(1)**メアリ・フロッグリー**　キーツの詩を出版したテイラー&ヘッシー社の顧問をしていたリチャード・ウッドハウスの従妹。
(2)**プッティ**　ルネサンスの絵画・彫刻に見られるキューピッド(ケルビム)。複数形。
(3)**ミューズ**、**タリア**　(ギ神)学問・芸術をつかさどる女神で九人。タリアは喜劇・牧歌をつかさどる。
(4)**グレイス**　(ギ・ロ神)人間に美と優雅を与える三姉妹の女神。

希望によせて

ひとり寂しく暖炉のわきに坐れば、
　厭わしい思いが魂を闇に包む。
僕の〈心眼〉(1)のまえに美《うま》しき夢は現れず、
　人生の裸の曠野にヒースの花も咲かない。
　優しい〈希望〉よ、そんなときは霊妙な香油を注ぎ、
　　僕の頭上で銀の翼をはためかせよ。

夜の帳《とばり》がおり、さしかわす枝に月の光も
明《さや》かにとどかぬ木《こ》の間《ま》をひとりさまよう。
悲しい〈失意〉に瞑想は中断され、
　麗しい〈快活〉は邪慳に追い払われる。
　そんなときは葉叢《はむら》の天井から月光と一緒に顔を覗かせ、
悪魔の〈失意〉をはるか遠くに追いやってくれ。

〈絶望〉の母〈落胆〉が息子をそそのかし、
　僕の無防備な心を占領させる。
息子は雲のように大気のうえに坐り、
　金縛りになった餌食めがけて矢をつがえる。
　優しい〈希望〉よ、そんなときは晴れやかな顔で、
　朝が夜を追い払うように、奴を追い払ってくれ。

もっとも大切に思う人たちの運命が
　僕の不安な胸に悲しい物語を聞かせるときは、
輝く眼の〈希望〉よ、僕の病んだ空想を励ましてくれ。
しばらくはきみの優しい慰めを貸してくれ。
　天上生まれの光彩を僕のまわりに注ぎ、
　僕の頭上で銀の翼をはためかせよ。

冷酷な親や薄情な美女――それが因《もと》で

不幸な愛が僕の胸を苦しめるとき、
真夜中の中空《なかぞら》に歌の数々を読みあげるのを
むだなことだと思いたくない。
優しい〈希望〉よ、霊妙な香油を注ぎ、
僕の頭上に銀の翼をはためかせよ。

遠い将来を見はるかす透視図のなかに
わが国の栄光が色褪せる姿は見たくない。
おお、ぜひとも見させてほしい。わが国が魂、
誇り、自由（自由の影ではない）を保持する姿を。
輝く眼から尋常ならざる輝きを放ち、
きみの翼で僕の頭を覆ってくれ。

決して見たくない――愛国者の高価な遺産、
高貴な〈自由〉（平服を着ても何と高貴なこと！）が
卑しい紫衣の廷臣どもに虐げられ、

平身低頭、ついには気息奄々となるさまを。
　大空を銀色の燦きで埋めつくす
　翼にのって、きみが天から舞い降りる姿を見たい。

宵の明星がみごとな輝きを放って
　暗雲の天辺を金色に彩り、遠くの半ば
ヴェールに隠された天の顔を輝かせるように、
　僕の不安な心を暗鬱な思いが包むとき
　優しい〈希望〉よ、僕に天の感化の力を注ぎ、
　僕の頭上に銀の翼をはためかせよ。

一八一五年二月

(1)〈心眼〉『ハムレット』一幕二場一八五行。

スペンサーに倣って

いま〈朝〉が東の間《ま》から現われて、
緑の丘に最初の足跡をしるす。
草地の頂を琥珀色の炎でおおい、
渓流の汚れなき奔流を銀色に染めると、
清水は苔むす源流から流れ落ち、
名もない花々の花床を離れたあと、
幾つもの流れになって小さな湖にそそぐ。
湖の岸辺には葉叢重なる四阿が映しだされ、
中ほどには陰ることのない空が映っている。

翡翠《かわせみ》はおのれの輝く羽が、水面下の
光る魚ときらめきを競っているさまを見る。
魚のつややかな背びれと明るい金色の鱗は

波間から上の方へ紅玉の輝きを放っている。
白鳥は湾曲した白い首を水面に見て、
威風堂々、おごそかに進んで行く。
真っ黒な目を光らせ、水面の下には
アフリカの漆黒を思わせる足をのぞかせ、
背中には妖精が陶然と身を横たえている。

ああ！　この麗しい湖に配置された
島の驚異の数々を語ることができたら、
ディドー(1)の嘆きをまぎらわせることも、
年老いたリアの苦い悲しみを消すこともできるだろう。
ロマンティックな眼を魅惑したすべての場所で、
これほど麗しい所が見られた例《ためし》はないからだ。
それは輝く湖の銀色の光に包まれた
エメラルドの宝石のようにも、空高く綿毛のような
白雲のむこうで、紺碧の空が笑うときのようでもあった。

島の周囲の至るところで、緑の斜面が
光る湖水の下へ豪勢にもぐりこんでいるが、
湖は島といわば穏やかな友好関係にあって、
花咲く岸辺によろこんで小波を押し上げる。
湖は薔薇の茎からおびただしくこぼれ落ちた
赤い涙を拾い集めようとしているかのようだ。
それは湖の誇りのなせる技かもしれず、
岸辺に宝石を打ち上げようと必死だったが、
宝石はフローラの花冠のすべての蕾と妍《けん》を競っていた。

(1)ディドー　カルタゴの女王。トロイ戦争の勇士アイネアスと恋に落ち結ばれるが、後に捨てられて自殺する(ウェルギリウス『アイネイス』)。

女性よ！　あなたが軽薄で
自惚れが強いのを目にするとき

女性よ！　あなたが軽薄で自惚れが強く、
　移り気で子供じみて誇り高く気紛れなのを、
　また、優しい眼の光が与えては癒す苦痛を
後悔し、伏せた目を魅力的に見せる
あのしおらしさがないのを目にするとき、
　そんなときでも、僕の心は上機嫌で躍動する。
　そんなときでも、僕の魂は狂喜して踊りだす。
それを愛するために僕はそれまで眠っていたのだ。
けれども、あなたが従順で親切で優しいとき、
　ああ！　僕はあなたの魅力的な美点の数々を
夢中で賛美する。あなたの擁護者になりたいと
　熱烈に憧れる――キャリドーになりたい、

赤十字の騎士[1]本人に、屈強なレアンドロス[2]になりたいと。
これら昔の勇者たちのように、僕もあなたに愛されたい。

細い脚、濃い菫色の眼、二つに分けた髪、
　窪んでふっくらした手、白い項《うなじ》、乳白色の胸――
　感覚はひとたびこれらを目にすると幻惑され、
呆けて釘づけになった目は見ていることを忘れる。
こんな素晴らしい映像への讃嘆の念を、僕は
　絶対に撤回することはできない。たとえ、
それに本物の価値が欠けていても。たとえ
愛らしい気品と稀有な美点が備わっていなくても。
しかし、それを忘れて僕は雲雀のように舞い上がる。
　その誘惑をすぐに忘れる――まだ食事もしないうちに。
あるいは上顎を三度も湿らせないうちに。けれども
　その魅力が優しい知性で輝いているのを見るとき、
僕の耳は貪欲な鮫のように大口をあけ、

二〇

　天来の美声の調べを聴きとろうとする。
ああ！　こんなに美しい人をだれが忘れるだろう。
彼女の内気な愛らしさをだれが忘れるだろう。
神よ！　彼女は人間の保護を求めて鳴いている
真っ白な仔羊のようだ。　われわれがその贈り物に
満足することを歓ぶ、全てを見そなわすお方は、
　仔羊に天国に行く翼をお与えにならないだろう――
　無垢を台無しにしてくださいと懇願するようでは、
鳩のような胸を無残に裏切るようでは。それでも、
このような美女を思わずにはいられない。むかし
彼女の手が眠りから呼び覚ました歌曲をいま聴くと、
その姿がまざまざと近くに浮かんでくるようだ。
　彼女が四阿から露に濡れた花を摘むのを
見たことがあったら、その手はしばしば出現し、
　僕の眼の上でしずくを振りまくことだろう。

(1)赤十字の騎士　『妖精の女王』第一巻の主人公。

(2)レアンドロス　(ギ神)恋人ヘーローに会うため、彼女の掲げる明かりを頼りに、毎夜ヘレスポント海峡を泳いで渡ったが、ある夜嵐で明かりが消え、溺死した。

《書簡詩》

中でも一人の羊飼いは（年端も行かぬ若者ながら、
笛の扱いに慣れていた）、数年かけて身につけた
すべての技を駆使して葦笛を作りはじめた。

『イギリス牧歌集』* ――ブラウン

* ウィリアム・ブラウンの詩集。全三巻。エピグラフは第二巻（一六一六）から。

ジョージ・フェルトン・マシュー[1]へ

詩にまつわる喜びは素晴らしいが、
同志による歌の合作は二重に素晴らしい。
彼らが同志の詩人として享受したものより、
満足のいく運命、真正な歓びは、
マシュー君、記憶を手繰っても見つからない。
彼らは力を合わせて才を発揮し、
演劇のミューズに勝利の楯を掲げた。
この偉大な共同に対する思いが、天才を
愛する心に、高貴で偉大で善良で、人を癒す
すべての感情を浸透させる。

　寛大すぎる友よ、喜んできみについて行き、
麗しい詩の様々な地平をともに越えて行きたい。

太陽が別れの光を放つまさにそのとき、
シチリアの海の上、岸を遠く離れ軽やかに進む
ゴンドラの間を澄んだ賛美歌が流れるように、
様々な調べをよろこんでこだまさせたい。
しかしそれはできない。まったく別の仕事が
僕を優しい「リディアの調べ」(2)から厳しく遠ざけ、
僕の能力を長いあいだ束縛するので、
しばしば不安になることがある——朝になって
ふたたびフォイボスの姿を見られるか、
薔薇色の夜明けに紅潮したアウロラ(3)を、
小波の小川に白い肌のナイアスを、
月光を浴びた夢見心地の熾《し》天使を見られるか、と。
あるいは以前きみと見たものにまた再会するだろうか——
雅やかな祝祭の一夜が明けた朝、
妖精の足が草地から払い落とした露玉に。
祭にはエルフ(4)もフェイ(4)もみんな見物に来て、

煌《きら》びやかな行列が何列も、湾曲した新月の
凱旋門の下を軽やかに行進していった。

けれど、過ぎ行く時間の一瞬一瞬をいま内気な
ミューズに差し出すことができたとしても、彼女は僕と
この陰気な都市で暮らそうとはしないだろうし、
彼女を否定するものの中では、歓びを授けてはくれないだろう。
澄んだ目をした乙女《ミューズ》が僕に親切にしてくれても、
ああ！　それは花咲き誇る僻陬《へきすう》の、荒涼として
ロマンティックな一画、半狂乱の詩人の姿が
しばしば目撃されたその一画を僕が見つけたときだけ。
そこには昔のドルイド僧お馴染みの樫が茂り、
過ぎし日の栄光を語る花々が咲き乱れている。
そこには黒ずんだ葉の黄花藤《きばなふじ》の花房が
流れのうえに黄色い光彩を添え、
忍冬《すいかずら》の蔓は垂れ下がった自らの蕾とともに、

絡まりあって一つになるが、蕾は真っ白だ。
一方には隠れた枝が張り出し、
その静かな葉隠れにナイチンゲールがいつも
歌っていたし、森の天井を支える樹々の柱の間、
すこし離れたところから地面を覗いてみれば、
菫の花床が寄り添っているのが見つかるだろうし、
蜜蜂は黄花九輪桜の釣鐘と格闘している。
そこにはかならず暗くて陰鬱な廃墟があり、
「華美なものに浮かれすぎるな」と言っている。

　こんなことを書いても空しい——おお、マシュー、
例の乙女に会える場所を探してくれないか。
そこで僕らは優しい人情家を気取り、
一緒に坐って詩を作り、チャタトン(5)のことを考えよう。
あの心優しいシェイクスピアは、月桂冠を着けた
四人の精霊を彼のもとに遣わし、天国へ招き入れた。

僕らは、時代を超えて光芒のあとを遺した
すべての賢人のことを、敬意をこめて語ろう。
きみはミルトンの盲目について教訓を述べ、
天才のひかり輝く黄金の翼で、薄情な世間が
次々と投げつける棘《とげ》ある言葉をはたき落そうと
努めている人々には、親切心の恐るべき欠如を
嘆くのがいいだろう。次いで、自由の大義のために
斃れた人たちのことを語り合おう――
わが国のアルフレッド(6)、ヘルヴェティアのテル(6)、
高潔で堅忍不抜の人ウィリアム・ウォレス(6)。
その名はだれの心にも慰めとなる
僕らが岩山の北国に思いを馳せるときには、
彼とバーンズに一掬《いっきく》の涙をそそぐべきだろう。

フェルトン！　僕にこのような動機がなければ、
締り屋のミューズにいくらせがんでもむだだろう。

彼女はきみにはどんな棲処《すみか》も恵んでくれるだろうし、
「陽の当らない所にも日差しを」作ってくれるだろう。
というのもきみは昔、明るく澄んできれいな
あの水源の近くで勢いよく咲いていた一輪の花、
水源からは歌が迸るように溢れでていた。折しも
木陰の四阿から貞潔なディアナが姿を現わした。
ちょうど太陽が東から空に昇るころ、
ディアナが彼への贈り物を考えていたとき、
きみを見つけ、摘み取り、川に投げ入れ、
燦然たる兄の光線への返礼の挨拶とした。
きみが一度も話してくれなかったのを驚いている――
アポロンがきみを花から黄金の魚に
変え、次には、川幅が増していく流れに
浮かんだ目の黒い白鳥になったらしいこと。
人間の顔の平静な目鼻立ちを、流れの水鏡で
きみが初めて確認したときのこと。

不思議な旅の数々、またナイアスの真珠の手から
日々の糧をついばみ、水晶の小石、
黄金の砂をたどる迷路の旅のすべての驚異も
きみは一度も僕に話してくれなかったね。

一八一五年一一月

(1)**ジョージ・フェルトン・マシュー**　キーツは同い年の詩友として、一時期親しくつきあった。既出「ある女性たちに」「同じ女性たちから…」の「女性たち」はマシューの従姉妹にあたる。
(2)**「リディアの調べ」**　ミルトン「快活の人」一三五‐六行。官能的で甘い旋律が特徴。
(3)**アウロラ**　(ロ神)曙の女神。
(4)**エルフ、フェイ**　ここでは、いずれも一般にフェアリと呼ばれる妖精の別称。
(5)**チャタトン**　十八世紀後半のイギリスの詩人。早くから詩才を発揮したが、上京後貧窮に苦しみ、十八歳で自殺。死後キーツはじめ多くの後輩詩人に高く評価される。本詩集「眠りと詩」二二七‐九行参照。
(6)**アルフレッド、テル、ウィリアム・ウォレス**　アルフレッド大王はデーン人の侵略から古英国ウェセックスを護った。テルはオーストリア公の代官ゲスラーの無法に抗したスイス(ヘルヴェティア)の英雄。ウォレスはイングランドに抗して独立を守った十三世

紀スコットランドの国民的英雄。

弟ジョージへ

頭は混乱し、心には暗雲重くたれ込める――
そんな陰鬱なときを何時間も過ごした。
蒼穹から届く天球の調べ(1)が、僕には
聞こえないのではないかと思った季節には。
幕状の電光(2)が明滅する空の奥を
目がかすむまでじっと見つめたり、
波打つ草地に仰向けに寝そべり、
星を見ては神聖な想いに浸ろうとしたのだが。
アポロンの歌は絶対に聞けないだろうと
思ったときもそうだった。茜色の西空一面に
綿毛の雲が浮かび、二つの光の筋の間に
黄金の竪琴(3)がぼんやり見えていたのだが。
蜜蜂の静かな羽音も

僕に牧歌を教えることはないだろうとか、
美女の目から放たれる輝く視線が
僕の歌を魅力的にしたり、
僕の胸を熱くして、昔の愛と勲《いさお》しの物語を
熱烈に語らせることはないだろうと思ったときも。

　しかし、月桂冠を愛する詩人たちが
すべての悲しみから遥か遠ざかる時もある。
栄光の輝きが突然彼らに舞い降りる。水中でも
地上でも空中でも、彼らが目にするのは〈詩〉。
ジョージ、僕は本当だと思うが、こう言われている
（騎士道に通じたスペンサーがリバタスに語った）――
詩人がこのような恍惚状態にあるときは、
派手な服を着た陽気な騎士たちの乗った白馬が、
空中で前足をつっかけ、後足を跳ね上げるのが見える、と。
騎士はふざけ半分言い合いながら、相手に槍を突く。

僕らが無知なまま幕状電光と呼んでいるのは
彼らの城の素早い開門のこと。
陽気な門衛が喨々《りょうりょう》と喇叭を吹き鳴らしても、
その響きは、地上では詩人の耳にしか届かない。
魔法にかけられた門が広く開け放たれ、
騎士たちが光の中を滑るように入っていくとき、
詩人の視線は黄金の広間の奥まで達し、
豪華な宴会を目にすることができる。
美しい奥方や令嬢たちは、遠くから見ると
熾天使の夢に現れる銀色に輝く人物のようだ。
縁までたっぷり注がれた高杯《ゴブレット》は、太陽の
周りを動く輝く星のように絶えず移動し、
高く差し出されると、それぞれ専用の瓶から
光り輝く流星のようにワインが注がれる。
彼女たちの四阿《あずまや》がさらに奥のほうにぼんやり見えているが、
人の視線がそこの花々まで届くことはない。

それはまったく正しいこと。アポロンはよく知っている、
そんなことになれば、詩人と薔薇が口喧嘩をすることを。
この遠い幸せの園から明るみに出るのは、
透明な噴水たちが交わす接吻《くちづけ》だけ。
海豚《いるか》が珊瑚の洞窟から海面に浮上し、
尾鰭《おびれ》を半ば波の上に出して戯れるときの
背鰭にできる銀色の条《すじ》のように、
噴水は明るく繊《ほそ》く、優雅に落ちてくる。

　詩人はこれら数多の不思議な光景を目にし、
頭には詩的な知識がいっぱい詰め込まれている。
心地よいそよ風を額にあてながら
夕べの散歩に出かけるとき、
彼が唯一目にするのは、震えてやまぬ
ダイヤモンドを鏤《ちりば》め、暗く静まりかえった大空だろうか。
それとも、聖日の装いをした美しい尼僧のように、

揺らめく純白の雲を麗しい裸身に纏い、
ゆったりとした足どりで高く、高く
昇って行く、恥じらう月だろうか。
さらに多くのものが彼の視界にとび込んでくるだろう――
夜の美の饗宴と神秘のかずかずが。
万一それらを目にしたら、きみを驚きで
魅惑するにちがいないお話をしてあげよう。

　これらは歌人の生前の愉しみだが、
後世の評価はさらに貴重なものだ。
誇り高い視線が死の靄を突き進んでいる間、
彼は今わの際《きわ》になにを呟くのか。
「この鈍い土塊《つちくれ》の鋳型を後にしても悔いはない。
僕の霊は後世と高尚な会話を交わすだろう――
愛国者は僕が打ち鳴らす厳しい警報を
感じとり、剣を抜き放つだろう。

あるいは、貴族院に僕の詩をとどろかせ、
居眠りする王侯たちの目を覚ますだろう。
賢者は僕の適切で警句的な思想の一つ一つに
教訓的な題目を添えるだろう。僕の詩文が
彼を誡にしても、彼には美辞麗句が溢れている。
そのあと僕は空から身を屈め、彼に霊感を与えよう。
とても楽しい唄を残しておいたから、
乙女たちが婚礼の夜に歌ってくれるだろう。
五月祭(4)の朝、村人たちは、
しなやかな足が遊びでくたびれると、
全員草の上で純白の環《わ》になって、
その真ん中に綺麗な娘を坐らせる。
彼女は祭りの女王に選ばれたのだ――
上品な頭は紫、白、赤の花で飾られている。
というのも、嘆き悲しむ白百合や麝香《じゃこう》薔薇こそ
薄幸な瀕死の恋人たちの真の表象だから。

いまだ悩みを知らない彼女の胸の間には
満開になった八重咲きの菫の束が
静かに眠っている。彼女は小箱から
小さな本を取りだす——すると歓びが、若者
一人一人の心で目を覚ます。叫びをこらえ、
白い両手を揉みしだき、目を輝かせながら。
彼女はこれから希望と恐怖の物語を、
僕が青春の日々に紡いだお話を読むのだ。
輝く瞳のうえで眠っていた真珠が
無邪気なえくぼに誘われ、時どき溢れだしては
音もなくこぼれ落ちる。母の胸に抱かれた
愛しの幼子は、僕の歌にあやされて
安らかな眠りにつくだろう。麗しい世界よ、さらば！
あなたの谷も丘も僕の視界から消えていく。
大きく広げた翼に乗り、僕はあなたの支配する
狭い境界から、はるか高みへ一気に登って行く。

空《くう》を切って進んでいく間、僕は全身に喜びを感じるから、
僕の優しい詩はあなたのきれいな娘たちを魅了し、
息子たちを元気にするでしょう」。ああ、友なる弟よ！
このような歓びを味わうため、狂った野心[5]を
すぐにも扼殺することができたら、そのほうが
僕は間違いなく幸福だし、世間にも好かれるだろう。
ときに何か目覚ましい考えが頭に閃いたとき、
たしかに苦悩から解放されたのはまちがいない。
そんな日は一日中、秘密の宝を掘り当てたよりも
ずっと大きな喜びを感じていたものだ。
僕のソネットに誰も注目してくれなくても、
きみが読んでくれたら僕はうれしい。
それに最近は、草の上に寝そべって、きみのために
詩を書くという僕のいちばん好きな仕事をして、
静かな歓びを存分に味わっている。爽やかな微風を
顔に受けながら、僕はそんなことを考えたのだ。

こう書いている今も、海の波濤のはるか上方に
誇らしく聳える高い断崖、そこをおおう
花の褥《しとね》に僕は寝ころんでいる。草の茎と葉が
書箋《タブレット》のうえに揺らめく影を落とす。
一方には、穂を垂れた烏麦の畑が広がり、
麦に混じって罌粟《けし》が真っ赤な花を覗かせている。
とても生意気で役立たずだから、人間の嫌われもの、
軍人の真っ赤な外套を思い出させる。
反対側には、紫と緑の筋がついた
大海原のマントが広がっているのが見える。
帆を張った船が見えたかと思うと、今度はその舳先に
輝く銀色の波が逆巻いているのが見える。
巣をめがけて落ちて行く雲雀や、
大きな翼の海鷗も見える。彼は一時も休まない。
思う存分、羽をひろげて飛んでいないときは、
揺らめく水面で彼の胸も揺れているから。

今度は目を西に向けてみる。
今この瞬間、西空は陽光を纏っているが、
どうして西を向いたのか？　それはさよならを言うため。
愛するジョージよ！　きみに投げキスをするためだ。　一四〇

一八一六年八月

(1)天球の調べ　周期の異なる天球層が回転するときに生じる妙なる調べ。神と天使にのみ聞こえるという。
(2)幕状の電光　稲妻放電のときに空全体が明るくなること。
(3)黄金の竪琴　アポロンを象徴する楽器。
(4)五月祭　自然の復活を祝う五月一日の祭り。キリスト教伝来以前から行われる。女王(メイクイーン)を選び、柱(メイポール)を立ててその周りを踊る。
(5)狂った野心　名声への野望を指す。

チャールズ・カウデン・クラーク[1]へ

あなたは何度も見たと思う、白鳥が厳めしい顔をし、
胸を反らせて自分の白い影に坐っているのを。
彼はきらめく湖水の下に音もなく首を
さしこむので、首は銀河から届いた
一条の光のようだ。彼はすぐに遊びはじめる。
翼をひろげて水の精ナイアスに求愛したり、
湖の表面を引っかきまわしたり。
水晶のような水面からダイヤモンドの雫を
すくい取り、それを乳白色の巣にたくわえて、
好きなときに少しずつ飲むつもりだ。
しかし彼は一瞬たりとも水滴を保てないし、
柔らかな寝床へ誘き寄せることもできない。
水滴は自由になりたいと慌てて逃げ出し、

永遠を目指す時間たちのように落ちていく。
この白鳥のように、僕は時間を無駄にする、
詩の流れに漕ぎ出そうとするときはいつも。
おんぼろ舟に櫂は折れ、帆はずたずた、
どうしたいのか自分でも分からずに、ゆっくり舟を出す。
手で水をすくいつづけても、
震えるダイヤモンドは一滴も残っていない。

　チャールズ、僕がなぜあなたに一行も
書かなかったか、これではっきり分るだろう。
僕の思考は自由でも明晰でもなかったし、
古典に親しんだ耳を歓ばせるには不向きだった。
僕のワインは味と香りのどちらも貧弱で、
泡立つヘリコン[2]の芳香を歓ぶ口蓋の持ち主には
向いていないのだ。バイアエ[3]の岸辺でのんびり
寝そべっていた人を、荒涼として何もない

砂漠へ連れだしても無益なことだろう。
岸辺にはタッソーの一頁がそよ風に浮遊し、
アルミダの四阿から聞こえる静かな音楽が、
珍しい花々の芳香と一つになってただよう。
マラ川[4]のほとりで白い胸元の娘たちと
戯れたことがある人にも無益なことだろう。
彼は小川でベルフィービ[5]を、
木陰で麗しのユーナ[6]を見たことがあったし、
本を覗きこむアーキメイゴも目にしている。
彼は甘美なものすべてを味わい、
また銀の小波から美の女王まで、
陽気なティターニアの人目を避けた隠れ処《が》から
神聖なウラニア[7]の青の棲家まで、そのすべてを見たのだ。
彼こそは先ごろ優雅にしゃべり、語るお方、
すなわち非道なあつかいを受けたリバタスと
愉しい森の散策に時を過ごした人。彼は

月桂樹の冠とアポロンの数々の栄誉、
町中を練り歩く騎士の隊列のことや
愛と憐憫のために生まれ涙にくれる女性たち、
僕の知らない沢山の話をあなたにしてくれた人だ。
僕はこんなことを考え、日々はゆっくり、あるいは
飛ぶように過ぎて行った——今も気が進まない、
あなたのために退屈で無知なペンをとるのは。
それに今はすべきでない。長い知り合いでなければ、
歌のすばらしさを僕に教えてくれた人でなければ。

壮大、甘美、簡勁、奔放、繊細、
哀感に満ちたもの、真に神聖なもの。
簡単に逃げ出して、夏の海の鳥のように
浮遊しているスペンサーの母音たち。
ミルトンの嵐、それ以上にミルトンの優しさ。
武装したミカエル[8]、それ以上に美しく細身の従順なイヴ。
絶頂に向かって高まり、やがて誇らしく

消えていく声で、僕にソネットを読んでくれたのは誰か。
重荷に耐えてなお強くなるアトラス[9]のように、
僕にオードの雄大さを見つけてくれたのは誰か。
僕にあの気つけ薬以上のもの、寸鉄人を刺す
警句を味わわせてくれたのは誰か。
叙事詩こそ歌の王であり、土星の環のように
円く広大で、すべてを繋ぐものだと教えてくれたのは？
クリオ[10]の美しい顔からヴェールを引き上げ、
愛国者の義務の厳しさを指摘したのもあなただった。
アルフレッドの力、テルの矢。
暴君の頭上に見事に振り下ろされた
ブルータスの鉄拳のことも。ああ、あなたの親切を目にし、
経験することがなかったら、僕はどうなっていたことか。
僕の人生に大切なものすべてがなかったとしたら、
僕の青春の歓びはどうなっていただろうか。
こうした恩恵を忘れることがありうるだろうか。

友情の恩義に報いることができるだろうか。
いや、二つともできない。けれども、これらの詩を
喜んでもらえるなら、僕は二倍も速く草の上を転がるだろう。
というのも、僕は長いこと次のような期待で空想を
満たしてきたから——僕の蕪雑な詩を読むことが
時間の無駄ではないといつか思ってもらえるのでは、と。
そうなれば、なんと豊かな満足を味わうことだろう！
水澄むテムズ川に教会の尖塔が映るのを最後に
目にしてから、何週間かが過ぎた。ここに来る前、
僕は熱望していた——朧な東の空に太陽が顔を覗かせ、
朝日の影が細い筋をつけるのを見たい。
芝草の野原やさざれ石の小川に
時間とともに影が太く短くなっていくのを見ていたい。
丘を吹きわたる大気を肌で感じ、
小川から爽やかな水をすくって飲みたい。
背高の金色の麦が光の中で波打っているのを見たい。

天上に振り撒かれた豌豆まめの花――その花の
寝床で上半身をもたせかけているかのように、
シンシアが夏の夜空で微笑み、
黒や白の小さな雲の間から顔を覗かせているときに。
こうした楽しみに思いを馳せたとたん、
僕は脚韻や韻律のことを考えはじめた。
そばを流れる大気はこう言っているようだった。
「書くのは今だ！　こんないい日は二度とないぞ」
僕はそのとおりにした。何十行か書いたところで、
出来栄えに格別感心したわけではないが、
僕の手は暖かだったので、自分の気持ちを
信じ、あなたに手紙を書こうと思ったのだ。
そのような試みには一種独特の
霊感――なにか神業に近いものが要る。
それを感じとっていたら、ここまでのなぐり書きも
魂には忘れることのできない詩行になっていただろう。

けれど、あなたがピアノのまえに坐り、
一つ一つの情感に豊かな調べをつけて弾いた
あのときから、もう何日もたっている。僕の心は
天来のモーツァルトに深々とした感動を味わい、
アーン[11]を楽しみ、ヘンデルに狂喜し、
アイルランドの歌曲に胸が痛み悲しくなった。
あの頃は、明るく開けた野原へつづく
木陰の小道を一緒に散歩し、
果てしないおしゃべりに興じたものだった。
夜になってあなたの蔵書に囲まれたときも、
夕食が出たときも、その後も、
僕がしぶしぶ帽子を手にしたときも、
いや、僕たちの家の中間で、あなたが心をこめて
握手をしてくれたときまで、話は尽きなかった。
あなたの足が砂利道を踏む音が聞こえなくなっても、
あなたの穏やかな口調はまだ僕の耳に残っていた。

足音は聞こえなくなったかと思うと、また聞こえる。
あなたの歩いている道が砂利の歩道から草原に変わる。
足音がしなくなったとき、僕はあなたを祝福したが、
それをあなたは快く受けてくれる。「人生のごく些細なことも」
僕は言った、「彼の手にかかると楽しく魅力的なものになる。
どんなことも彼を害することはできない」。
このような思いが、今また力強く蘇ってくる。
もう一度あなたの手を握る。チャールズ、おやすみ。

一八一六年九月

(1)**チャールズ・カウデン・クラーク**　キーツが寄宿生として学んだ学校の校長の息子。彼自身が助教として教えたこともあり、友人としてキーツの文学芸術に大きな影響を与えた。

(2)**ヘリコン**　この山の麓にあるミューズの霊泉ヒポクレーネのこと。

(3)**バイアエ**　タッソーの故郷ナポリの海岸にある。

(4)**マラ川**　スペンサーの故郷キルコールマンを流れる川。

(5)**ベルフィービ**　『妖精の女王』第二、三、四巻に登場する純潔の美女。

(6)ユーナ　『妖精の女王』第一巻に登場する「真理」を象徴する美女。
(7)ウラニア　天文学をつかさどるミューズ。
(8)ミカエル　ミルトン『失楽園』第六巻で、天軍を率いてサタンと戦う。聖書(「ヨハネの黙示録」)では竜と戦う大天使ミカエル。
(9)アトラス　(ギ神)天空を支えている巨人神。
(10)クリオ　歴史をつかさどるミューズ。
(11)アーン　十八世紀のイギリスの作曲家。シェイクスピア劇の歌謡などを作曲した。

《ソネット》

I　弟ジョージに

僕がきょう目にした驚異はたくさんある――
「朝」の両眼に浮かんでいた涙を、初めて
　接吻で拭いとった太陽神。夕べの金色の
雲から身を乗り出している朋輩の神々。
茫々と広がる大洋、紺碧の海原、
　船、大巌、洞窟、希望、恐怖。
　不思議な海の声――それを聴く者は
きっと来し方行く末を思うにちがいない。
愛するジョージよ、きみにこれを書いている今も、
シンシアは絹の窓掛から顔を覗かせているが、
それはほんの僅か。今日は彼女の婚礼の夜で、
　なかば秘密の宴会を催しているようだ。
しかし、空や海の自然の驚異も、きみとつきあう

歓びがなければ、何の意味もないだろう。

II　――に

僕が格好いい美男子だったら、僕の溜め息は
　あの象牙色の貝殻、きみの耳の中ですぐに
　こだまし、きみの優しい心を見つける。そのように、
恋の情熱は冒険へと僕を誘導してくれるだろう。
しかし、僕は仇が僕に討たれて死ぬ騎士ではないし、
　厚い胸板のうえで胴鎧が光ってもいない。
　僕は、乙女の眼にあわせて唇を震わせていた、
幸せな谷間の羊飼いでもないのだ。
それでも僕はきみを恋せずにはいられない。きみを
　甘い人と呼ぶ――酔ってしまうほど濃厚な甘露に
　　浸された、ヒブラ[1]の甘い薔薇よりもはるかに甘い。
ああ！　その甘露を味わいたい。それは僕にぴったり。
　そして月が蒼白い顔をのぞかせるとき、

呪文と魔法によって、その幾ばくかを集めよう。

(1)ヒブラ　シチリア島の山。花と蜂蜜で知られる。

III　リー・ハント氏が出獄した日に

親切にも、自惚れた貴人に真実を教えたために、ハントは
　監獄に押し込められた。(1)だからどうだというのだ。
　不滅の精神の持ち主らしく、彼は獄にいても天空を
目指す雲雀のように自由で、上機嫌だった。
権力の手先よ、彼が漫然とその日を待っていたと思うか。
　彼がただ監獄の塀だけを見ていたと思うか。
　おまえがしぶしぶ獄門の鍵を開けるまで？
全然！　彼の運命はもっと幸福で高貴だった。
スペンサーの大広間や美しい四阿をさまよい、
　魔法の花々を摘み取った。そして恐れを知らぬ
ミルトンと天空の野原を飛びまわった。
　彼自身の領分へと、本物の天才は
幸せに飛び立ったのだ。おまえやおまえの卑しい

仲間が死んだあと、彼の名声を傷つけるのは誰か。

（1）**監獄に押し込められた**　一八一二年、時の摂政皇太子（後のジョージ四世）を誹謗する一文で名誉毀損の罪をきせられ、二年間獄中で生活した。

IV　多くの詩人が……

多くの詩人が時代に華をそえている。
　そのうち何人かは、僕の楽しい空想の
糧だった——地上的なもの、崇高なもの、
どちらであれ、今もその魅力に思いを凝らす。
しばしば、詩を書こうと机に向かうとき、
　それらが群がって僕の心に押し寄せてくる。
けれど、混乱も乱暴な騒ぎも
惹き起こさない。それは心地よい組み鐘《チャイム》なのだ。
夕べが蓄えている無数の音もまた同じ。
　鳥の歌、葉むらのそよぎ、
川のせせらぎ、荘厳な音を響かせる
　大釣鐘。それに認知の距離が奪う
その他無数のものが、乱雑な騒音ではなく

愉しい音楽を作っている。

V　薔薇を送ってくれた友に

最近、幸福の野をさまよい歩いたときのこと——
　雲雀が青々と茂る白爪草の隠れ処《が》から
　雫を振り落とすころ、また騎士がふたたび
疵だらけの盾を手に冒険の旅に出るころ——
自然の野原に咲くいちばん美しい花、咲きたての
　麝香《じゃこう》薔薇を見た。それはこの夏甘い香りを
　放った最初の薔薇だった。その優美な姿は、
女王ティターニアが振り回す魔法の杖のよう。
その甘い香りを心ゆくまで味わったとき、
　これは庭に咲く薔薇に遥かに勝ると思った。
けれどもウェルズ君!(1)　きみの薔薇が届いたとき、
　僕の感覚はえもいわれぬ香りに魅了された。
それは穏やかな声の持ち主、優しく訴えるように

消えることのない安らぎと真理と友情を囁いた。

（1）ウェルズ　十九世紀イギリスの詩人。キーツ、リー・ハントの友人。

VI　G・A・W(1)に

きみはうつむきの微笑みと流し目のニンフ、
　きみがいちばん美しくなるのは、一日のうち
　どんな天与の瞬間なのか。甘い言葉の
迷宮を奥深く彷徨っているときだろうか。
それとも真剣なもの思いに、我を忘れて静かに
　耽っているときだろうか。あるいは無造作に
　部屋着をひっかけ、朝日を迎えに飛び出して、
迷路を踊るように花を避けて歩くときだろうか。
きみの真っ赤な唇が可愛らしく開いて、そのままじっと
　しているときだろうか。きみは何かを聴いているのだ。
きみは完全に人を歓ばせるために育てられたので、
　どの気分が最高か僕には決して言えない。
四人のなかで、アポロンのまえをいちばん上品に

歩いて行くのはどのグレイスかを宣告する方が簡単だろう。

(1) G・A・W　後に弟ジョージの妻となるジョージアナ・オーガスタ・ワイリー。

VII　おお、孤独よ

おお孤独よ、おまえと一緒に暮らさなくてはいけないなら、
　ひしめきあう建物の暗い部屋だけは
　願い下げにしたい。僕と一緒に急峻な丘——
自然の展望台——を登ろう。そこから谷や
花咲く尾根や白波たつ小川が、指呼《しこ》の間《かん》に
　望めるだろう。差し交わす大枝の下で
　おまえを監視していると、急に跳びだした鹿が
〈狐の手袋《フォックスグラヴ》〉の釣鐘花から蜜蜂を飛び立たせる。
僕はおまえと一緒に、こんな光景をよろこんでたどるだろう。
けれども、純心な人との楽しい語らいが
(彼女の言葉は洗練された思考のイメージだ)
僕の魂の歓びで、相似た二つの霊がおまえの棲家に
飛んで行くとき、それは人間の最高の幸福と

言っても、言い過ぎにはならないだろう。

VIII 弟たちに

小さな忙しない炎がつぎ足した石炭の間で揺れ、
　石炭のはぜる微かな音が沈黙した僕らに忍びよる。
　音は、兄弟の魂を護る優しい帝国の
支配者、家族の守り神の囁きのようだ。
そして、僕が脚韻を探して極地探検をしている間、
　きみの眼は、詩的眠りをむさぼっているかのように、
　ひどく饒舌で深遠な知識に注がれている。
だから、夜にはそれが昼間の煩いを慰めてくれる。
トム、今日はきみの誕生日だね。この日がこうして
　何事もなく静かに過ぎて行くのがうれしい。
このような優しい囁きが聞こえる夕べを
　何度も一緒に過ごせるように。そしてこの世の
本物の喜びを静かに味わいたいものだ。あの晴れやかな

お方の尊い声が、僕らの霊に旅立ちを命ぜられる前に。

一八一六年一一月一八日

IX　肌を刺す気紛れな突風が……

肌を刺す気紛れな突風が、半ば葉が落ちひからびた
　茂みの中、あちらこちらでかさかさと鳴っている。
　大空のそこかしこ、星たちはひどく寒そうだ。
そして僕はこの先、何マイルも歩かねばならない。
けれど、冷たく侘しい外気は少しも気にならない。
　乾いた陰気な音をたてる枯葉や、はるか高みで
　燃えている銀のランプのこと、あるいは
家の快適なねぐらまでの遠い距離のことも。
というのも、小さなコテージで取り結んだ
　友情が胸いっぱいに溢れているから。
金髪の詩人ミルトンの雄弁な苦悩と
　溺死した優しいリシダス[1]への溢れる愛。
薄緑の服に身を包んだ美しいラウラと

栄光の月桂冠をつけた誠実なペトラルカ(2)との。

(1)**リシダス**　ミルトンの哀歌「リシダス」の主人公。詩は大学時代の友人エドワード・キングの死を悼む。
(2)**ペトラルカ**　十四世紀イタリアの大詩人。代表作『歌集』(一三五〇年)は永遠の佳人ラウラへの愛を詠う。

X 長いこと市中に閉じ込められていた者には

長いこと市中《まちなか》に閉じ込められていた者には、
　晴れやかで広々とした大空の顔を拝み、
　笑《え》まいする蒼穹に面と向かって祈りを
ささげるのはじつに楽しいことだ。
歩き疲れた後は、快適な草の褥に
　心ゆくまで寝そべり、楽しくも優雅な
　恋と慕情の物語を読むとき、
彼の幸せはさらに大きくなるのではないだろうか。
小夜鳴鳥《フィロメラ》の調べを耳に聞き、
　夕焼けの空に断雲《ちぎれぐも》が流れるのを
見ながら家路をたどるとき、彼は
　一日がこんなにも疾く過ぎたことを悲しむ。
澄みきった空に音もなく落ちて行く

天使の涙もかくやとばかり。

XI　チャップマン(1)訳のホメロスを初めて覗いたとき

これまで詩の黄金郷を何度も旅し、
　たくさんの立派な国や王国を見た。
　詩人たちがアポロンに臣下の誓いを立てている、
西方の多くの島々に行ったこともある。
額《ひたい》秀でたホメロスが領国として支配した、
　ある広大な土地のこともしばしば聞いていた。
　しかし、チャップマンが奔放かつ声高に呼ばわるのを
聞くまで、その地の新鮮な精気を吸ったことはなかった。
そのときの僕は、新しい惑星が視界に
　出現したときの天体観測者のように、
あるいは、鷲の眼で太平洋をじっと見入っていた
　精悍なコルテス(2)のように感じた。部下たちも全員、
驚き怪しみながら、お互いを見つめている――

ダリエン(3)の頂で、おし黙ったまま。

(1)**チャップマン**　ジョージ・チャップマン(一五五九―一六三四)はイギリスの詩人、劇作家。ホメロスの訳は一六一四年頃に刊行された。
(2)**コルテス**　メキシコを征服した十六世紀スペインのコンキスタドール。キーツの記憶違いで、ダリエンの頂から初めて太平洋を望見したのはスペインの探検家バルボア。
(3)**ダリエン**　南北両アメリカ間の地峡。現在パナマ運河のあるところ。

XII　早朝友人たちと別れて

空澄みわたる遠い土地で、黄金のペンを手に持ち、
　積みあげた花々に凭れかかりたい。
星よりも白い書箋《タブレット》を用意してほしい。
でなければ天の竪琴の、銀の弦の間から見える
聖歌を爪弾き歌う天使の手よりも白いのを。
　目の前を流れて行くのは、何台もの真珠の車、
　ピンクのローブ、波うつ髪、ダイヤモンドの水差し、
見え隠れする翼、鋭い眼差し。
その間、耳のまわりには音楽がただよい、
　それが快い終わりを迎えるたび、
　　素晴らしい調べと天球の数々の不思議に
満ちた詩行を書きつけよう。
僕の精神《こころ》は何という想像の高みを目指していることか!

そう簡単に独りに戻ることには満足できない。

XIII ヘイドンに(1)

気高いこころざし、公正を尚ぶ心、
　偉人の名声に対する敬愛の念は、
　そこかしこの名もなき人々の心、
薄汚い裏街や径なき森にも生きている。
そして、真理など解しそうにない人々のなかに
　しばしば〈ひたむきな心〉が見出されるものだ。
　それは金銭崇拝の憐れむべき連中に
身の置き所のない恥ずかしさを覚えさせるにちがいない。
勇猛果敢、努力を惜しまぬ天才の大義に示される、
　このような愛着のなんと素晴らしいことか。
大胆不屈の闘士が〈羨望〉や〈悪意〉を
　その古巣に追いやるとき何が起こるか。
国民の注目を浴びる彼らを誇らしく思い、

無数の人々が音無き喝采を贈るだろう。

（1）ヘイドン　キーツが尊敬していたイギリスの歴史画家（一七八六―一八四六）。

XIV　同じくヘイドンに

偉大な霊たちがいま地上に滞在している。
　雲と滝と湖の霊――彼は
　ヘルヴェリン(1)の山頂で目を覚まし
大天使の翼から生気を受け取る。
薔薇と菫と泉、人を惹きつける微笑み――
　この霊(2)は自由のために投獄された。
見よ！　次なる霊はその堅固な志操ゆえ、
ラファエロの囁きに劣る声を受けつけない。
来たるべき時代の額《ひたい》には、
　それらとは別の霊も立っている。
これらの霊こそ世界に新たな心、新たな脈拍を
　与えてくれるだろう。きみたちには聞こえないだろうか、
巨大な作業場のざわめきが。

きみたち世界の民よ、しばし耳を傾け口を噤め。

(1)ヘルヴェリン　ワーズワスゆかりの地、湖水地方の名峰。
(2)この霊　リー・ハント。

XV　きりぎりすと蟋蟀

大地の詩が滅びることはない。
　すべての鳥が熱い日差しにぐったりして、
　涼しい木の間に隠れるとき、刈り終わった牧草地の
生垣から生垣へ、声が流れるだろう──
それはきりぎりすだ。彼は夏の贅沢な
　虫の音の先陣を切る。彼の愉しみは
尽きることがない。というのも、歌に飽きると
どこか快適な草の下でのんびり休めるから。
大地の詩は決して絶えることがない。
　外が厳しい寒さに静まりかえる
　　侘しい冬の夕べ、ますます暖かくなる暖炉から
甲高い蟋蟀《こおろぎ》の歌が聞こえてくる。
　眠気で半ばうとうとしている者には

草地の丘で鳴いているきりぎりすのように聞こえる。

XVI　コシチューシコ(1)に

善人コシチューシコ、あなたの偉大な名前は
　それだけで高貴な感情を呼び覚ますに十分だ。
　それは広大な天球が轟かせる栄光の和声(2)——
永遠の調べのようにわれわれを襲い来る。
そして今、僕に教える。いまだ知られざる世界で
　英雄たちの名前は隠蔽する雲を突き破り、
　諧音となって、雲ひとつない青空や
銀の玉座のまわりを永遠に流れていく、と。
それはまた教えてくれる。善良な霊が
　大地を歩む幸せな日、あなたの名前は
　　アルフレッドや昔の偉人たちの名前と
　しずかに混じり合い、大音声の賛歌を
華々しく生み出すと、その音は遥か遠く

偉大な神の永遠の御座所《おわしどころ》まで響きわたる。

(1)コシチューシコ　ポーランド独立運動の父。米国独立戦争で米国側に従軍して奮戦した。

(2)天球が轟かせる栄光の和声（神々には聞こえるが、人間には聞こえない）天球の音楽。

XVII　イギリスは幸せの国

イギリスは幸せの国。この国以外の緑に
　お目にかかれなくても、高尚なロマンスに満ちた
　高い木立の森を吹きわたるこの国のそよ風以外の
風に吹かれなくても、べつに不満はない。
けれども、ときどきイタリアの空への憧れ、
　玉座よろしくアルプスの頂に坐り、
　世間や俗物のことなど半ば忘れたいという
内なる苦悶を抑えることができない。
イギリスは幸せの国。純真な娘たちはきれいだし、
　その純朴な愛らしさだけで僕には十分、
　黙って組んでいる真っ白な腕があれば十分だ。
けれど、しばしば僕は熱烈に焦れる、
　さらに深い瞳の美女を見たい、その歌声を聴き、

夏の湖上を一緒にただよってみたいと。

眠りと詩

ベッドで横になっているとひどく浅い眠りが
やってきた。どうしてぐっすり眠れなかった
のかわからない。というのもこの世の人間で
思うにわたしほど心の安らぎに恵まれた者は
いなかったからだ。病気も不安もなかった。
チョーサー

夏のそよ風より穏やかなものはなに?
咲いた花にほんの一瞬とまって、また
木陰から木陰へ楽しそうに飛んでいく
可愛い蜂鳥より心安らぐものはなに?
緑の島の誰も知らない所に咲いている
麝香薔薇より静かなものはなに?
青葉茂る谷間より健康なものはなに?

夜鳴鶯の巣より人目につかないものは？
コーディリア(1)の顔よりさわやかなものは？
高貴なロマンスより幻想豊かなものは？
それはおまえ、眠り。目をそっと閉じ、
優しい子守歌を静かに歌ってくれる者よ！
僕らの幸せな枕のまわりを軽やかに舞い、
罌粟《けし》の蕾としだれ柳の花冠をつくる者よ！
美しい人の長髪を黙って縺《もつ》れさせる者よ！
新しい日の出を晴れやかな眼差しで迎える
全ての目を生き返らせたおまえに、朝が称賛の
言葉をかけるとき、それを最も嬉しく聴く者よ！

　しかし、おまえより限りなく高貴なものはなに？
山の木がつける甘い樹果より新鮮なものは？
白鳥や鳩や遠くにぼんやり見える鷲の翼より
不思議で、美しく、心地よく、豪奢なものは？

それは何で、何にたとえたらよいのか？
その栄光に何ものも与かることはできない。
それを思えば畏怖と甘美と神聖に満たされ、
世俗の名利や痴愚はすべて追いはらわれる。
それは時として恐ろしい雷鳴のように、大地の
下から聞こえる鈍い轟音のように、やってくる。
また時として、あたりの虚空に棲息する
不思議な生きものの秘密をすべて明かす
やさしい囁き声のようにやってくる。
それで僕らは霊妙な姿をした光の精が
見えはしないか、かすかに聞こえる賛歌から
静かに漂ってくる欠片を捉えられるのではないか、
人生の終わりに僕らの名前を飾る月桂樹の花冠が
高く掲げられているのではないかと目を凝らす。
それは時として音声を顕賞することがあり、それで
「喜べ！　喜べ！」という声が心の底から湧き上がる。

その音はやがて万物の創造者の耳に届き、
熱烈な呟きとなって消えていくだろう。

　輝きわたる太陽やすべての雲を見て、
偉大な造物主の存在に心洗われる思いをした人は、
僕の言わんとすることを分かってくれるはずだし、
わが身がひかり輝くのを感じるにちがいない。
それゆえ彼が生得の能力で見ることを教えても、
彼の精神を侮辱することにはならないだろう。

　おお、〈詩〉よ！　あなたのためにペンをとる僕は、
まだその広大な世界の栄えある居留民ではない。
僕が白熱のかがやきに包まれているのを、
また、あなたの口から発せられる声を自ら
こだまさせているのを感じるときまで、
僕はどこかの山頂で跪《ひざまず》いているべきなのか。

おお、〈詩〉よ！　あなたのためにペンをとる僕は、
まだその広大な世界の栄えある居留民ではない。
けれども、僕の熱烈な祈りに応え、
あなたの神聖な棲処から送ってください――
澄みきった大気を、花咲く月桂樹の香りに
酔いしれる清々しい大気を。僕が喜びの死を
死に、僕の若い精神が真新しい生贄《いけにえ》として
偉大なアポロンめざし、朝日の光線を
追って行けるように。この圧倒的な快感に
耐えられるなら、僕はすべての場所にひそむ
美しい幻影を知るだろう。人目につかぬ木陰は
エリュシオン、(2)すなわち永遠の書物と化し、
僕はその本から沢山の美しい言葉を書き写す――
木の葉や花々について、森や泉で戯れる
ニンフたちについて、眠れる美女のまわりに
静けさを保護する木陰について、

また不思議な力の働きで言葉になったが、
どこでどうして生まれたか誰しも不思議に思う
数々の詩について。また暖炉のそばでは、
空想から生まれた幻影が漂い、崇高美の景観が
いくつも姿を現わすことだろう。僕はその中を
幸せに言葉もなく、佗しい谷間を蛇行する
水清きメンデレス川(3)のようにさまよい、
厳粛な木陰、魔法の岩屋、あるいは縞柄の
花のドレスでおおわれた緑の丘を見つけ、
あまりの美しさに畏れおののきながら、
許されるすべてのこと、人間の感覚に適合する
すべてのことを書箋《タブレット》に書きつけるだろう。
それから、僕はこの広い世界の出来事を
屈強な巨人のように鷲摑みにし、僕の魂をじらす。
やがてそれは、永遠不滅の世界を見出すための翼が
両肩に生えているのを見て誇らしく思うだろう。

　立ちどまって思いみよ！　人生はたったの一日。
木の梢から危険な旅路をたどる
はかない露のひと雫。モンモランシー[4]の
巨大な断崖を流れ落ちる舟でまどろむ
哀れなインディアンの一睡。なぜ悲しいため息を？
人生とは花開くまえの薔薇の希望、
千変万化するお話を読むこと、
乙女のヴェールをそっと持ち上げること。
晴れた夏空で宙返りをする鳩、
楡のしなやかな枝に跨って
屈託なく笑っている学童。

　ああ、詩に没頭できる十年がほしい。
そうすれば、僕の魂が自らに
命じたことをやりおおせるだろう。

僕は遠くに見える国々を通り過ぎ、
休む間もなく、行く先々の澄んだ泉を
味わってみたい。まず最初に、フローラと
パンの国を通って行こう。草原に寝ころび、
赤い林檎と苺を食べ、
僕の空想が目にする一つ一つの愉しみを選ぶ。
木陰に憩うニンフの白い手を握り、
そむけた顔から甘い接吻をぬすむ。
指をもてあそび、白い肩に唇を当て、
おもいきり強く咬んで、可愛らしく
身をすくませる。そのあと気が向いたら、
人の世の美しいお話を一緒に読もう。
あるニンフは従順な鳩に、休んでいる僕に
そっと涼しい風を送る上手なやり方を教える。
別のニンフは敏捷な足許に身を屈め、
頭の周りで緑のローブを漂うように整えると、

花々や木々に微笑みかけながら、
様々な動きで軽快に踊り続けるだろう。
また別のニンフは巴旦杏《アーモンド》の花々や
香り豊かな肉桂《シナモン》の木立ちへ僕を誘い入れる。
僕らはやがて緑の木陰に憩う。
真珠の貝殻の奥のほうで
うずくまる二つの宝石のように。

　僕はこうした歓びに別れを告げることができるだろうか。
そう、僕はさらに高貴な人生に入っていかねばならない。
僕はそこで人間の心の苦悩や苦闘を
見出すだろう――見よ！　はるか向こうに
天空の岩山を越えて行く一台の馬車と
それを牽く、たてがみ靡かせた馬たちが見える。
御者は厳粛な畏怖の表情で四方の風に目を遣る。
ときに空《くう》を踏む多くの馬たちが巨大な雲の

天辺で揺らめき、またある時は軽快に車輪を
回転させ、爽やかな青空へ降りてくると、
太陽の輝く眼で銀色に染められ、
大きく旋回しながらなおも下降してくる。
いま僕には緑の丘の中腹、風に靡く木々のなか、
そよ風に吹かれながら休んでいる彼らが見える。
御者は木や山にむかい、不思議な身振りで
話しかけると、すぐに喜びや神秘や恐怖を
表象する形が次々と姿を現わし、
樫の巨木が作る薄暗い空間の前方を
通り過ぎていく。遁走しつづける音楽を
追いかけるように、彼らは疾駆する。
見よ！　彼らが呟き、笑い、微笑み、泣くさまを。
ある者は手をあげ、口許をかたく結んでいる。
ある者は両腕で、顔を耳まで
隠している。花咲く青春のまっただなか、

闇の中を喜び笑って通り過ぎる者もあれば、
後ろを振り返る者、上を見あげる者がある。
そう、千人が千の違ったやり方で
前へ進んでいく。美しい娘たちが輪になって
踊り、つややかな髪を縺れさせたかと思うと、
今度は大きな翼を作る。馬を操る者は
畏れかしこまって前方に身を乗り出し、
何かに聴き入っている様子だ。ああ、彼が忙しなく
必死に書きとめていることを知ることができたら。

　幻は全部消えてしまい、馬車は大空の
光のなかへ走り去った。それと入れ替わりに、
現実感覚が二倍も強烈になって戻ってきて、
僕の魂を濁った川のように虚無へと
拉致していく。しかし、僕はあらゆる疑念に
執拗に抗して、あの馬車とそれがたどった

不思議な道筋の残像をはっきりと
心に留めておきたい。
いま現在の人間の
能力には、本当に僅かな余裕もなく、高貴な
想像力は、昔はあたり前だったのに、今では
自由に飛ぶことができないのか？　想像力の天馬を
用意し、大空の光に足を掛け、雲の上で奇《くす》しき
技を見せることはできないのか？　想像力は
エーテルの澄みわたる天空から、綻びはじめた
蕾まで、すべてを見せてくれたのではないのか？
ゼウスの大きな眉毛の意味から、四月の牧場の
緑なす若草までの？　ここイギリスの島でも
想像力の祭壇は輝いていた。その熱烈な聖歌隊に
勝るものがあっただろうか？　心地よい調べを
大声で歌いあげ、それ自体、天球のように
巨大で、回旋する大きな音声装置となって、

目も眩む蒼穹の深淵を、天球のように
永遠に回転しつづける。
そう、そのころミューズたちは名誉には
食傷気味。大声で歌い、波うつ髪を梳かす
ことのほかに、思い煩うことは何もなかった。

　これが全部忘れ去られたのか？　そう、気取りと
粗雑さではぐくまれた分派集団のせいで、
偉大なアポロンはこの島国のことを恥じた。
アポロンの栄光を理解できない者たちが
賢者と見なされ、彼らは、赤ん坊のように
弱々しく揺り馬を揺らしながら、
それを天馬ペガサスだと思った。ああ、哀れな連中よ！
空に四方の風が吹き、海には大濤が
逆巻いても、きみたちはそれを感じなかった。
大空は永劫不変の胸をはだけ、夏の夜の

露は変わることなく滴りつづけて、
朝を貴重なものにしてくれた。　美は目覚めていた！
どうしてきみたちも目覚めていなかったのか？
きみたちは自分の知らないものには死者も同然、
お粗末な定規と劣悪なコンパスで描いた黴臭い
法則に縛りつけられていた。　無知蒙昧な連中に
削除、挿入、剪定、同調の方法を教えると、
ヤコブの機知の頼りになる若枝[5]のように、
彼らの詩は法則に合致した。　仕事は簡単だった。
大勢の手間職人たちが〈詩〉の仮面をつけていた。
光り輝く詩神[6]をあからさまに
冒瀆しておきながら、それが分からなかった
不幸で不敬な輩よ！　彼らは粗末なおんぼろの
軍旗を担ぎまわっていたが、それには
ひどく安っぽい標語と大文字でボワロー[7]という
名前が記されていた。

　わが国の心地よい丘を
さまようことを務めと心得るあなたたちよ！
その累積した荘厳さで僕の限りない尊崇の念は
満たされているので、この汚れた場所では
あれら卑しい連中にあまりに近すぎて、あなたたちの
神聖な名前を明かすことはできない――彼らの恥ずべき所業は
あなたたちを驚かせたのでは？　悲しみにくれる古きテムズは
あなたたちを喜ばせたか？　嘆きの声をあげ
うましきエイヴォン(8)のほとりに集い、
涙したことはなかったか？　それとも、月桂樹の生えない
地方にきっぱり見切りをつけたのか？
あるいはこの地にとどまり、何人かの孤独な詩人に
歓迎の手を差しのべ、彼らはその青春を
誇らしく歌って死んでいったのか？　そうだった。
でもあの悲惨な時代のことは、もう忘れよう。
明るい季節がめぐってきた。あなたたちは

僕らに溢れんばかりの祝福を与え、新しい花冠を
用意してくれた。というのも、多くの場所から
美しい音楽が聞こえてきたのだ。白鳥の
漆黒の嘴に刺激され、湖畔の水晶の家から
歌声をあげた者[9]もいたし、温暖な谷間の巣に
静かに籠り、密生した茂みから囀る鳥のように、
笛を吹き鳴らす者[10]もいた——美しい調べが地上の
そこかしこに溢れている。あなたたちは幸せだ。

　これらのことはたしかだが、実のところ、
強力な歌声と一緒に不思議な雷鳴も聞こえてくる。
甘美で力強い荘厳な歌声に混じってはいるが、
その主題は明らかに醜い棍棒、
すなわち大海をかき混ぜる
詩のポリュフェーモス[11]たちだ。〈詩〉は
尽きることない光の驟雨、至上の力。

自らの右腕を枕にしてまどろむ権能。
眉根を吊り上げるだけで大勢の手下を
すすんで従わせる魅力があるし、
いつもしごく寛大な態度で支配する。
たとえミューズから生まれても、力だけでは
堕ちた天使も同然。根こぎにされた大木だ。
それを喜ぶのは闇と蛆虫、経帷子と墓場。
というのも、それは人生の毬《いが》と棘《とげ》を食い物に
していて、〈詩〉の偉大な目的を忘れているから。
人間の不安を鎮め、思考を高める
友でなければならないという目的を。

　しかし僕はよろこぶ。パフォス[12]に生えていた
どの天人花よりも美しい木が、苦い草の間から
甘い顔を空中にもたげ、次々に芽吹く
緑の若葉で、沈黙の空間をいっぱいにする。

幼い小鳥たちは皆そこに快適な隠れ処を見つけ、
軽く羽ばたきながら木陰のなかを移動し、
小さなカップ状の花々をついばみ、そして歌う。
このあと僕らは、天人花の優しい茎から
成長の邪魔になる棘を取り除こう。
僕らのいない、後の世に生まれた小鹿は、
素朴な花々が咲き乱れる新鮮な草地を
その下陰に見出すだろう。そこでは、跪いて
愛を乞う恋人より熱烈な振舞いは許されない。
閉じた本に頭を凭せ掛けている人の
静かな表情より穏やかでないものは許されない。
二つの丘の間にひろがる草の斜面より
静謐でないものも。愉しい希望よ、ようこそ！
かつてそうだったように、想像力は
もっとも素晴らしい迷宮へ忍び入り、
もっとも心安らぐことの数々を語る者が

詩界の王とみなされるだろう。
生きている間に、こうした喜びが実現するといいが。

　ここまで述べたことはおまえの思いあがりと
人は言うだろうか？　そんなことを言うより、差し迫る
恥辱から自分の愚かな顔を隠す方がずっとましだと？
泣き言をいう青二才は、恐ろしい稲妻に襲われないうちに、
恭しく畏まっていろとでも？　どうやって？
僕が身を隠すとすれば、それはまちがいなく
あの神殿のなか、〈詩〉の光の中でなければならない。
僕が斃れたら、すくなくとも静かな
白楊《ポプラ》の木陰の下に横たえてほしい。
僕の上には芝草がきれいに刈り込まれ、
親切な銘文を刻んだ記念碑がほしい。
失意よ、消え失せろ！　禍々しい煩いよ！
高貴な目的の達成を渇望し、いつも心が

餓えている者はおまえのことなど知るはずがない。
英知を計る天賦の才に恵まれていなくても、
それがどうしたというのだ。移り変わる人間の
すべての思考をあちらこちらへ吹き流す大風の
風向きを知らなくても、それがどうしたというのだ。
大いなる救いの理性が魂の暗い神秘を、
明晰な概念へ整理してくれなくても、
それがどうしたというのだ。一つの巨大な観念が
僕のまえを回りつづけ、僕はそこから
僕の自由をひろい集める。またそこから僕は
〈詩〉の目的と目標を見てきた。それは、
一年は四つの季節からなるという自明の真理と
同じぐらい明らかだし、白雲の高みに
引き上げられ、古い大聖堂の天辺にのっている
大きな十字架と同じぐらい目立つ。そんなだから、
僕は醜悪人間の最たるもの、卑怯者になり下がった

ことになるだろう――僕が自分の大胆な考えを公表する
こともなく、それに目をつぶってしまうならば。
ああ！　そんなことになるぐらいなら、狂人のように
崖から跳び下りたほうがましだ。熱い太陽が
僕のダイダロスの翼を溶かし、痙攣したこの身を
真っ逆さまに突き落としてくれたら！　いや待て！
内なる良心が、今しばらく冷静でいよと僕を諫める。
茫洋とした大海が、いくつも島をちりばめて
僕の眼前に厳めしく広がっている。その広大な
世界の探索を終えるまでに、どれほどの苦労、
どれだけの日数、どんな必死の苦闘が必要なのか。
ああ、なんという仕事だろう！　できることなら
跪いて前言を撤回したい――でも、それはできない。
できないのだ。
　　　　それに代わる愉しい仕事として、
もっと謙虚なことを考え、この奇異な試みを、

始めたときと同じように静かに終わらせたい。
僕の胸中から、いますべての激動が消えていく。
名声への道を容易にする手だてとして、
僕は友人たちの助力を心から頼りにしている——
兄弟愛、友情、お互いの幸福をはぐくむもの。
愉しいソネットを、まだ考えもしないうちから
脳髄に送りこんでくれる、暖かい抱擁。
詩が生まれようとしているときの静粛、
詩が生まれたときの、じつに嬉しい祝福の歓声。
明日かならず実行される伝言。
ある貴重な本を棚の隅から借り出していくのは、
僕たちが次に会ったときその本の周りに集まれるから——
これはたぶん、先の伝言と同じぐらい好ましいことだ。
これ以上書き続けることはできない。部屋のなかを
つがいの鳩のように、きれいな曲が羽ばたいているから。
それが優しく降りてくるのを僕の感覚が初めて捉えた、

あの愉しかった日の数々の喜びを思い出させてくれる。
この曲と一緒に、優雅な女性たちの姿が現れる。
彼女らは踊り跳ねる馬上で、気取ることなく堂々と
上半身を屈めている。ふっくらとした丸い指が
豊かな髪をかき分ける。バッカスが馬車から
素早く飛び降りたとき、彼の視線に
アリアドネ[13]の頬は朱く染まる。
版画挟みを開けたときの、愉しい言葉の
奔流を思い出すままに書きつけてみた。

　こうしたことが、安らぎにみちたイメージを
次々に呼びだす誘い水になる。藺草《いぐさ》の
なかにいる、白鳥の見えない首の動き。
茂みのなかをあちらこちらと動きまわる紅鶸《べにひわ》。
金色の羽を大きくひろげて薔薇の花に憩う蝶。
溢れかえる快楽で疼《うず》いているかのように

体を痙攣させている——もっとたくさん、
手持ちの贅美の世界に、僕は心ゆくまで
耽ることができる。けれども、罌粟の花冠を
つけた静かな〈眠り〉のことを忘れてはいけない。
この詩に何かしら価値があるとすれば、
それは彼のおかげだから。そういうわけで、
友たちの心地よい話し声もいまは同じように
好ましい静寂にとって代わり、僕は寝椅子に
坐って愉しかった一日を反芻してみる。
快楽の神殿の鍵が保管されているのは
ある詩人[14]の家だ。壁一面に、過ぎし世の
詩人たちを偲ばせる輝かしい品々が
掛けられている——たがいに微笑み交す
冷たい、神聖な胸像。憧れの名声を明るい
未来に託せる人は何と幸せなことだろう。
次に見えるのはファウヌスやサテュロス。彼らは

瑞々しい葡萄の葉叢のなかで、跳び跳ねたり
手を伸ばしたりして、大きく膨らんだ林檎を
狙っている。次に、筋入り大理石造りの神殿が
目に入る。そちらに向かって、芝生の上を
ニンフたちが優雅に列をなして近づいていく。
なかでも一番美しいニンフが、眩しい日の出に向かい
白い手を差し伸べている。美しい姉妹が
優美な体を傾けて抱き合い、その下を
幼い子供がよちよち歩いている。
荒々しく心を揺さぶる、流れるような
澄んだ笛の音を、熱心に聴いている者もいる。
見よ、別の絵ではニンフたちがディアナの
畏ろしい手足を大事そうに拭いている。
薄地のマントの裾が、浴場の縁を
水を撥ねながら進むと、静かに水面が揺れ、
やがて小波も静まる。そのさまは、海が

大きなうねりを岸の岩に静かに
押し上げると、荒波に耐えた海藻がふたたび
元の姿に戻るのに似ている。泡で癒された
海藻は、いま揺らめく故郷を全身で感じている。

サッフォーの温和な頭像もある。誰にともなく
半ば微笑んでいる。まるで過度の思索による
不機嫌が、その一瞬だけ彼女の額から消え、
彼女を一人きりにしたかのようだった。

アルフレッド大王の頭像も。不安げで
憐れむような眼差しは、苦悩する世界の溜息に絶えず
耳を傾けているかのようだ。コシチューシコの頭像も。
ひどい苦難に憔悴し、ものすごく孤独だ。

緑の木陰から出てきたペトラルカは

ラウラの姿を見て驚き、その美しい顔から
目を離すことができない。二人のなんと幸せなこと！
彼らの頭上には、思う存分自由に拡げた
翼が見えたし、翼のあいだからは
〈詩〉の顔が輝いていた。〈詩〉はその玉座から、
僕には分からないものを見渡していた。
今どこにいるかを思うと、その意識だけで
眠りを追い払うに十分だったが、それ以上に、
次々に思いが湧いてきて、僕の胸中に
情熱の灯がともされたのだった。その結果、
暁の光が眠らない一夜から僕の眠りを覚まし、
気分爽快、嬉しくも陽気になって起き出すと、
この日一日、ここまでの詩行を書き始めようと
決意した。その出来栄えがどうであろうと、
父親が息子にそうするように、手を加えない。

(1)**コーディリア**　『リア王』の末娘。真実を言ったために父王に疎んじられるが、最後には孝女であったことが判明する。
(2)**エリュシオン**　(ギ神)「幸福の野」。善人が死後に住む楽園。
(3)**メンデレス川**　曲折の多いことで知られる小アジア西部の川。サモス島近くでエーゲ海にそそぐ。
(4)**モンモランシー**　ケベック(カナダ)近くにある滝。
(5)**ヤコブの…若枝**　義父に仕えた報奨として、家畜の斑の仔を貰うことになったヤコブは、一部分皮を剝いで白くした三種の木の若枝(斑模様)をまじないとして置き、義父の家畜が斑の仔を産むように仕向ける。「創世記」三〇章三七―四二節
(6)**光り輝く詩神**　アポロン。
(7)**ボワロー**　古典主義時代のフランスの詩人・批評家。『詩の技法』(一六七四年)。
(8)**エイヴォン**　シェイクスピアの故郷ストラットフォードを流れる川。
(9)**湖畔の…あげた者**　ワーズワスを指す。
(10)**密生した…吹き鳴らす者**　リー・ハントのことか。
(11)**ポリュフェーモス**　ホメロス『オデュッセイア』九巻に登場する食人種の頭目。一つ目で怪力の持ち主。
(12)**パフォス**　キュプロス島の町。ウェヌス(ヴィーナス)の神殿で有名。なお、天人花はウェヌスの神木。
(13)**アリアドネ**　赤い糸を用い、迷宮でのテセウスの怪物(ミノタウロス)退治を助けたこ

とで有名。彼に見捨てられた後、バッカスに愛されて結婚する。ティツィアーノの絵「バッカスとアリアドネ」を下敷きにしている。

(14)**ある詩人**　リー・ハント。この後の版画や胸像、頭像の描写は、ハントの家で見たものの再現である。

『レイミア、
イザベラ、
聖アグネス祭の前夜、
その他の詩』

お知らせ*

未完の叙事詩「ハイピリオン」を本書に収録することには釈明が必要だと思われる読者のために、出版者から一言お断りをしておきます。この作品は作者の意に反し出版者の要請で印刷されましたので、収録の責任はもっぱら出版者にあります。この叙事詩は『エンディミオン』と同じ長さになるはずでしたが、その作品が受けた不評のために作者は先を続ける意欲を失くしました。

〔出版者/テイラー、ヘッシー〕
フリート・ストリート、一八二〇年六月二六日

* 知人への献呈本では、「お知らせ」を全部消したうえ、「これは小生が書いたものではありません。わたしは当時、病気をしていました」。また、「その作品が」で始まる一文については、「これは嘘です」と註記している。

レイミア

第一部

むかし妖精《フェアリ》の一族が、その幸《さき》わう森から
ニンフやサテュロスを追い払う以前の話——
妖精王オベロンのひかり輝く王冠、
錫杖《しゃくじょう》、露の宝石で留めたマントが
緑なす藺草《いぐさ》、灌木の茂み、九輪桜《くりんざくら》の草地から
ドリュアスやファウヌスを追い払う以前の話——
恋患いが癒える間もないヘルメスは、またまた
恋盗みに体を熱くして、黄金の玉座をあとにした。
やんごとなき命令者ゼウス(1)の目を避けるため、
その雷雲のこちら側へ、オリュンポスの
高い頂きからこっそり抜け出して、
クレタ島の岸辺の森に逃げ込んだ。
この神聖な島のどこかにニンフが棲んでいて、

その前で蹄《ひづめ》足のサテュロスたちが一人残らず跪《ひざまず》き、
恋にやつれたトリートン(2)は、彼女の白い脚めがけて
真珠を投げるが、陸《おか》ではただうち萎れ、崇めるしかない。
彼女がよく水浴びをする泉のほとりに、
また彼女がときどき姿を現わす牧場には
豪勢な贈り物が散らばっていたが、どれもミューズの知らないもの。
「空想」の宝箱は何でも取り出せるように開いていたのに。
ああ、彼女の足許には何と豊かな恋の世界が広がっていることか！
ヘルメスはそう思うと、神聖な恋の炎が
翼をつけた踵から両の耳に燃え上がり、
嫉妬の巻き毛となって剝き出しの肩に
垂れている金髪の下で、その両の耳は
百合の純白から薔薇の赤色に変わった。
谷から谷、森から森へ、新しい恋の情熱を
花々に吹きかけながら飛びまわった。
蛇行する川をいくつも源流までさかのぼっては、

この美しいニンフの秘密の寝床を探す。
すべては徒労、ニンフはどこにも見あたらない。
彼はひとり寂しく地上でからだを休めたが、
心は沈み、森の神々、いや木々に対してさえ、
嫉妬の苦悶で胸をいっぱいにしていた。
そこに立っていると、悲しげな声が聞こえてきた。
心優しい人が一度耳にすれば憐れみ以外、すべての苦痛が
心から消えてしまうような声だ。それはこう言っていた――
「このとぐろの墓から、あたしはいつ甦ることができるの！
生と愛と喜び、心と唇を奪いあう赤い闘いに相応しい
美しい体になって、あたしはいつ動きまわれるの！
ああ、あたしなんて惨めなんでしょう」
足に鳩の翼をもつ神ヘルメスは灌木や樹々のまわりを
音もなく滑るように走っていた。背の高い草や
咲き乱れる花々を押し分けながら急いでいると、
身を震わせている蛇が目にとまった。それは薄暗い

茂みの中で光りを放ち、とぐろを巻いていた。
　全身には眩い色が複雑に絡み合っている。
朱の斑点、金色に緑に青、
しま馬のような縞、豹のような茶色の斑点があり、
孔雀の羽の目玉模様、全体に深紅の筋がついている。
また銀色の月形がいっぱい浮き出ていて、彼女が
息をするたび、月形は消えたり前よりも明るく輝いたり、
あるいは輝きを暗い地《じ》のタペストリーの中に織りまぜる。
脇腹を虹色に染め、悲しみにくれる
その姿は、罪を悔い改めた女のエルフにも
悪魔の恋人にも、悪魔自身のようにも見えた。
頭の頂にはアリアドネの冠(3)のように
星を鏤めた蒼白い炎が浮かんでいる。
顔は蛇だが、ああ、醜《ビター》にして美《スイート》とはこのことか！
その口は真珠の粒が完全に揃った女の口だ。

目はどうかと言えば——そんな目に何ができようか、
こんなにも美しく生まれついたことをただ泣くよりほかに。
シチリアの空を焦がれて泣くプロセルピナ(4)もかくやとばかり。
蛇の喉はしていても、話す言葉は恋ゆえに
泡立つ蜂蜜のなかを通ってきたかのようだった。
言葉は次のとおりで、その間ヘルメスは
獲物を狙う鷹のように、中空に浮かんでいた。

「帽子の翼をはためかせ、空を舞うヘルメスさま、
あたしは夕べ、あなたのすてきな夢を見ました。
神さびたオリュンポス山の黄金の椅子に、神々と一緒に
坐っていらっしゃるお姿が見えたのです。
あなたお一人が悲しそうでした。
あなたは聴いてはいらっしゃらなかった。
リュートを奏で澄んだ声で歌っているミューズたちも
喉を震わせ独り歌うアポロンの甘い調べも耳に入らない様子で。

夢の中のあなたは、深紅の衣を纏い、恋に無我夢中。
闇から姿を現わす暁のように、雲間から姿を現わすと、
輝くフォイボスの光線さながら、一目散でこちらに向かう
お姿が目に入りました。あなたは今クレタにおいでです。
優しすぎるヘルメスさま、恋のお相手は見つかりまして？」
これを聞くと、死者をレテ(5)へ引導する神ヘルメスは
すぐさま流暢な雄弁をくりだしてこう尋ねる――
「舌滑らかな蛇よ、高貴な霊感を受けた者に違いない。
悲しい目をしてとぐろを巻いている美しい蛇よ、
おまえに思いつける幸せを何なりと取らせよう。
ただし、おれ様の探しているニンフがどこに逃げたか、
どこで息をしているかを教えてくれ」「輝く明星のあなた、
いま口をきいてくださいましたね」蛇が答える、「お美しい神さま、
誓って約束をしてください」「誓うぞ」ヘルメスが言う、
「蛇杖《カドケウス》にかけて、またおまえの目と星の冠にかけて」。
彼の熱心な言葉は満開の花々のあいだを軽やかに流れる。

すると、燦爛と輝く女蛇はふたたび次のように言う——
「あなたはあまりにも気弱です。行方知れぬこのニンフは
姿こそ見えませんが、空気のように気ままに
棘草一つない野を散策しています。誰にも見られず
楽しい日々を過ごし、誰にも見られず美しい花々や
草の間にそっと足跡を残していくのです。
萎れた蔓草の巻き毛や垂れ下がった緑の枝から
隠れた実を摘み取り、誰にも見られずに沐浴をします。
あたしの魔法の力で、美しい裸身は
サテュロスやファウヌスのいやらしい流し目、
また、ただれ目のシレノス(6)が吐《つ》く恋の溜め息で
辱め傷つけられないように隠されているのです。
言いよる彼らを苦にするあまり、不死身の彼女も
顔蒼ざめ、たいそう嘆き悲しむものですから、
あたしは憐れみを覚え、髪を魔法のシロップに
浸すように言いつけました。このシロップは

彼女の美しい姿を見えなくさせ、それでいて
勝手気まま、好きなように彷徨うことができるのです。
ヘルメスさま、あなただけに彼女の姿をお見せします。
お誓いになったとおり、あたしの願いを叶えてくだされば」
魅せられた神はふたたび誓いをたて始めたが、
誓言は暖かで誠意あふれる震え声、プルサルテリウムの
調べとなって蛇の両の耳へと流れた。
うっとりした蛇はキルケー(7)の顔をあげ、
ダマスク薔薇のように紅潮させると早口で言う——
「あたし、むかしは人間の女でした。もう一度
女にして、以前の魅力的な姿に戻してください。
コリントスの若者を恋しています。ああ、この幸せな気持ち！
元の女の姿をください。彼のいるところへ移してください。
ヘルメスさま、身を屈めて。お額に息を吹きかけさせてください。
そうすれば、すぐにもあなたの美しいニンフをご覧になれます」
神が翼を半ばたたみ、静かに身を沈めると、

蛇は彼の目に息を吹きかける。するとすぐに二人には
近くの草地で微笑んでいる用心深いニンフが見えた。
これは夢ではない。夢と言いたければ言うがいい。
神々の見る夢は現実で、彼らの悦楽は
長い不滅の夢の中を滑るように流れていくのだ。
熱くのぼせた一瞬、森のニンフの美しさに
圧倒されたかのように、宙に浮かぶ神の体は熱く燃えた。
それから足跡のない草地に降り、うっとりとした
蛇の方を向くと、けだるい腕を動かして
しなやかな蛇杖の魔法の効能をそっと試してみた。
それが終わると、崇拝の涙と媚びをいっぱいに
浮かべた眼をニンフに向け、彼女のほうに
近寄って行った。彼女は欠けていく月のように
彼の前で蒼ざめ、後ずさりし、恐怖のすすり泣きを
抑えることができなかった。夕べになると
萎れて身を縮める花のように体を竦ませて。

しかし、神が彼女の凍える手を撫でると
暖かさを感じ、その目蓋はゆっくりと開いた。
そして、蜜蜂の朝の歌を聞いた花のように
花弁を開き、その蜜を一滴余さず彼に捧げた。
二人は緑なす森の奥へ飛んで行ったが、
人間の恋人のように蒼ざめてはいなかった。

　一人になると蛇は変身しはじめた。
彼女のエルフの血は狂ったように流れ
口は泡を吹き、草はその飛沫を浴びて
こよなく甘い毒性の雫のために萎れた。
激しい苦痛と辛い苦悶で目は据わり、熱をおびて
どんよりと曇り、大きく見開かれ、睫は焦げて燐光と
鋭い火花を発していたが、それを冷やす涙は一滴もなかった。
長く伸びた全身に雑多な色を輝かせ、
深紅の苦痛に痙攣しながら、彼女は身をくねらせる。

すると、火山で見かける硫黄の濃い黄色が
全身に浮かぶ美しい月形模様にとって代わり、
溶岩が牧草地を荒廃させるように、
銀色の鱗と黄金の紋様を台無しにしてしまう。
すべての斑点、縦縞や横縞を黒くし、
三日月模様を消し、星形を舐めとってしまった。
そのため、たちまち体からはサファイア、
みどり、アメシスト、紅銀が消える。
それらがすっかり消えてしまうと、
後にはただ苦痛と醜さだけが残された。
頭はまだ輝いていたが、それが消えると同時に
彼女もまた突然、溶けるように消えた。
彼女の新しい声が優しいリュートのように
中空に叫ぶ、「リシアス、優しいリシアス」――この言葉は
雪をかぶった山々の明るい靄と一緒に空高く運ばれて
消える。そのあとクレタの森ではもう何も聞こえなかった。

レイミアはどこへ行ったのか？　あでやかで、
初々しいおとなの美女に変身したレイミアは。
彼女はケンクレアス（8）の岸辺からコリントスに
向かう人たちが越える、あの谷に逃げ、
荒涼とした山々の麓で休息していた。
そこにはペラエアの小川にできた
岩だらけの泉がいくつかあり、樹一本ない尾根が
靄や千切れ雲と一緒に南西のクレオネの方に
延びている別の山並みの麓になっている。
森からは幼い小鳥が一とびで飛んで行けるところ、
透きとおった泉のほとり、苔むす小径の
緑の坂に彼女は美しい姿で立っていたが、水仙の花々と
競うようにローブを華やかに翻しながら、あんなにも
辛い不幸を免れた自分の姿を水面に見て感動した。

ああ、幸せなリシアス！　それというのも彼女は
どんな娘よりも美しかったから。髪は三つ編み、恋の
ため息をつき、顔を赤らめて花咲く春の牧場で吟遊詩人の
歌を聴くため緑のカートルを拡げて坐っただれよりも。
唇はまだ清純なままでも、恋の知識は
赤い心臓の芯まで深く学びつくしている。
人間になってまだ一週間、しかしその頭脳には
快楽を隣り合わせの苦痛と区別する知識がある。
歓びと苦痛の厄介な境界線を定め、両者が接触し
また突如位置を交替する接点から両者を引き離し、
見せかけの混沌に慣れ親しみ、ひどく曖昧な
その構成要素を確かな技術で区別する。
さながら恋の神キューピッド学園の美人卒業生。
いつも褒められ、楽しい日々をおくり、もの憂い
無為のうちに薔薇色の学期を過ごした卒業生だ。

　この美しい女がなぜ妖精のような姿で道端に
立ちつくしていたのか、その理由《わけ》はやがて分かるだろう。
まず最初に、わが身が牢獄同然の蛇だったころ、自分の
望む珍しくて豪華なすべてのものを、なぜ彼女は瞑想し、
夢見ることができたのか――それを話すのが順序だろう。
行きたい場所はどこでも、彼女の心は行くことができた。
朧にかすむエリュシオンの野であれ、ネレイス[9]の
美しい娘たちが巻き毛のようにうねる波をかきわけ、
真珠の階段を幾つも降りて行くテティス[10]の部屋や、
酒神バッカスがのんびりと体を横たえ、神聖な杯を
飲み干す樹液したたる松の木の下であれ、
あるいはウルカヌス[11]の列柱がはるか向こうまで
一直線に並んで光っているプルートン[12]の庭園であれ。
また時には、宴会やどんちゃん騒ぎに加わるため、
彼女は自分の夢を都会へと送り出す。
むかし人間に混じってそんなふうに

夢を見ていたとき、コリントスの若者リシアスが
若いゼウスのように、穏やかな冷めた顔をして
戦車競走の先頭にいるのを見て、
彼女は目の眩むような思いで彼を恋した。
蛾の舞う薄暗い夕べ、彼女はよく知っていたが、
彼はじきにこの道をとおって、海岸から
コリントスへ戻っていくだろう。というのも
新たに穏やかな東風が吹きはじめ、彼の乗った
ガレー船がエギナの島から着いて錨をおろし、
ケンクレアス港で真鍮の舳先を軋ませていたからだ。
リシアスはゼウスへの生贄をささげるため、その島に
しばらく滞在していたが、そこの神殿は大理石の扉を
開けて、血と珍しい香料が焚かれるのを待っている。
ゼウスは誓願を聴き、十二分にその望みを叶えた。
というのも、偶然の気まぐれで彼は仲間と離れ、
ひとりきりで歩きはじめていたからだ。

仲間内のコリントスの噂話に飽きたのだろう。
彼はもの寂しい丘をいくつも越えて行った。
初めは何も思わなかったが、宵の明星が現れる前に
その想いは理性が色褪せるところ、プラトン思想の
静謐な薄明の世界に引き込まれていった。
レイミアは彼が徐々に近づいてくるのを見ている。
悲しくなるほど無関心に、彼女のそばを通り過ぎ、
サンダルは音もなく苔むす緑の山径を越えていく。
あんなにも彼の近くに立っていたのに、彼には
まったく見えていなかった。彼の心はマントのように
プラトン思想に包まれ、その秘義に囚われていたから。
その間も彼女の眼は彼の足跡を追い、上品な白い頸を
彼の方に向けるとこう言った、「ああ、光り輝くリシアス、
あたしをたったひとり丘に置き去りにするのですか。
リシアス、振り返って！　あたしに憐れみを！」
彼は振り返った。冷静な驚きやたじろぎからではなく、

エウリディケーを振り返ったオルフェウス(13)のように。
彼女の歌うような言葉はとても美しく聞こえたので、
ひと夏の間ずっと聴いていたような気がした。
彼の眼は彼女の美しさをすぐに飲み干してしまい、
狼狽している彼のコップには一滴も残っていない。
それでもコップは一杯になっていた。一方で、自分の口が
賛美の言葉を捧げないうちに彼女が消えてしまうのを恐れ、
このように褒め言葉を口にしはじめた。穏やかな顔に
恥じらいを浮かべ、彼女は彼を縛る愛の鎖が確かなのを知った。
「あなたを置き去りにする！　振り返る！　ああ女神様、
僕の眼があなたから離れられるかどうか、見てください。
後生ですから、この哀れな心を騙したりしないでください。
あなたが姿を消すとき僕は死ぬでしょう。
行かないでください！　あなたが川の精ナイアスであっても。
遠くからでも川はあなたの命令に従うでしょうから。
行かないでください！　濃緑《こみどり》の森があなたの住む世界だとしても。

森はひとりで朝の雨を飲むことができるでしょうから。
あなたが地上に下りたプレイアス(14)だとしても、仲睦まじい
ご姉妹のどなたかが天球の諧音を奏で、あなたに代わって
銀色に輝いてくれるのではないでしょうか。
あなたの甘美な挨拶は僕のうっとりした耳に
とてもやさしく聞こえました。あなたがいなくなったら、
あなたの記憶は僕を亡霊のように窶《やつ》れさせるでしょう。
後生ですから、姿を消さないでください」。レイミアは言う、
「あたしがここの固い土の床《ゆか》にとどまり、
あたりの棘棘した花で足を痛めたとき、
あなたはどんな魅力的な言葉やしぐさで、
故郷の細やかな記憶を忘れさせてくれるのかしら。
歓びもなく、不老不死も浄福もないこの地で
丘や谷の散歩の相手になってほしいと
このあたしに頼むなんてあつかましすぎるわ。
リシアス、あなたは学者さんだから知っているはずよ。

精霊は人間の棲む下界では息ができないし、
暮らすこともできないことは。言ってもむだだけど、
あたしの繊細な霊を満足させる、どんな精妙な大気を
用意していただけるのかしら。あたしの五感の
すべてを満足させ、不思議な秘術で数々の渇きを
鎮めてくれる、どんな静かな宮殿をお持ちかしら。
ないものねだりよね——さようなら」。そう言うと
白い腕を拡げ、爪立ちをした。孤独の嘆きから
芽生えた恋の希望が失せそうなのに狼狽し、
彼は悲痛に蒼ざめ、愛の言葉を呟きながら失神した。
残酷な女はやさしい恋人の苦悩する姿に
いささかも悲しむ様子を見せなかった。
むしろ、その目が輝けるかぎりさらに
一層目を輝かせ、ゆっくりとやさしく
新しい唇を彼の唇に重ねて、自分の網に
絡めとった命をふたたびよみがえらせた。

彼が一つの恍惚から目覚め、次の恍惚に
落ちていくたびに、美と生と愛とすべての
ものに満ち足りて、地上の竪琴に合わせるには
あまりに美しすぎる歌をうたいはじめる。
その間、星は息を潜めるように煌めく光を和らげた。
それから彼女は震える声で囁く。その様は
何日も辛い日々を過ごした恋人たちが、初めて
無事二人きりで会えたとき、目くばせではなく
声の言葉を交わした時のようだった。彼女は彼に
うつむいた顔を上げ、疑いを捨ててほしいと頼む。
というのも、彼女は人間の女で、その血管には
鼓動する血以外の精妙な液体は流れていないし、
神経のかぼそい彼女の心臓には
彼と同じ苦痛が宿っているから。
次いで彼女は、彼の眼がこんなにも長い間どうして
自分の顔を見ずにいられたのか訝しく思ったが、

彼女が言うには、この町で完全に人目を避けて暮らして
いたわけではなく、お金の力が許すかぎりの楽しい日々を
送っていた。愛の支援はないが、それでも満足していた。
ある日、彼のそばを通り過ぎ、彼を目にするまでは。
彼はものを思うふうで、ウェヌス神殿入口の円柱に
凭れていたが、彼の周りには恋を促す香草や花を
一杯に入れた籠があった。この日はアドニス[15]祭の前夜で
香草と花は夕方晩くに新しく刈り取ったものだった。
それ以後、彼を見かけなかったので、毎日ひとりで
泣いていた。蛇の自分から言い寄ったりはできないから。
リシアスが死から目覚めると、彼女がまだ
そばにいて大層甘い唄を歌っているのを知って驚く。
それから、愛の告白を言葉たくみに囁いているのを
耳にしたとき、驚きは歓びに変わった。
彼女の話す言葉の一つ一つが、彼を単純な
歓びと既知の快楽へと引き入れる。

フェアリやペリ[16]や女神たちの恋の歓びについて
熱狂する詩人たちには好きなように言わせておこう。
洞窟や湖水や滝などに出没する
彼女たちには、ピュラ[17]の石やアダムの
種族の直系である本物の女が
味わうような歓びはないのだ。
こうして優しいレイミアは正しい判断をくだした。
なかば恐れられていてはリシアスに愛されないと。
それで彼女は女神の厳めしさを振り払い、人間の女の役を
演じることで一層楽しく彼の心を勝ち取ったが、
女神の威厳は美貌が許す範囲にとどめておいた。
そうすれば、相手を威圧しても愛は保証される。
リシアスは言葉の一つ一つに溜め息を交え、
すべての問いに言葉巧みに答えた。
最後に、コリントスの方を指さして優しく尋ねる――
今夜そこまで行くのは、彼女の華奢な足には遠すぎるかと。

道のりは短かった。というのも、レイミアの逸る心が
魔法の力で三リーグを数歩の距離に縮めていたから。
彼女にすっかり夢中になっている盲目のリシアスに
その間の事情はまったく推測できなかった。
二人は市の城門を通り過ぎたが、どうして音もなく通り
過ぎたのか分からなかったし、知りたいとも思わなかった。

　人が夢の中で話をするときのように
コリントスの人々は豪勢な館、賑やかな通り、
淫らな神殿(18)のいたるところで、城壁の塔の彼方に
ひろがる夜空に向かって呟く。ざわざわと鳴る
呟きは遠くで起きている嵐のように聞こえた。
男も女も、貧しい者も富める者も外が涼しくなると、
仲間同士であるいは独りで、真っ白な舗道を
サンダル履きの足を引きずりながら歩く。そこかしこ
金持ちの宴会場では、沢山の灯りがゆらゆらと燃え、

その明りが彼らの動く影を壁に映し出す。
あるいは、アーチ形の神殿の入口や、ほの暗い
列柱の軒蛇腹の暗がりに群がる人々を照らし出す。

　捻れた灰色の顎髯、鋭い眼、つる禿の頭、ゆっくりとした
足取りで、学者の着るガウンを羽織った男が
近づいてきたとき、友達に声をかけられるのを恐れ、
顔を隠していたリシアスは彼女の手を強く握りしめた。
二人がすれ違ったとき、リシアスはマントの中へ
さらに身を縮め、足に帆を掛けて急いだが、
急かされたレイミアは体を震わせた。「ああ」と
彼が言う、「どうして悲しそうに震えているの？
どうしてきみの掌はこんなに汗ばんでいるの？」
「あたし疲れてるの」美しいレイミアは言う。
「あの老人はどなた？　どんな顔だったか
思い出せないわ。リシアス、どうしてあの人の鋭い眼から

身を隠そうとしたの？」リシアスが答える、
「あの人は僕の信頼する指導者、
立派な哲学者のアポローニアス先生だ。けれど今夜は
甘い夢の邪魔をする愚かな亡霊のようだ」。

　彼が話している間に、二人は高い玄関扉のある
木柱に支えられたポーチの前に着いたが
そこには銀製のランプが吊るされ、燐光の輝きが
水に映る星影のように柔らかく、下の大理石の
階段に反射していた。大理石の色はとても
新しく、また少しも汚れてはいなかったし、
澄んだ水面の透きとおった光沢には
黒い筋が走っていたので、それに触れることが
できるのは天女の足だけであっただろう。
イオルス琴のような音が蝶番から聞こえ、
広い玄関扉が館の内部を露わにするが、

この館のことは、その後しばらくのあいだ彼ら二人と
この年になって市場付近で目撃された啞のペルシア人
数人しか知らなかったし、二人がどこに住んでいるかは
誰も知らなかった。好奇心に駆られて彼らの家を
突き止めようとした者たちもその意図をくじかれた。
この後二人がどんな悲劇に見舞われたか——足取り覚束ないこの詩も
真実のために語らないわけにはいかない。恋人二人をこのままにして
恋のロマンスなど信じはしない、忙しない世間の目から
彼らを隠しておけば、多くの人々を満足させるだろうが。

第二部

パンの欠片に水だけの、あばら家の愛は、
愛の神よ、お許しあれ！　燃え滓、灰殻、塵芥《ちりあくた》。
豪邸の愛もおそらく最後には、隠者の
断食にもまして辛い拷問となるだろう――
これは妖精の国から伝わる眉唾もののお話、
愛の真相を知らない凡人には理解しがたい。
リシアスが彼の物語を生きて後世に伝えていたら、
この教訓をあらためて否認したかもしれないし、
肯定したかもしれないが、二人の幸せはあまりに短く、
優しい声を刺々しくする不信と憎しみが生まれる暇《いとま》はなかった。
それに、そこでは夜ごと愛の神が恐ろしい目つきで
このように申し分ない恋人たちを見張っていた。
二人の寝室の扉楣《とびらまぐさ》の上のほうで、

恐ろしい音を立てて翼をはためかせ、空《くう》を
舞いながら廊下の床を照らし出していたのだ。

　愛の神のご加護にもかかわらず、破滅が
やってきた。夕暮れどき彼らは並んで
長椅子に坐っている。二人がいたのは
窓近く、金糸《きんし》の紐に吊るされた薄地の窓掛《カーテン》が
部屋のなかへ流れこみ、青く澄んだ夏の空を
二本の大理石脇柱の間に、あらわに
映しだしている――彼らはそこで寛いでいたが、
これは今では楽しい習慣になっていた。
夢うつつの状態で目を閉じていても、相手が
見えるように、愛は瞼をすこし開けておいてくれる。
郊外の丘の中腹から、燕の囀りをかき消すように、
喇叭の甲高い響きが聞こえてきたとき、
リシアスはぎょっとして体を起こす。音は消えたが、

彼の頭にはざわめきのような、ある思いが残った。
赤紫の壁布を張った、この甘い罪の館に
ひっそり隠れ住むようになって以来、
彼の心は初めてこの黄金の世界の外へ、
捨てたにも等しい忙しない世間へと向かった。
いつも目ざとく敏感な館の女主人は、
この様子に心を痛める。歓びの王国にいるのに、
それとは別の何かを、さらに多くを望む気持ちはそれほど
執拗なのか。彼が自分以外のことを考えているのを
悲しんで、彼女は溜め息をつきはじめる。一瞬でもものを
思うことが、恋の弔鐘であることをよく知っていたから。
「美しいひとよ、どうして溜め息をつくの?」彼がささやく。
「あなたこそ、どうして考え事をしているの?」彼女が優しく問い返す。
「あなたはあたしを見捨てたのね。今あたしはどこにいるの?
心配事があなたの額に圧《の》しかかっているかぎり、あなたの心にはいない。
そうよ、あなたはあたしを追い出したのよ。あたしはあなたの胸から

孤児《みなしご》になって出ていくの。そう、それにちがいないわ」
彼は彼女の見開いた両の眼《まなこ》に覆いかぶさり、それに答えたが、
楽園とも言うべきその眼には彼の姿が小さく映っていた。
「夕べに朝《あした》に、いつも僕に輝いてくれる銀の明星よ！
どうしてそんなに悲しく侘しい言葉で訴えるの？
さらに濃い血潮と二倍の疼きで心を満たすには
どうすればいいのかと、僕は一生懸命になっているのに。
きみの魂を僕の魂にどうやって縺れさせ、絡ませ、囚《とら》え、
薔薇の蕾の隠れた香りのように、きみをそこに
彷徨わせようと、そればかりを思っているのに。
そうだ、甘い接吻《くちづけ》を——大きな悲しみが見えるきみに。
僕の考えごと？　教えてあげようか。このとおりだ。
ほかの男たちが驚き圧倒される、宝のような恋人が
いたら、ときには豪華ななりで外を歩かせ、
得意顔にさせてみたいと思わない人間がいるだろうか。
声をからして囃したてるコリントスの男たちに

きみが囲まれているのを見たら僕はうれしい。
敵は黙らせ、友人には遠くから歓声をあげさせる。
そして人混みの町中を、花嫁のきみを乗せた馬車が
車輻《スポーク》を光らせながら進むのだ」――女の頰は震えた。
彼女は何も言わず、顔蒼ざめ、おずおずと
立ちあがり、彼の前に跪き、その言葉に
悲しみの涙雨を流す。やがて彼の手を
握りしめると悲痛な表情を浮かべ、考えを
変えてほしいと懇願した。それを聞くと彼は
苛立ち、依怙地になる。妄想をあおりたて、
彼女の一途で臆病な性格を自分の目的に利用した。
それに彼女を愛していたにもかかわらず、
彼は理性の指示とはうらはらに、われ知らず
彼女のしおらしい新たな悲しみを贅沢に愉しんだのだ。
彼の情《こころ》は残忍になり、獰猛で強烈な赤い
血の色をおびる。まだ年若いその血管が

どす黒く膨れあがることはなかったが。
抑えた怒りは蛇を打ち殺そうとしているときの
アポロンのように美しかった。
えっ、蛇だって！　間違いなく彼女は蛇ではない。
その体は熱く燃え、彼の虐待をよろこんだ。
完全に抑えこまれ、彼女は同意するしかなかった——
彼が結婚披露宴に恋人を連れ出すことに。
静まりかえった夜更けに若者がささやく。
「きみにもきっと美しい名前があるはずだ。
いまもそうだけど、きみのことを人間ではなく
神の末裔だと思ってきたので、これまで名前を
訊ねたことなどなかったが。きみにも人間の名前が、
目も眩むほど美しい体に相応しい呼び名があるはず。
僕たちの結婚の祝宴、婚姻の喜びをともにしてくれる
友人身内がこの町にいるのではないだろうか？」
「友達はいません」レイミアは言う、「ただの一人も。

広いコリントスであたしの存在を知る人はほとんどいません。
両親の遺骨は骨壺に収められたまま、
お香が焚かれることもありません。
あたしを除いて不幸な一族はみんな死に絶え、
あなたゆえに神聖な儀式もなおざりになっています。
お考えのとおり、お好きなだけお客様をお招きください。
けれども、あなたの目的があたしを喜ばせることでしたら、
(そのようにも見えますが)どうか老師アポローニアス様だけは
お招びにならないでください。あの方からあたしを隠してください」。
こんな訳のわからない、そっけない言葉を聞いて当惑し、
リシアスはこと細かに問いただしたが、レイミアは
彼の手を払いのけ、眠ったふりを装う。彼もたちまち
深い眠りの気だるい闇へ誘われていった。

　日も明るい夕暮れ時、顔をヴェールで隠したまま、
花嫁を家から連れ出し、馬車に乗せ、町を

行進することは当時の習わしだった。馬車は
他の行列を従え、その前方に花を撒き、松明を掲げ、
祝婚歌がうたわれる。しかしこの無名の美女には
友だちがいなかった。それで一人きりになると、
(リシアスは親戚を呼び集めるために出かけていた)
彼の愚かな心を気狂いじみた虚栄から
取り戻すことはできないと確信していたので、
このみじめな舞台をそれ相応の豪華な様《さま》に
どう整えたらよいか、思いを凝らしはじめた。
彼女は実行に移した。しかし、姿の見えない召使たちがどこから
どのようにして現われ、彼らが何者なのかは分からなかった。
広間の周辺や扉の内でも外でも、ばたばたと
翼の羽ばたく音が聞こえ、するとたちまち
広い優雅なアーチ天井の眩い宴会場が出現した。
屋根役の妖精をたった一人で支えていたのは、鳴りやまぬ
音楽だけ。魔力が消えてしまうのを恐れるかのように、

大広間のいたるところでうめき声をあげていた。
棕櫚《しゅろ》と芭蕉の林を思わせるように、新たに彫刻を施した
ヒマラヤ杉が、天井高く真ん中で合わさるように
差し交わされている。これは花嫁を祝福するため。
二本の棕櫚の次には二本の芭蕉というように、
通路のいちばん奥まで枝と枝が両側から
差し交わされ、木の下には壁から壁へ一直線に
灯りが点々とともされていた。
木々の枝におおわれ、香ばしい匂いを立てるご馳走が
手つかずのまま置かれていた。豪華な装いのレイミアは、
無言のままゆっくりと歩いてまわる。生気のない
あきらめ顔に不満の色を浮かべて歩を進めながら、
大広間の隅や壁龕《へきがん》を雷文《らいもん》模様で華やかに
飾るため、姿の見えない召使たちを送り出す。
初めは大理石が敷かれていただけの木々の間に
碧玉《ジャスパー》の羽目板が現われ、それからとつぜん、

小さな木々が空中を這っている光景が出現した。
木々はより大きなものと複雑に絡まりあっている。
全体の様子に納得すると、彼女は念力で自分の姿を消し、
寝室を固く閉ざす。室内は物音一つせず静かだ。
騒々しい宴会の準備はとどこおりなく整っている。
厭な客たちが到着し、彼女の孤独を台無しにするだろう。

　その日がやってきて、ゴシップ好きの連中が姿を見せた。
おお、無分別なリシアス！　気でも狂ったか。無言で
おまえを祝福している運命、暖かく隔離された時間を
なぜ侮辱し、この秘密の館をなぜ世間の目にさらすのか。
人の群れが近づく。客は誰も忙しく頭を働かせ、
玄関口に着くなり、あちらこちらと眺めわたし、
驚きながら館内に入った。というのも彼らは子供のころから
この街を知っており、通りの様子は一つ残らず
完璧に憶えていたにもかかわらず、この堂々とした玄関、

聳えたつ美しい館を以前に見たことはなかったからだ。

それでみんなはまごつき、怪しみ、いそいそと中に入った。

一人だけ例外で、この男は鋭い目つきで玄関を眺め、冷静な足取りで厳めしく歩を運んだ。

それはアポローニアスだ。彼はすこし笑いもした。そのときまで彼の粘り強い思考を撥ねつけていた難問の結び目がやっと緩み、解けはじめたように思われたから。それは彼が予想したとおりだった。


　ざわついている控えの間で彼は年若い弟子に会った。「リシアスよ」彼は言う、「招かれざる客がきみのところに押しかけ、招かれざる存在で若い友たちの華やかな集まりを汚すのは、世間の習わしではない。しかし、わしはこの非道な所業をせねばならず、きみはそれを許してくれねばならぬ」。リシアスは赤面し、広く開け放たれた部屋の扉の奥へ老師を案内する。
取りなしの言葉と慇懃な態度で、彼は
この詭弁学者の不機嫌を甘いミルクに変えた。

　隅々まで行きわたる光と香気に包まれて、
宴会場は豊饒なかがやきに満ちていた。
透明などの鏡板の前にも、煙をくゆらせる香炉が
置かれていたが、どれも神聖な三脚台で高く
支えられ、なかでは没薬《もつやく》と香木《こうぼく》が焚かれていた。
また三本の細い脚は、柔らかな毛織り絨毯の上で
大きく反り返っていた。五十の煙の輪が
五十の香炉から高い天井に向かって軽やかに
立ち昇る。鏡の壁を昇っていくとき、
かならず香《かぐわ》しい双子の雲になって映っている。
絹張りの椅子をめぐらせた円いテーブルは、
豹の足に似せた台脚で大人の胸の高さに

しつらえられ、金製の重い杯やゴブレット、
あの〈豊穣の角《コルヌコピア》〉[19]三倍分のケレス[20]の恵みや
陰鬱な酒樽から陽気に輝きながら注ぎ出され、
大きな器に入れられたワインなどを支えていた。
このようにご馳走を並べたテーブルがいくつも置かれ、
どれもその真中ではある神の像が光を放っていた。

　控えの間で、すべての客が召使の奴隷から
大きな冷たいスポンジをひんやり心地よく
手や足に押し当ててもらい、
こういう場合の作法どおり、香しい油を
髪に振りかけてもらった後、全員白いローブを羽織って
宴会の大広間に移動し、順次絹張りの寝椅子に
席を取ったが、莫大な費用と豪勢な富が
いったいどこから湧いて出てきたのか誰もが怪しんだ。

　心地よい音楽が心地よく室内をながれ、
客たちの間では母音の多い連《つ》れ歌が流暢なギリシア語で
途切れることなく歌われている。ワインが足りないのか、
彼らは初めのうちは低い声で話していたが、
楽しい酒が脳髄に沁みわたると、
話し声はにぎやかになり、楽器の力強い
調べはさらに大きくなる。豪華な色彩、
広大な宴会場、絢爛として華やかな掛け布、
荘厳なまでに豪勢な天井、美酒がもたらす陽気、
美女の奴隷たち、レイミア本人――ワインが客たちの顔を
薔薇色に染め、彼らを生活のしがらみから解き放ったいま、
そのどれもさほど不思議には思われない。というのも
陽気なワイン、甘美なワインはエリュシオンの楽土をも
さして美しく魅力的とは思わせない効力があるから。
すぐに酒神バッカスが子午線の真上に昇った。
客たちの顔は上気し、輝く眼は倍の輝きを放つ。

方々の谷から摘み取られ、葉の緑も香りも
様々な花冠、森の木から折り取られた枝が、
輝く金の蔓で編んだ籠の把手《とって》の高さまで
盛られ、客の好みに合わせられるように
運び込まれていた。どの客も頭をゆったりと絹枕に凭せかけ、
額に好きな花冠を好きなだけ飾れるようにするために。

どの花冠がレイミアに、どれがリシアスに相応しいか？
またどれが賢者の老アポローニアスに似合うだろうか？
レイミアのずきずきする額に載せるには、
柳と花やすりの葉が似つかわしいだろう。
若者にはバッカスの杖テュルソスを急いで
取りのけておくことにしよう。その鋭い眼が
忘却の岸へ泳いで渡れるように。賢者の老人には、
そのこめかみの上で槍草と意地悪な薊《あざみ》を
戦わせておこう。冷たい哲学がすこしでも触れると、

美の魅力は全部逃げて行ってしまうのではないか？
かつて大空には神々しい虹がかかっていた。
われわれはその緯糸《よこいと》と生地のことを知っているが、
今ではありふれた事物の退屈な一覧表に載せられている。
哲学は天使の翼を切り落とし、定規と墨縄で
すべての神秘を制圧し、妖精の舞う大気、
グノムス[21]の棲む金山から彼らを追い出し、
虹の織布を分解しないではいられない。むかし
優しい気立てのレイミアを亡霊に変えてしまったように。

　中央に彼女と並んで嬉しそうに坐っていたリシアスは、
部屋にいる他の人の顔はほとんど見ていなかったが、
やがて愛の陶酔を抑え、なみなみと注がれた
杯を手に取り、広いテーブルの反対側に
目を遣った。それは老師の皺だらけの顔と
目を合わせ、彼のために乾杯をしたかったからだ。

禿頭の哲学者は瞬きも身動《みじろ》ぎもせず、
不安におののく美しい花嫁にじっと視線を
注いでいたが、それは彼女の美しい肢体を
すくませ、晴れやかな美貌をくもらせた。
リシアスは薔薇色の寝椅子に置かれた彼女の
蒼白い手に優しく触れ、強く握りしめる。
手は氷のように冷たく、寒気が彼の血管を走った。
それから手は突然熱くなり、異常な熱気による
苦痛が彼の心臓を突き刺した。
「レイミア、これはどういうこと？　どうして怯えているの？
きみはあの人を知っているの？」哀れなレイミアは答えない。
彼は目を覗きこむが、そこには恋にやつれた
女の、哀願する姿はすこしも見られない。
なおも彼は見つめた。感覚が朦朧としてくる。
生贄に飢えた魔法がその美しさを吸い取っているのだ。
彼女の二つの眼球は何も見ていなかった。

「レイミア！」彼は叫んだが、優しい返事はない。参会者の多くがそれを聞き、騒がしい酒宴は静まり返った。華やかな音楽ももう聞こえない。天人花の枝が多くの花冠のなかで萎れた。人声もリュートもさんざめきも少しずつ消えていった。不気味な沈黙は徐々に大きくなっていき、やがて広間に蹲る恐ろしい獣のように思われた。身の毛もよだつ恐怖を覚えない者はだれ一人いなかった。「レイミア！」彼が甲高い声で叫ぶ。沈黙を破るのは悲しくこだまする叫び声だけだった。「けがらわしい夢よ！　消え失せろ」そう叫ぶと、彼はもう一度花嫁の顔を覗きこんだが、美しい顳顬《こめかみ》にもう青い静脈は浮かんでいなかったし、頬に柔らかな赤みもさしていなかった。窪んだ目を輝かせる生気もない。すべてが蝕まれていた。レイミアから美しさが消え、全身蒼白になって坐っている。

「おまえは冷血人間だ。魔法の眼を閉じよ！
その眼を逸らせ。さもないと、おぼろなお姿を
かたどってテーブルに置かれている、
神々の恐ろしい像が正義の呪いをかけ、
とつぜん苦痛の棘でおまえを刺し貫き、
その目をめしいにするぞ。そうなれば、おまえは
ごく些細な良心の咎めにも、侘しい老いぼれの身を
震わせるのだ。その眼は長いあいだ人を傷つけたし、
おまえの不埒で傲りたかぶった詭弁、
不法な魔術、飾り立てた虚言がその元凶だ。
コリントスの皆さん！　白髭のこの哀れな爺さんを見てください。
睫のない瞼が鬼のような目のうえに伸びているのは
悪魔に取り憑かれているからです。コリントスの皆さん、見てください！
僕の花嫁はあいつの邪眼のために衰弱しているのです」
「馬鹿者が！」詭弁学者が軽蔑をこめたぶっきらぼうな
小声で言うと、悲痛のあまり気を失った

リシアスが、瀕死の呻き声でそれに答える。
彼は苦痛にあえぐ亡霊のそばにあおむけに倒れた。
「馬鹿者！　馬鹿者！」と言い続けたが、その眼はなおも
容赦せず、逸らすこともなかった。「わしは今日まで
人生のあらゆる災難からおまえを守ってやった。
その結果が蛇の餌食になるのを見ることか？」
このときレイミアが息を引き取る。詭弁学者の眼が
鋭い槍のように彼女を完全に刺し貫いたのだ。
鋭く、残酷に、痛烈に、ずきずきするほどに。彼女は
力ない手で伝えられるかぎり精いっぱい、
黙ってくれるように合図をしたが無駄だった。
彼はまじまじと見続ける——黙ってなるものか！
「蛇め！」彼の声が響き、まだ言い終わらないうちに、
恐ろしい悲鳴とともに彼女の姿が消えた。
その夜を最後に、リシアスの腕から喜びが
消えた。彼の肢体から生命が消えたように。

彼は高い寝椅子によこたわっていた。友人たちが
寄ってきて彼を助け起こした。脈も息もなかったので、
結婚式のローブで重い遺体をくるんだ。*

＊「フィロストラトゥスは著書『アポロニウス伝』の第四巻で、メニップス・リキウスなる人物について次のような忘れがたい実例をあげている。それをここでも取り上げたい。リキウスは二十五歳の若者でケンクレアスからコリントスへ向かう途中、美しい貴婦人の身なりをした妖霊に出会った。妖霊は彼の手を取るとコリントスの町はずれにある自分の家に連れて行き、次のようなことを話した——彼女はフェニキアの生まれで、自分と一緒に暮らしてくれるなら、歌や演奏を聴かせてあげるし、誰も飲んだことがないようなワインを飲ませてあげる。決して厭な思いはさせない。彼女は見目麗しい美人だから、眉目秀麗美男子の彼と生涯添い遂げましょう、と。若者は哲学を学ぶ学生で、ふだんは冷静沈着で感情を抑制することができたが、このときばかりは激しい恋心を抑えることができなかった。彼はしばらく彼女と暮らして大いに満足し、ついには結婚した。その結婚式

に、他の招待客にまじってアポロニウスがやってきた。彼はある確かな推測にもとづいて、彼女をラミア、すなわち蛇だと見抜いた。また彼女の家の家具は、ホメロス描くところのタンタロスの黄金と同じで、すべて実体のない幻影であることも見抜いた。正体がばれたことが分かると彼女は泣きくずれ、アポロニウスに黙っていてくれるように頼んだが、彼はその訴えを聴こうとはしなかった。すると、彼女も食器も家も、家にあるすべてのものが一瞬にして消えた。大勢の人間がこの事実に気づいた。ギリシアのまん真ん中で起こったことだからである」

バートン『メランコリーの解剖』第三部第二節項一従項一

(1)**ゼウス**　原文では「ジョウヴ」。この詩にかぎらず、キーツの作品ではギリシアが舞台になっている場合でも、主神ゼウスの呼称は一貫して「ジュピター」または「ジョウヴ」で、「ゼウス」は一度も使われていない。

(2)**トリートン**　(ギ神)海神ポセイドンの子で、半人半魚の神。

(3)**アリアドネの冠**　アリアドネの頭上に半円状の星が描かれた、ティツィアーノ作「バッカスとアリアドネ」をキーツは見たことがある。

(4)**プロセルピナ**　(ロ神)冥界の神ハーデスにかどわかされてその妻となる。後にユピテルの仲介で、春から秋までは地上に戻り、残りは地下で暮らすことになった。穀物の女神ケレスはその母。

(5)**レテ**　(ギ神)冥界にある忘却の川。死者はその水を飲んで生前の記憶を忘れる。

(6)**シレノス**　(ギ神)サテュロスと同じく、山野に棲む精。バッカスの従者。

(7)**キルケー**　(ギ神)魔法にすぐれた女神。『オデュッセイア』では、オデュッセウスの部下たちに魔法の酒を飲ませ豚に変えてしまう。

(8)**ケンクレアス**　エイナ湾(エーゲ海)にある港。ここはコリントスの間はペロポネソス半島とギリシア本土を結ぶ地峡。

(9)**ネレイス**　(ギ神)海神ネレウスの娘。全部で五〇人。父の海底の宮殿に住んでいた。

(10)**テティス**　(ギ神)海の女神で、ネレイスの一人。

(11)**ウルカヌス**　(ロ神)火と鍛冶仕事の神。

(12)**プルートン**　(ギ神)冥界の神ハーデスのこと。

(13)**オルフェウス**　ホメロス以前の最大の詩人・音楽家。その歌には野獣も山川草木も聴きほれたといわれる。最愛の妻エウリディケーに死なれたとき、地上に出るまで後ろを振り向かないという条件で彼女を冥界から連れ戻すことを許されたが、地上に出る直前彼女の方を振り向いてしまい、ついに連れ戻せなかった。

(14)**プレイアス**　(ギ神)アトラスの娘。全部で七人。狩人オリオンに追いかけられ、彼女らを憐れんだゼウスにより星に変えられた。この星の和名は「すばる」。

(15)**アドニス**　(ギ神)愛と美の女神アプロディテ(ウェヌス)に愛された美青年。毎春、農業神でもあった彼の復活を祝う祭りが行われた。
(16)**ペリ**　ペルシアの妖精。
(17)**ピュラ**　(ギ神)ゼウスの起こした洪水に夫とともに生き残り、石を投げて人間を創った。
(18)**淫らな神殿**　愛と美の女神アプロディテ(ウェヌス)は、コリントスでは売淫の神として祀られていた。
(19)**豊穣の角**　(ギ神)ゼウスに授乳した山羊の角。豊かさの象徴。
(20)**ケレス**　(ロ神)穀物の女神。プロセルピナの母。
(21)**グノムス**　地中の宝を守る小人の精。

イザベラ、またはバジルの鉢

ボッカチオに取材した物語

1

麗しのイザベラ！　あわれ純朴なイザベラよ！
　神の眼に若き愛の巡礼と映りしロレンゾよ！
二人は同じ屋敷に暮らしていたが、胸のときめき、
　恋の悩みを何かしら感じずには過ごせなかった。
食卓に就いても、相手の近くにいることが、
　どんなに心休まることか感じずにはいられなかった。
ほんとうに、二人は同じ屋根の下で眠りにつき、
夢の中で相手に思いを馳せ、夜ごと涙を流したのだ。

2

朝を迎えるたび二人の愛はいっそう濃《こま》やかになり、
　夕さり来るたび、さらに深くさらに濃やかになった。

家の中、あるいは野や庭を歩いていても、
彼女の姿が彼の視界を覆いつくしてしまう。
彼女にとって、絶えず聞こえる彼の話し声は、
木々のそよぎ、小川のせせらぎよりも快かった。
彼女の弾くリュートの弦は彼の名をこだまさせ、
刺繍の途中で彼の名を縫い込み台無しにしてしまう。

3

扉が彼女の姿をあらわにしないうちに、彼には
静かに掛け金を外しているのが誰の手かわかったし、
獲物をさがす鷹よりもさらに奥のほうまで、
部屋の窓からその美しい姿を捕らえる。
彼女の唱える夕べの祈りと同じだけ彼は天を仰ぐ。
彼が見守るその空に彼女の顔も向けられていたから。
彼は彼女恋しさのあまり眠れない夜を明かし、

朝は階段に、彼女の一日最初の足音を聞く始末だ。

4

五月はまるひと月、こんな悲しい状態で過ぎたから、
　六月初め、彼らの頬はいっそう蒼白くなった。
「あしたこそ僕のよろこびに跪こう。
　あしたこそあの人の愛を求めよう」
「ああロレンゾ、あなたの唇が愛の調べを
　歌わないなら、もう二度と夜は来てほしくない」
ふたりは枕にむかってそう話しかけた。しかしああ、
彼はなす術もなく、味気無い日々が過ぎ行くに任せた。

5

やがて美しいイザベラの悲しみ知らぬ頬は

　薔薇の正当な支配下にありながら病に冒され、
歌をうたって幼子の悲しみを和らげようとする
　若い母親の頬のように痩《こ》けてしまった。
彼は言う、「彼女が何の病気か口にすべきではないが、
　僕はあえて言い、彼女への愛をはっきり告白しよう。
表情が恋の法則を物語っているなら、彼女の涙を吸い取ってあげよう。
そうすれば彼女はびっくりして、少なくとも心の煩いは忘れるだろう」。

6

ある晴れた日の朝、彼はそう言ったが、一日中
　彼の心臓は脇腹をはげしく叩きつづけていた。
それでひそかに心臓に向かい、彼女に話しかける
　勇気をくださいと祈った。それでも赤い血潮は
その声を圧し殺し、どくどく脈うち決意を失わせる。
　たぎる血潮は彼女を花嫁にという高望みを募らせたが、

幼児のような大人しさをもたらしてもいたのだ。
ああ何ということ！　恋の情熱が激しくて大人しいとは。

7

だから彼の高く秀でた額に浮かぶすべての徴候に
イザベラの敏捷な目がとまらなかったとしたら、
彼は恋慕と不幸の陰鬱な夜からもう一度
目をさまし、苦しみもだえたことだろう。
その額が蒼ざめやつれていくかと思えば、
すぐに紅潮するのを彼女は見た。それでやさしく
「ロレンゾ！」と声をかけたきり、内気な質問を中断した。
しかし彼はその口調と表情に残りの言葉を読みとった。

8

「ああイザベラ、僕には何となくわかるのだ、
　僕の悲しみを話しても許されることが。
これまで何かを信じたことがあるなら、
　僕がきみをどんなに愛しているかということ、
僕の魂が消滅寸前だということを信じてほしい。
　むりやり手を握って不快な思いをさせたり、
じっと見つめて怯えさせることはしたくない。
でもきみへの愛を告白しないでは、もう一晩も過ごせない。

9

恋人よ！　きみは冬の寒さから僕を救い出してくれる。
　愛する人よ！　きみは夏の国へぼくを連れ出してくれる。
この幸せな朝、すっかり暖かくなったころに咲く
　夏の花の蜜を、僕はどうしても味わいたい」
そう言うと、さっきまで臆病だった唇は大胆になり、

彼女の濡れた唇と韻を合わせ、二人して詩を作った。
二人は無上のよろこびに包まれ、無上のしあわせが
六月の風に愛撫される瑞々しい花のように成長した。

10

別れた二人は宙を歩いているような気持ちだった。
それはそよ風に引き離された双子の薔薇のようで、
別れるのはその後いっそうぴたりと寄り添い、お互い
内なる心の薫りを分かちあうためと言わんばかりだった。
彼女は自分の部屋へ行くと、美しい歌をうたったが、
その詞はうましき恋や甘いキューピッドの矢を詠ったもの。
彼のほうは足どり軽く西の丘にのぼると、
太陽に別れを告げ、心ゆくまで喜びを堪能した。

11

黄昏がその心地よいヴェールを星々から
　剝ぎとる前に、また人目を避けて二人は会った。
黄昏がその心地よいヴェールを星々から
　剝ぎとる前に、日ごと人目を避けて二人は会った。
誰にも知られず小声の噂が生まれるはずもない、
　ヒアシンスと麝香《じゃこう》薔薇のあずまやに寄り添って。
ひまな連中が彼らの不幸を聞いて喜ぶぐらいなら、
いつまでも二人がそうしていられたらよかったのに。

12

では二人は不幸だったか――それはあり得ない。
　これまでありあまる涙が恋人たちに注がれた。

彼らが死んだ後になって我々はありあまる溜め息、
　ありあまる同情を貢ぎものとして彼らに捧げる。
悲恋物語も、華やかな金文字で書かれてこそ
　読むのに最もふさわしい題材のものが多すぎる。
テセウスの妻アリアドネが道なき海を見遣り、
彼にむかって首《こうべ》を垂れる場面をのぞいては。

13

しかし恋のもたらす一般的な報奨として、僅かな
　甘みが大量の苦さを消してくれることがある。
ディドーは森の木陰で口をきかなかったし、
　イザベラの苦悩は大きなものだったけれど、
青年ロレンゾは南インドの丁子《ちょうじ》で防腐処置をして
　貰えなかったけれど、この真理が減少することはない。
春の木陰から施しをうける小さな蜜蜂たちでさえ、

毒ある花に最も芳醇な蜜があることを知っている。

14

先祖伝来の商取引がもたらす富に恵まれ、
この美しいひとは二人の兄と暮らしていた。
松明に照らされた鉱山や騒々しい工場で、彼らのために
多くの人たちが汗みどろになって疲れた手を動かしたし、
かつて誇らしげに腰に矢筒を帯びていた多くの人たちが、
鞭打たれてできた傷のために血塗れになって憔悴した。
砂金を多量に含む流砂を採取するため、一日じゅう
多くの人たちが目も眩む暑さの中で川に立ちつくした。

15

彼らのためにセイロンの潜水夫は息をとめ、

飢えた鮫のいるところへ裸でもぐっていった。
彼らのためにその耳から血が吹き出したし、
彼らのために海豹は哀れな死の悲鳴をあげ、
沢山の矢を浴びて冷たい氷の上に横たわる。広い海、
暗い鉱山で無数の男たちが苦労したのも彼らのため。
そんなことに半ばは無知、彼らは呑気に車輪を回転させ、
締めつけ剝ぎとるために、残酷な拷問装置を始動させた。

16

彼らが高慢だったのはなぜか。大理石の噴水が
不幸な人の涙よりも大量に誇りを吹き出していたから？
彼らが高慢だったのはなぜか。立派なオレンジ畑が
癩病院の階段よりも傾斜が緩やかだから？
彼らが高慢だったのはなぜか。赤い罫線の帳簿が
古代ギリシアすべての詩歌よりも価値があるから？

彼らが高慢だったのはなぜか。もう一度声高《こわだか》に尋ねよう、
いったいぜんたい、彼らが高慢だったのはなぜかと。

17

しかしこのフィレンツェの兄弟は、富に飢えた高慢と
利にさとい臆病のために保身的になっていたが、
乞食に覗かれないよう、塀に囲われ葡萄畑の屋敷に
住んでいた、聖地の吝嗇なヘブライ人兄弟に似ていた。
彼らはいわば、林立する商船の帆柱にとまった鷹、
金貨と偽物の荷籠を載せた疲れを知らぬ騾馬、
気前のいい逸れ鹿にだしぬけに襲いかかる猛獣、
スペイン語、トスカナ語、マレー語を操る才人。

18

金しか眼中にないこのような帳簿人間が、どうして
　奥の私室のイザベラを監視する暇があったのか？
二人はどうしてロレンゾの目のなかに、仕事を
　忘れたはぐれ者を見つけたのか？　灼熱のエジプトで
蔓延する伝染病が貪欲狡猾な二人の眼を襲うといいのに。
　彼ら金袋人間にはどうして西も東も見えるのか？
でも二人にはできたのだ。狩人に狙われる野兎同様、
公正な取引をなさる方は、どちら様も後ろにご用心。

19

おお！　雄弁にして高名なボッカチオよ！
　我々は今あなたに赦罪を請わねばならない。

咲き乱れるあなたの庭の香しい天人花に、
　また月に恋するあなたの庭の薔薇たちに、
そして百合たちにも。彼らはあなたのギターの調べを
　もう聴くことができないと知っていっそう蒼ざめる。
このような悲しい主題の静かな薄暗がりにそぐわない、
乱暴な言葉を吐き散らしたことをお赦しください。

20

どうか謝罪をお聴き届けください。そうすれば、
　物語はしかるべく粛々と進行していくでしょう。
これは古い散文を現代の韻文に仕立て直し、
　よく見せようとの悪巧み、狂気の試みではありません。
この詩が成功するにせよ、失敗に終わるにせよ、
　それはあなたを称え、あなたの亡き霊に挨拶を送るため。
英語の詩として、北風の中で歌われたあなたの

谺《こだま》として、あなたを顕彰したいからなのです。

21

この二人の兄弟は数々の徴候からロレンゾの妹に寄せる愛がどのようなものか、また妹も彼のことをどんなに愛しているかを知ったので、彼らの仕事の奉公人にすぎない男が妹の愛を得、喜々としているのにほとんど気も狂わんばかりで、お互い胸中にわだかまる苦い思いを打ち明ける。この時二人は一計を案じたが、それは妹を徐々に説きつけオリーヴ園所有者の貴族と結婚させることだった。

22

二人は何度も人目を避けて相談したし、

二人きりで何度も唇を嚙んで怒りを抑えた。
やがて、若造にその罪の償いをさせる
いちばん確かな方法を思いついたので、
ついにこの残酷な男たちは、鋭いナイフで
骨にとどくまで〈慈悲〉を切りつけた。
というのも、彼らは薄暗い森でロレンゾを
殺し、そこに彼を埋めることに決めたので。

23

それである爽やかな朝のこと、日の出に
向かい、庭のテラスの手摺に
寄りかかっていたロレンゾに、二人は
　露を払いながらやってくるとこう言った、
「ロレンゾよ、すべてに満ち足りご満悦の様子。
　その屈託ない心に邪魔を入れるのは本意ではないが、

きみにも己の利をはかる分別はあるだろうから、
冷気が空にあるうちに、馬に乗ってもらいたい。

24

今日の計画はね、今から馬に乗り、
アペニン山脈のほうへ三リーグ走ること。
さあ、下へ降りてきてくれたまえ。暑い太陽が
野薔薇の露のロザリオを数えおえないうちに」。
ロレンゾはいつものように礼儀ただしく、
二匹の蛇の懇願に丁寧にお辞儀を返すと、
急いで中に入り、革帯と拍車、それに
体を締めつける狩人の服装を用意した。

25

中庭に向かって歩いて行くとき、彼は
　恋人の朝禱の歌か、軽くたたくような
静かな足音が聞こえはしないかと思い、
　三歩ごとに立ち止まって何度も耳を傾けた。
彼がこんなふうに恋慕の思いに耽っていると、
　上の方で大層よく響く笑い声が聞こえる。
見上げると、嬉しいことに格子窓のむこうに、
笑みを浮かべた彼女の晴れやかな顔が見えた。

26

「恋しいイザベラ！」彼が言う、「心配だったよ、
　さよならを言う機会を逃すのではないかと思って。
ほんの三時間留守をするだけでもひどく悲しくて、
　それを抑えるのがこんなにも大変なのに、
もし僕がきみを失うようなことになったら！

昼が借りた分は、恋人に優しい夜から取り返そう。
さようなら！　じきに帰ってくるよ」。「さようなら」と
彼女も言う。彼は立ち去り、彼女は陽気に歌った。

27

こうして二人の兄弟と彼らに殺される男は
麗しの都フィレンツェを通り過ぎ、アルノ川が
狭まった岸辺にごぼごぼと音をたてて流れ、
踊る葦に絶えずあおられ、鯉が頭を川上に
向けて流されまいとしている方角に向かった。
浅瀬をわたる兄弟の顔は病気のように蒼白く、
ロレンゾは恋のために上気しているように見える。
彼らは殺害のために川を渡り静かな森にわけ入った。

28

その場所でロレンゾは殺され、埋められた。
その森で彼の気高い愛は終わったのだ。
ああ、魂がこのようにして自由を得るとき、
魂は孤独に苛まれ、罪を暴きだす捜索犬同様、
犯人を見つけるまでは安心して眠れない。
兄弟は短剣を川に浸すと、痙攣した足で
馬に拍車をあてながら家路にむかったが、
どちらも人殺しをした分だけ裕福になった。

29

二人が妹に話して聞かせたところでは、突如
あわただしく、ロレンゾは外国へ船で旅立った。

彼らの事業でひどく急を要する用ができ、
　そのため信頼できる助人が必要になった。
かわいそうな娘よ！　窮屈な寡婦の喪服を着け、
〈希望〉の呪われた束縛からいますぐ逃れよ。
今日おまえが彼を見ることはない。また明日も。
そして次の日も悲しみの一日となるだろう。

30

将来の喜びが消え、彼女はひとり泣く。
　夜が来るまで彼女は激しく泣いたが、
その後は恋の代わりに、ああ何と不憫な！
ひとり悲しみの饗宴に心ゆくまで耽ったのだ。
薄暗がりの中に彼の姿が見えるような気がし、
　夜の静寂《しじま》に向かいそっと苦悶の呻きをもらす。
その綺麗な腕を中空にひろげ、寝椅子の上で

「どこ？　ああ、どこにいるの」と低い声で呟いた。

31

しかし、〈愛〉のいとこ〈利己心〉が彼女の一途な
胸の中で熱烈な不寝番を長く続けることはなかった。
彼女は晴れて会える時を思い侘び、熱に浮かされたように
そわそわとその時を待ち焦がれたが――それも
長くはなかった。というのも、彼女の心には
さらに高貴な感情、もっと強烈な関心がすぐに
悲しみとなって流れ込んできたからだ。抑えられない情念、
そして辛い旅を続ける恋人への悲しみが。

32

秋も半ばの日々、夕方になれば

遥か遠くから「冬」が吐息をはきかける。
病をもたらす西風は絶え間なく金色の葉を
散らし、灌木の茂みや木々の葉叢《はむら》で
死の輪舞曲を奏で、その棲処《すみか》の、北の
洞窟をさまよい出ないうちに、すべてを
枯らす。そのように、美しいイザベラも
少しずつ衰弱し美貌を失っていったが、

33

それはロレンゾが帰ってこなかったから。何度も
彼女は兄たちに尋ねた。すっかり生気の失せた目に
輝きを取り戻そうと努めながら、こんなにも長い間、
あの人を引き止めておける牢獄同然の土地は、一体
どこなのかと。彼らは彼女を宥めるため、何度も
嘘をつく。犯した罪はヒンノム(1)の谷から上る煙のように

彼らを襲う。そして夜ごと夢のなかで彼らは大声で
呻いた。まっ白な経帷子を着ている彼女の姿が見えたので。

34

よく分からないまま彼女は死んでいただろう、
　死のように暗いある出来事がなかったならば。
喘ぎ喘ぎ息をつくほんの束の間のあいだ、病人を
　羽毛の棺覆いから救い出す、偶然飲んでしまった
劇薬のように、あるいは失神した男を残酷な一突きで
　薄暗い死の広間から蘇生させ、ふたたび心臓と脳髄に
熱く食い込むような感覚をもたらす、インディアンの
披針《ひらきばり》(2)のように、その出来事はやって来た。

35

それは夢だった。眠気につつまれた闇のなか、
　意識も朦朧とする夜更け、彼女の寝椅子の足許に
ロレンゾが立って泣いていた。森の中の墓は、
むかし太陽にむかって光沢を放っていた
つやつやした髪を台無しにし、その唇に
　冷たい死の影を落とし、寂しい声から優しい
リュートの響きを奪い、ローム土のつまった
耳のわきに、汚れた涙の筋をつくっていた。

36

蒼白い亡霊が話すとき、声は不思議な音をたてた。
　哀れな話し方には、地上で生きていたときと

同じように話そうと、無理をしている様子が見えた。
　だからイザベラは、その声に一心に耳を傾けた。
中風病みのドルイド僧が弾く、弦の緩んだ竪琴のように、
　その声には気だるさとわななくような震えがあった。
そして墓地の茨の茂みを吹き抜ける耳障りな夜風のように、
亡霊の歌う低音の歌がうめき声となってつづいた。

37

その目は狂気じみていたが、愛ゆえに依然
　露のように輝き、目の光の魔法によって
可哀そうな娘を亡霊の恐ろしさから遠ざけた。
　その間、亡霊は先ごろ暗闇の時間に紡がれた
恐ろしい織物をほどいてみせた——傲慢と
　貪欲から生まれた殺意——松の木々が作る
森の暗い屋根——それに湿った芝土の谷。

そこで彼は刺され、一言も発しないで倒れた、と。

38

さらに続けて言う、「イザベラ、僕の愛する人！
　赤いこけももの実が僕の頭の上にたれさがり、
大きな火打ち石が僕の足のうえに載っている。
　僕のまわりでは、橅《ぶな》と大きな栗の木が枯葉や
毬《いが》のついた実を落とすし、僕の寝床には
　川のむこうから羊の鳴き声が聞こえてくる。
ここに来て、ヒースの花に一滴の涙を注いでおくれ。
涙は墓の中によこたわる僕を慰めてくれるだろう。

39

ああ、ああ！　僕はいまでは亡霊だ。

人間世界のはずれにたったひとりで
住んでいる。僕は神聖なミサ曲をひとり唱うが、
周りで生きもののたてる小さな音が弔いの鐘だ。
真昼には艶々した蜜蜂が野の方に飛んでいく。
多くの教会堂の鐘が時を告げ、それが僕には
たまらなく苦痛だ。その音は僕には無縁のもの。
それにきみは遠い人間世界に住んでいる。

40

僕は過去を知っているし、現在のことも感じとれる。
幽霊も狂気になれるなら、僕は狂いまわるだろう。
地上の人間が味わう幸せは忘れてしまったが、
きみの蒼ざめた顔は僕の墓を温めてくれる。まるで
輝く天の深淵から、僕の妻として熾天使を選んで
くれたかのようだ。きみの蒼ざめた顔が僕には嬉しい。

きみの美しさは僕のなかで大きくなっていくし、
さらに大きな愛が僕の霊に忍び寄ってくるのを感じる」。

41

亡霊は悲しそうにさよならを言うと姿を消し、
あたりを振動させながら原子の闇から去っていった。
その様は、われわれが健康な深夜の眠りを奪われ、
辛かった時や無益な労苦を思いながら
枕の窪みに目をあてると、ちかちか光る薄闇が
泡立ち沸き立つのが見えるのに似ていた。
悲しみにくれるイザベラの瞼はずきずき痛み、
明けがたに、はっと驚いて目を覚ました。

42

「ああ！」彼女は言う、「人生の酷《むご》さを知らなかった。
ありふれた悲しみが人生最悪の不幸だと思っていた。
運命の女神がいて、あたしたちに楽しさ苦しさを、
幸せな日々や死を割り振っているのだと思っていた。
でも犯罪というものがある——兄の血塗られたナイフ！
優しい霊よ、あなたはあたしの幼さを鍛えてくれた。
このお礼にあなたを訪ね、あなたの目にくちづけし、
朝な夕な天国にいるあなたに挨拶を送るわ」。

43

すっかり夜が明けたとき、彼女はすべての段取りを
考え出していた。どうすればこっそり森へ行けるか、
どうすればかけがえのない彼の遺体を探し出し
それに向かって最後の子守歌を歌ってあげられるか、
どうすれば昨夜見た夢の奥にかくされた秘密を

確かめる間、短時間の不在を怪しまれずにすむか。
意を決して、年老いた乳母をともない、
彼女はあの暗い森の棺へとむかった。

44

人目を避けて川辺を進んでいるとき、
彼女は年老いた乳母にささやきかけ、
広い野原をぐるり見まわすと、なんと
ナイフを取り出して見せた。「お嬢さま、あなたの中で、
どんな狂気と興奮の炎が燃えているの？ またうす笑いなんか浮かべて、
どんないいことがあるというの」。夕方になって、
二人はロレンゾの土の寝床を見つけた。
あちらには火打石、頭には苔桃の実があった。

45

緑の教会墓地をそぞろ歩きしながら、自分の魂を
鬼もぐらのように、粘土質の土と固い砂利の中を
進ませ、髑髏《どくろ》や棺に入った骨や経帷子を見せて
あげたいと思わなかった者がいるだろうか。
あの飢えた「死」が台無しにした一つ一つの死体を
憐れみ、それにもう一度人間の魂を入れてあげたいと。
ああ！　イザベラがロレンゾのそばに跪いたとき、彼女が
感じたことに比べれば、これは他愛もない妄想にすぎない。

46

彼女は新しく作られた土墓をじっと見つめた。
まるで一見すればその秘密がすべて解るかのように。

彼女には蒼白い手足がはっきり見えた、透き通った
　井戸の底にあるのを肉眼で見ているように。
この土地に自生する野の百合さながら、
　彼女は殺人現場に生えた草花のようだった。
それから突然、ナイフを使って猛然と
守銭奴を凌ぐ熱心さで掘りはじめた。

47

すぐに汚れた手袋を掘り起こしたが、それには
　赤紫の絹糸で想像豊かに縫い取りがしてあった。
石より冷たい唇でそれにくちづけをすると、
　胸もとにしまった。赤ん坊の泣き声を
静めるために造られたあの美しい乳房を、
　それは骨の髄まですっかり萎びさせ凍らせるのだ。
それから彼女はふたたび仕事にとりかかる。ときどき

垂れかかる髪をかきあげるとき以外、手を休めなかった。

48

年老いた乳母は訝しく思いながら
　そばに立っていたが、陰鬱な作業を
見ているうちに、心底あわれを覚えた。
　それで、真っ白になった髪を垂らして跪き、
痩せた手で恐ろしい仕事にとりかかる。
　二人は三時間この辛い作業と格闘した。
彼女たちはついに墓の中身に手を触れたが、
　イザベラは地団太も踏まず、喚き散らすこともなかった。

49

ああ、なぜこんな陰気な話をつづけるのか？

暴かれた墓にどうしてこれ程こだわるのか。
いにしえのロマンスの優雅な世界や
　吟遊詩人の素朴な恋の嘆きが懐かしい。
公平な読者よ、この詩の原話[3]を覗いてほしい。
　本当にここは、くどくどと物語っては
いけないのだ。さあ、元の話に戻って、
あの薄暗い幻想の音楽を味わってほしい。

50

ペルセウス[4]の剣とは似ても似つかぬ鈍い剣で
　二人が斬りとったのは、醜い怪物の首ではない。
その優しさが生と同じように死にも似合う
　男の首だった。いにしえの竪琴は歌っている——
不死の神よ、愛は生きつづけ死ぬことはない、と。
「愛」の化身が死んでいるかどうかを知ろうとして

顔蒼ざめたイザベラは首に接吻をし、低い声で呻いた。
それは「愛」だ。冷たく死んでいるが、神の座を追われてはいない。

51

用心して、二人はそれを家に持ち帰った。
その時から、この大事な品はイザベラのものとなった。
彼女はその乱れた髪を金色の櫛でなでつけ、
墓を思わせるそれぞれの眼窩の周りで、
それを縁取るそれぞれの睫の先をそろえた。
したたり落ちる井戸水のように冷たい涙で
顔の泥を流し取った。たえず髪を撫でつけては
一日中溜め息をつき、たえず接吻をし涙を流す。

52

それから、絹のスカーフのなかに——
アラビアで摘まれた貴重な花々の香水や、
冷たい螺旋の管から爽やかに抽出された
　高貴な液体が甘く匂っている——
彼女はそれを包んだ。その墓として
　植木鉢を選び、なかに首を置くと
土をかぶせ、そのうえに香しいバジルを
植え、それをいつも自分の涙で湿らせた。

53

そして彼女は星々や月や太陽を忘れた。
　そして彼女は木々の上の青空を忘れた。

そして彼女は川が流れる谷を忘れた。
そして彼女は肌寒い秋風を忘れた。
彼女は一日がいつ終ったのか分からなかったし、
新しい朝を目にすることもなかった。いつも
香しいバジルのうえにそっと屈みこんでは、
芯まで涙でしめらせた。

54

彼女はいつも透きとおる涙をバジルに注いだ。
すると密生した美しい緑のバジルに成長し、
フィレンツェのバジル仲間のどの株よりも
馥郁と香った。というのも、それは涙のほかに
人間の恐怖から養分と生命を吸収していたから。
人の目から隠され、急ぎ朽ちていくあの頭からも。
そのためイザベラの宝はぶじ宝石箱にしまわれ、

外に現れると、香り高い若葉となって広がった。

55

おおメランコリーよ、しばしここにとどまれ！
　おおムシカ、音楽の精よ、失意の調べを奏でよ！
おおエコー、声の精よ、どこかの陰鬱な島から、
　未知の黄泉の島から、溜め息を送ってくれ！
悲しみにくれる霊たちよ、頭をあげて笑《え》まいせよ。
　美《うま》しき霊たちよ、ゆっくりと頭をあげよ。
糸杉(5)の暗闇のなかに蒼白い灯りをともし、
大理石の墓を淡い銀色で染めるのだ。

56

悲しみの言葉たちよ、嘆きの声をあげよ、

悲しむメルポメネ[6]の喉の奥底から。
悲劇の音階で青銅の竪琴をながれ、
　すべての弦に触れて神秘の調べを奏でよ。
すべての管楽器を低く悲しく吹かせよ。
　純朴な娘イザベラがすぐに死者の仲間に
加わるから。彼女は萎れる、インド人が
香しい樹液を採るために伐り倒す椰子のように。

57

おお、椰子の木はひとり萎れるにまかせよ。
　早い訪れの冬にその最期を寒からしめるな。
そんなことは起こらないだろう。拝金教徒の
　兄たちは、生気のない彼女の目から
絶えず涙雨が流れているのに気づいたし、
　身内の詮索好きな連中は、このような若さと

持ちまえの美貌を、貴族の花嫁にもなれる娘が
あっさり捨ててしまうのに驚いていたから。

58

そのうえ、兄たちは大いに不思議に思ったのだ。
なぜ妹が緑のバジルのそばに悲しげに坐っているのか、
なぜそれが魔法をかけられたように茂っているのか、
その事は何を意味するのか、彼らは大いに訝しく思った。
こんなつまらないものに、美しい青春や
陽気な楽しみから彼女を遠ざけ、さらには
恋人の遅い帰還を忘れさせる力があることを
二人はどうしても信じられなかったのだ。

59

それで二人はこの謎めいた気紛れに探りをいれる
好機をうかがった。長いこと待ったが無駄だった。
彼女は教会の告解にもめったに行かなかったし、
空腹の苦痛を感じることもめったになかったから。
それにそばを離れるときは、親鳥がふたたび卵を
抱くために帰ってくるときのように素早く戻ってきた。
そして親鳥のように辛抱づよく、あのバジルのそば、
垂れた髪で顔を隠し、涙を流して坐っていた。

60

それでも二人はバジルの鉢を盗みだし、
人目につかないところで中を調べるのに成功した。
あの物に緑や蒼白い斑点が浮き出ておぞましかったが、
二人にはそれがロレンゾの顔だとわかった。
これより先、彼らは殺人の報いを手にしていた。

それで、すぐにフィレンツェを離れ、
二度と戻ってこなかった――二人は去った、
人殺しの罪を背負い、所払いの身となって。

61

おお、メランコリーよ！　目をそむけよ。
おお、ムシカ、音楽よ！　失意の調べを奏でよ。
おおエコー、声の精よ！　いつかある日、
　黄泉の国の島々から、溜め息を送っておくれ。
悲哀の精たちよ！　自ら「ああ、悲しい」と歌うな。
　イザベラ、麗わしのイザベラが死のうとしている。
兄たちが彼女の香しいバジルを持ち去ったいま、
寂しすぎる不時の死を死のうとしているのだ。

62

彼女は生命も感覚もない物を悲しそうに見つめ、
　なくなったバジルの行方を恋しそうに尋ねた。
寂しい声の弦でほっほっと笑い声をたてながら、
　しばしば巡礼のあとを追いかけては、あたしの
バジルはどこにあるの、どうして隠したの、
　そのわけを教えて、とさけぶのだ。
「だってひどいじゃない」彼女は言う、
「あたしからバジルの鉢を盗んでいくなんて」。

63

このように彼女は嘆き、こうして寂しく死んだ。
最後まであたしのバジルを返してと懇願しながら。

彼女の愛に同情し、悲しみにくれなかった者は
　フィレンツェじゅうだれ一人いなかった。
この物語から生まれた悲しい歌は
　国じゅうで口から口へと伝わった。
そのリフレインは今も歌われている――「なんてひどい、
あたしからバジルの鉢を盗んでいくなんて」。

(1)**ヒンノム**　エルサレム近くの谷。焦熱地獄ゲヘナの別名。
(2)**インディアンの披針《ひらきばり》**　アメリカ原住民が使った拷問具の一つ。
(3)**原話**　ボッカチオ『デカメロン』四日目の第五話がこの詩の種本。キーツは淡々と進行する原話の一部を差し替えたり、新たに付け加えたりしている。
(4)**ペルセウス**　(ギ神)怪物メドゥーサの首を斬り落としたことで有名。
(5)**糸杉**　喪の象徴。
(6)**メルポメネ**　(ギ神)悲劇をつかさどるミューズ。

聖アグネス祭の前夜*

1

聖アグネス祭の前夜──身を切るような寒さだ。
梟は羽毛で覆われているのに寒そうだったし、
野兎は凍てつく草原を震えながらよたよた歩き、
毛を纏った羊たちも小舎で啼き声一つ立てない。
祈禱僧の指はかじかんでいた。彼はロザリオを
かぞえる。凍った吐息は古い香炉から立ち昇る
敬虔な香煙のように、切れ目なく
天国をさして昇って行くように見えた。
吐息は美しい聖母像の前を過ぎ、僧はお祈りを唱える。

2

お祈りを唱える、この辛抱づよく信仰篤い僧は。

やがてランプを取ると、膝を伸ばして立ちあがり、
礼拝堂の通路を一歩一歩ゆっくりと
痩せて裸足で顔あお白い祈禱僧は帰って行く。
浄罪のために黒い手摺の内側に押し込められた、
両脇の死者の彫像は寒さで凍っているようだ。
祈禱室で祈る黙せる騎士たち奥方たちのそばを
通り過ぎたが、気弱な心は冷たい頭巾と鎖帷子の
彼らがどんなに苦しんでいるかを思って消沈する。

3

彼は小さな扉を出ると北に向かった。
三歩も歩かないうちに「音楽」の黄金の調べが
この年老いた哀れな男を涙が出るほど感動させる。
それも無駄、彼の死の鐘はすでに鳴らされていたから。
彼の一生の喜びはすでに数えられ歌われたのだ。

聖アグネス祭前夜の彼の贖罪は厳しいものだった。
別の場所に移動するとすぐさま、
己の魂の贖罪のためにざらつく灰の中に坐り、
罪人たちを悲しんで一晩じゅう起きていた。

4

老いた祈禱僧は静かな序曲を耳にした。
人が忙しなく出入りして、部屋の扉が
いくつも開け放たれていたのだ。間もなく上で
銀のトランペットが叱りつけるように怒鳴り始め、
どれも同じような部屋は豪華な用意が整って、
大勢の客人を迎えるために輝いていた。
いつも真剣な眼差しの浮き彫りの天使像は
髪を靡かせ、翼を十字架のように胸の上で交差させて
下を見おろしているが、その頭上には天井蛇腹がのっている。

5

ついに銀色の衣を纏った宴の客たちがなだれ込んできた。
羽飾りやティアラをつけ、だれも煌びやかな装いだ。
若い頃ロマンスの華やかな凱旋行進に興奮した頭の中を
いまも妖精のように舞っている幻影の数と同じぐらい
たくさんの人数だった。彼らにはお引き取りを願い、
われわれはひたすらそこにいる一人の女性に注目しよう。
この冬の一日、彼女の心が思いめぐらしていたのは、
恋の成就と有翼の天使に護られた聖女アグネスのご加護。
老女たちが話すのを何度も聞いたことがあった。

6

老女たちが彼女に話したことは、聖アグネス祭の前夜、

蜜のように甘い真夜中に
若い乙女が楽しい夢を見て、
恋する男から優しい愛の言葉を受け取るだろう、
お定まりの儀式を正しく行うならば、というもの。
すなわち、彼女は夕食をとらずに寝床に就き、
百合のような純白の美しい体を仰向けに横たえる。
後ろにも両脇にも目を向けず、ひたすら
真上を向き、望みのものを神様にお願いする。

7

マデラインの心はこうした空想で満たされていた。
恋の苦悶にうめく神を表象するかのような音楽は、
彼女の耳に入らなかった。この処女の清らかな視線は
じっと床に注がれ、裾を引きずり側を通っていく女性客が
目に入っても、彼女は全然気にとめなかった。何人もの

騎士たちが言い寄るためにそっと近づいてきたが、それも
無駄足、また引き下がった。冷やかに軽蔑したのではない。
目に入らなかったのだ。その心は別なところにあった。
彼女は一年でいちばん甘い夢、アグネスの夢に焦がれていた。

8

彼女はふらついている。目は虚ろで焦点がなく、
口もとは不安げ、息づかいはせわしなく短い。
神聖な時は迫っていた。彼女はため息をつく。
タンバリンの音に包まれ、怒ったり冗談を言ったり
囁き声で話している客の群れに囲まれ、
愛、反感、憎しみ、軽蔑の表情のただ中で、
彼女はおとぎ話の幻想で目隠しをされていた。
聖アグネスと毛を刈り取られる前の仔羊、
翌朝までに訪れるはずの幸せを除けば、今は何も関心がない。

9

一時《いっとき》も早くこの場を退散したいと思いながら、
まだぐずぐずしていた。折しもその時、荒野の
向こうからマデラインへの恋心を燃やして
青年ポーフィロがやってきた。玄関扉の脇、
控え壁に月の光をさえぎられて立ち、
退屈な時間のほんの一瞬なりとも
マデラインを一目見させてほしいと聖人たちに祈る。
こっそり彼女を眺め、崇めることができるように、
話しかけ、跪き、触れ、接吻《くちづけ》できないかと――以前そんな事があったので。

10

彼は城内に入っていく。彼の存在が囁かれてはならぬ。

人の眼から隠されていなくてはならない。さもないと
百本もの刀が「愛」の熱い砦、彼の心臓を襲うだろう。
彼にとって、城の部屋には野蛮な剣士の群れ、
ハイエナのような敵、気短かな領主が潜んでいるのだ。
彼らの飼い犬でさえ、ポーフィロの血筋に対しては
呪いの吠え声をあげるだろうし、この剣呑な館では
だれ一人として彼に慈悲を示すものはいないだろう。
身も心も弱った一人の老婆を除いては。

11

なんと幸運な偶然だろう！　折しもこの老女が
歓楽のさんざめきと退屈な合唱の歌声から
はるか離れた、大きなホールの円柱のうしろ、
松明の炎から身を隠して彼が立っている処へ
象牙飾の杖を突き、足を引きずりながらやってきた。

彼を見てびっくりするが、すぐにその顔が誰だかわかり、
中風病みの震える手で彼の指をつかむと、こう言った。
「まあ、ポーフィロさま！　すぐにこの場を立ち去りなさい！
血に飢えた敵《かたき》のご一族が、今夜は皆様おいでです。

12

帰りなさい！　小男のヒルデブランドも来ているわ。
最近熱病にかかったときは、熱にうなされて
あなたのこと、あなたの屋敷や領地のことまで呪っていたわ。
それにあの年老いたモーリス卿もいるのよ。
髪は白くなっても、血の気は全然衰えていない。ああ、逃げて！
幽霊のように消えてちょうだい！」「おしゃべりな婆さんや、
ここなら安全だ。この肘掛椅子に坐って、
話を聞かせてくれ」。「なんてことを！　ここはだめ。あたしに
ついて来て。でないと、この石の床があなたの棺台になってしまう」

13

彼は後をついて低いアーチの廊下を通っていく。
長い羽飾りが蜘蛛の巣をはらった。
老婆が「ああ、なんて、なんてこと！」と呟いたとき、
彼は月の光がさしこむ小さな部屋に来ていた。
蒼白い、格子窓の、底冷えのする、墓のように静かな部屋だ。
「さあ、マデラインがどこにいるか教えてくれ」彼が言う、
「おおアンジェラ、聖なる機織り機にかけて教えてくれ。
それは修道女たちが祈りをこめて聖アグネスの羊毛を織るとき、
修道院の奥深くにいる彼女たちしか目にしないものだとか」。

14

「聖アグネスですと！　ああ、ほんに今日は聖アグネス祭の前夜。

でも男衆は神聖な日でも人殺しをするもの。
きっとあなたは笊で水をすくう魔法使いか
エルフやフェイの王様にちがいない。
こんな大胆なことを仕出かすのだから。
あなたに会って驚いてるの。それも聖アグネス祭の前夜に！
神様、お助けを！　姫様は今夜、降霊の魔法をお試しになる。
天使たちが姫様をうまくだましてくださいますように！
でもあたしも少しは笑える時が欲しい。悲しいことばかりだから」

15

弱々しい月の光を浴びて彼女は力なく笑う。
ポーフィロは彼女の顔を見つめるが、
その表情は不思議な謎なぞ集の本を手に
暖炉の隅に腰かけている眼鏡のお婆さんを、
怪訝な顔で見上げている悪戯小僧に似ていた。

だが、老婆が恋人マデラインのもくろみを話した途端、
その眼は輝いた。そして彼は涙を抑えることができない。
彼女の夢に現れる冷たい幻影や
古い伝説に囚われて眠るマデラインのことを思って。

16

突然ある考えが満開の薔薇のように閃いて、
彼の額を赤く染め、苦しい胸のなかで
くれない色に荒れ狂った。やがて彼は一つの計画を
提案するが、それは老婆を驚かす。
「あなたという人は神を畏れぬ残酷なお方。
あなたのような邪な男とは関わりのないところで、
姫様にはただ天使だけに囲まれて、
祈りをあげ、眠り、夢を見させてあげて。さあ、帰って！
あたしには、あなたが昔のあなたと同じ人とは思えない」

17

「あの人に危害を加えたりはしない。すべての聖人にかけて誓うぞ」
ポーフィロが言う、「彼女の柔らかな巻き毛を一本でも動かしたり、
邪な欲望で彼女の顔を見たりするようなことがあれば、
力ない声で今生《こんじょう》最期のお祈りを唱えるとき、
神の恩寵から見放されても不足はないぞ。
善良なアンジェラ、この涙にかけて僕の言うことを信じてくれ。
言うことを聞いてくれなければ、今すぐにも恐ろしい喚き声をあげ、
敵どもの眠った耳を覚まし、やつらとわたりあうぞ。
たとえやつらが狼や熊より鋭い牙をしていてもな」。

18

「ああ、どうして弱い者を脅すの、

哀れなか弱い中風病み、棺桶に片足突っ込んだ人間を。
弔いの鐘が今日真夜中にも鳴らされるかもしれないのに。
毎朝毎晩あなたへのお祈りを欠かしたことがないのに」
こう訴えたので、彼女ははやるポーフィロから
やさしい言葉を引きだす。その言葉を口にした時の彼は
たいそうあわれで、とても深い悲しみに沈んでいたので、
アンジェラは約束をしてしまう、幸い災いいずれが降りかかろうと、
あなたのお望みどおり、なんでもいたしましょうと。

19

その望みというのは、彼を極秘のうちに
マデラインの部屋へ案内し、部屋の納戸に
わからないように隠れさせ、そうすることで
無数の妖精が掛け布団の上を舞い、
蒼白い幻影が彼女の瞼を眠りで閉ざしている間、

彼女の美しい姿を気づかれずに見ることができ、
無二の花嫁をその夜のうちに手に入れるというものだ。
マーリン(1)が悪魔の父親におぞましい借り物を返した
あの時以来、こんな夜に恋人たちが出会ったことはない。

20

「お望みどおりにいたしましょう」老婆は言う。
「宴会の夜のことですから、ご馳走は急いで
そちらにご用意いたします。リュートは刺繍枠のそばに
姫様ご自身のが見つかりましょう。一時《いっとき》もむだにはできません。
なにしろ、あたしは体が弱って動きが鈍いし、用意する
ご馳走がこんなに多くては、頭がくらくらして心許ないのです。
あなた、じっとここで待っていてくださいよ。その間は、跪いて
お祈りをしてください。ああ、姫さまとは必ず結婚していただきます。
でないと、最後の審判に墓から呼び出されても文句は言えませんよ」

21

そう言うと、おどおどと忙しない様子で出ていった。
恋する男の果てしない時間がのろのろと過ぎていく。
老婆が戻ってきて、彼の耳についてくるようにと
囁いた。老婆の眼は暗がりに潜む人目を恐れて
怯えていた。廊下をいくつも通り抜け、
二人はやっとのこと、無事マデラインの部屋に
たどり着く。絹張りの、静まり返った、清楚な部屋だ。
ポーフィロは大いに満足して身を隠した。
哀れな案内人は頭に寒気を覚えながら、急いで引き返す。

22

震える手を手摺にのせて、

老女アンジェラは階段を足で探っていた。
ちょうどその時、聖アグネスに魅せられた乙女マデラインが、
使命を帯びた精霊のように、だしぬけに現れた。
銀色の蠟燭の灯りを手に、親身に気遣いながら
来た道を引き返し、話好きの老婆を
マットを敷いた平で安全な床へと導く。青年ポーフィロよ、
さあ、ベッドを眺める用意をするがよい。
怯えて逃げた森鳩のように、彼女はまた戻ってくるのだから。

23

彼女が急いで戻ってきたとき、蠟燭が消える。
小さな煙も蒼白い月影のなかで消えた。
彼女は扉を閉める。彼女はあえいでいた。
空中の精霊、変幻自在な幻影とおなじように。
一言も言葉を発してはならない。さなくば、災いあれ！

しかし、彼女の心は自分の心には多弁だった。
多弁のせいで、香しい脇腹がずきずきするほどだった。
まるで舌を切られたナイチンゲール(2)がいたずらに
喉をふくらませ、胸中の思いを圧し殺し谷間で死んでいくかのように。

24

部屋には三つのアーチを持つ高い窓がある。
アーチはどれも、果物、花、束ねた庭柳を
浮彫にした彫像で飾られ、
灯蛾《ひとりが》の濃いダマスク色の羽のような、
すばらしい染色や顔料がいっぱい塗られた
古風な意匠のガラスが、ダイヤの形に嵌め込まれていた。
その真中には、無数の紋章、
淡い聖人像とおぼろな紋章飾りに囲まれて、
楯形の紋が王と王妃の血で赤く輝いていた。

25

この窓全体を冬の月が照らし、
マデラインが神の恩寵と祝福を求めて跪いたとき、
その白い胸の上に暖かな赤い色を投げかけた。
堅く握りあわせた両の手には薔薇色が、
銀の十字架のペンダントには柔らかな紫が、
髪には聖人のような金色の後光がさしている。
翼を別にすれば、彼女は装い新たに天国へ向かう
光り輝く天使のようだった。ポーフィロは気が遠のく。
彼女は跪いた。とても清純で、うつし身の汚れはどこにもない。

26

彼はすぐに気を取り直す。夕べのお祈りを済ませると、

彼女は真珠の飾りを髪から取りのけ、
温もりのある宝石を一つ一つはずし、
かぐわしい胴衣の紐を緩める。すこしずつ
華やかな衣装がさらさらと膝もとへ滑り落ちていく。
海草を纏った人魚のように半裸になって、
しばらく思いにふけると、目覚めたまま夢を見る。
空想の中で自分のベッドに美しい聖アグネスの姿が見えるが、
後ろを振り向くことはしない。魔法が消えてしまうのだ。

27

すぐに、ふわふわの冷たいベッドで震えながら、
さながら醒めた失神状態、ぼおっと横たわっていた。
やがて暖かな罌粟《けし》の眠りが、なごめられた体を
覆い、魂は疲れはてて、
たちまち翌日まで、体から飛び去っていく。

それは喜びからも苦痛からも隔離された幸せな状態、
浅黒い異教徒たちが祈りを上げる国の閉じた祈禱書、
陽光からも雨からもさえぎられた空間、
まるで咲いた薔薇が閉じると、また再び蕾に戻るように。

28

この楽園に忍び入り、すっかり魅了された
ポーフィロは彼女が脱ぎ棄てた衣服を眺め、
穏やかな眠りに変わるかどうかを確かめるため、
彼女の寝息に聞き耳を立てた。
安らかな寝息を耳にしたとき、彼はその一瞬を祝福し、
ほっと一息つくと、納戸を抜け出した。
広い荒野で恐怖に怯える人のように物音一つ立てなかった。
それから黙って無言の絨毯に進み出ると、
帷《とばり》の隙間から覗きこんだ――彼女はぐっすり眠っていた。

29

それから、くすんだ月が仄かに白い薄明りを作っている
ベッドのそばに行く。静かにテーブルの用意をし、
半ば苦悶の表情を浮かべ、深紅、金色、黒色で
織られたクロスをそのうえに広げる。
眠りの神モルペウスのお守りが欲しい！
騒々しい深夜のクラリオン、
ケトルドラムと遠くに聞こえるトランペットが、
薄れゆく調べではあったが、彼の耳を驚かす。
大広間の扉がふたたび閉められ、すべての物音が消える。

30

ラヴェンダー香る純白すべすべのシーツにくるまって、

彼女はいぜん青い瞼を閉ざして眠っていた。
彼は納戸から山ほど持ち出してくる――
砂糖漬けの林檎、マルメロ、すもも、メロン、
どろりとした凝乳よりもっと柔らかなゼリー、
シナモンで色づけした半透明のシロップ、
フェズから商船で運ばれてきた
マナとデーツ、絹のサマルカンドから杉のレバノンへ
送られてきた香料入りの珍味のかずかず。

31

金の皿の上、光り輝く円い銀の籠のなかに、
彼は燃える手でご馳走を盛りつけた。
人気のない夜のしじまに、
寒々した部屋を仄かな香りで満たしながら、
ご馳走は豪華に置かれている。

「さあ、僕の恋人、僕の美しい熾天使《し》、目を覚ましてくれ！
きみは僕の天国、僕はきみを祀る隠者だ。
温和な聖アグネスのために、どうか目を開けてくれ。
さもないと僕の体は痺《しび》れてしまう。僕の魂はそれほど疼《うず》いているのだ」

32

こう呟くと、力の抜けた熱い腕は
彼女の枕のなかに沈んだ。彼女の夢は
薄暗いカーテンで保護されている。
真夜中の魔法、凍った小川のように溶けることはない。
艶だしした お盆が月の光をうけて輝いている。
テーブル掛けの金色の縁が絨毯に垂れている。
魔法がこんなに強く効いていては、彼には
恋人の目を覚ますことなど絶対にできないと思われた。
それで彼は様々な空想に囚われ、しばしもの思いに耽った。

33

空想から我に返ると、彼女の沈黙したリュートを手に取る。
高ぶる思い、こよなく優しい調べで、
彼女の耳もとでつまびきながら、
彼は久しく聞かれない古い歌を弾いた。
曲はプロヴァンスの「ラ・ベル・ダーム・サン・メルシ(3)」。
この調べに眠りを邪魔され、彼女は低いうめき声をあげた。
彼は中断し、彼女は大きく喘ぐ。それから突然、
怯えた青い目が大きく見開かれ、光る。
滑らかな石像彫刻のように顔蒼ざめて、彼は跪いた。

34

彼女は目を開けていた。目を大きく開けたまま、

眠っていたときの幻影をなおも見つめつづけている。
辛い変化が生まれ、そのためにあれほど純粋で深い
夢のなかの幸せが、ほとんど消えてしまったのだ。
美しいマデラインは何度もため息をつき、
視線は依然ポーフィロに向けたまま
涙を流し、愚かしい言葉をうめくように呟く。
彼は手を組み、悲しそうな眼をして跪いていたが、
動くことも話すことも憚られる。彼女の表情はそれほど夢に憑かれていた。

35

「ああ、ポーフィロ」彼女が言う、「つい先ほどまで、
あなたの声はあたしの耳もとで優しく震えていました。
甘い誓いを口にするたび、流暢な調べのように聞こえました。
悲しそうな眼は気高く澄みきっていました。
今はすっかり変わってしまった。なんと蒼ざめて寒そうで陰気なの。

あたしのポーフィロ！　もう一度あの声を聞かせて！
あの神々しい表情、あのゆかしい口説きの言葉を！
この永遠の悲しみの中にあたしを置き去りにしないで。
愛するあなたが死ねば、あたしはどこに行けばいいの」。

36

このような官能的で艶めかしい言葉を聞くと、
彼は人間を超えた激しい情熱に駆られ、立ち上がった。
その姿は神々しく、顔はまっかに紅潮し、瑠璃色の
空の深い静けさの中で煌めいている星のようだった。
彼は彼女の夢の世界に溶け込んだ、ちょうど
薔薇がその香りを菫と混ざりあわせるように——
甘美な融合。その間、刺すような寒風が
愛の神の警報のように、窓ガラスに
霙《みぞれ》をたたきつける。聖アグネスの月は沈んだ。

37

あたりは暗い。突風の吹きつける霙が忙しなくぱたぱたと鳴る。
「僕の花嫁、僕のマデライン、これは夢なんかじゃない」
あたりは暗い。凍てつく突風はなおも荒れ狂い、打ちつける。
「夢ではないですって！　ああ、なんて悲しいことでしょう。
ポーフィロはあたしをここに置き去りにして、窶れ悲しませるつもりだわ。
ひどい人！　あなたをここに連れて来た裏切り者はだれなの？
罵るのは止めましょう。あたしはあなたの心の虜になっているんですもの。
たとえあなたが騙されたあたしを見捨てても、
弱って羽づくろいもできない、見捨てられた惨めな鳩のようなあたしを」

38

「僕のマデライン！　夢見る美女《ひと》！　可愛い花嫁！

言ってくれ、僕は永遠にきみの祝福された僕《しもべ》になれるのか？
ハート形の真っ赤に塗られた、きみの美を護る楯に？
ああ、銀の神殿よ、僕はここで休息しよう。
苦難と探求の長い年月だった。
餓えた巡礼はいま奇跡に救われたのだ。
求めるものは見つかったが、きみの部屋から奪っていくのは
美しいきみだけ。美しいマデライン、きみが
野蛮な異教徒でない僕を信頼するに足りると思うならば。

39

いいかい、この嵐は妖精の国から吹いてくるエルフの嵐。
恐ろしいように見えるが、ほんとうは恵みの嵐だ。
さあ起きてくれ。夜明けも近い。
ご馳走を腹一杯つめ込んだ客たちは他人のことなど構うまい。
恋人よ、急いでここを立ち去ろう。

聞き耳を立てる者も、監視の目を光らせる者もいない。
みんなラインの白葡萄酒や眠気を誘う蜂蜜酒に飲まれてしまったのだ。
恋人よ、目を覚まして起きてくれ！　恐がらなくてもいい。
南の曠野の向こうに、きみを迎える館があるのだから」

40

彼女は彼の言葉に急き立てられたが、恐ろしさで一杯だった。
眠ってはいても、槍を構え険しい目つきの
監視人が館じゅうにいるだろうから。
二人は広い階段を下りる、暗い逃げ道を見つけた。
館のどこにも人の声は聞こえなかった。
鎖で吊るしたランプがどの扉にも煌めいていた。
騎乗の狩人、鷹、猟犬を豪華に描いたアラス織りの壁掛けが
館をとり囲む風の唸り声にはたはたと揺れた。
そして長い絨毯が強風の吹きぬける床でめくれた。

41

二人は亡霊さながら、広いホールに滑るように入り、
亡霊のように、鉄柱の玄関に滑るように入ってくる。
そこには、からになった大きな酒壜をそばに置き、
門番が窮屈そうに手足を広げて横になっていた。
不寝番のブラッドハウンドが起き上がり体を震わせたが、
利口な眼は相手が館の人間であることを認める。
閂は一つまた一つ、いとも簡単にするりと外れる。
鎖はすり減った敷石の上に音もなく落ちる。
鍵が回り、扉が蝶番のうえでぎいっとうめく。

42

こうして二人は立ち去った。そう、はるか遠い昔、

恋人たちは嵐のなかへと飛び去ったのだ。
あの晩、男爵はたくさんの悲しい夢を見たし、
客の騎士たちは誰も長いこと悪夢にうなされた――
魔女や悪霊、棺桶の大きな蛆虫の影と姿。老婆のアンジェラは
瘦《こ》けた顔をゆがめ、中風で体をひきつらせて死んだ。
祈禱僧はアヴェ・マリアを千回唱えたあと、
永久に探されることなく、冷たい灰のなかで眠っていた。

＊　**聖アグネス祭の前夜**　聖アグネスは古代ローマで殉教した少女。その祭日の前夜（一月二〇日）、少女の夢に現れて未来の夫を予言するという伝説があった。

(1)**マーリン**　アーサー王伝説中の魔法使い。父親から魔法の術を授かったが、その秘密を恋人に漏らして殺されてしまう。

(2)**舌を…ナイチンゲール**　（ギ神）義兄に犯されたフィロメラは、告げ口できないように舌を抜かれる。後にナイチンゲールに姿を変えられた。次註の「非情の美女」とともに、この詩に垣間見える裏切りのテーマを示唆する。

(3)**ラ・ベル・ダーム・サン・メルシ**　「非情の美女」。キーツにこの題のバラッドがある（本書「拾遺詩集」の部所収）。中世フランスの詩人アラン・シャルチエの八百行余りの

詩。宮廷風恋愛への批判と対話からなる。キーツは男の愛を拒み続ける残酷な美女という宮廷風恋愛の一面と題だけを借用した。

《詩》

ナイチンゲールによせるオード

1

僕の心は疼《うず》き、鈍い痺《しび》れが僕の感覚を
　痛ませる。まるで毒人参を飲んだかのように、
あるいはたったいま、濁った阿片液を残り滓まで
　飲み干して、レテの方へ降りていったかのように。
おまえの幸せな運命を妬ましく思うからではない。
おまえの幸せのなかで僕自身も幸せだからだ。
　木に棲む翼軽やかなドリュアスよ、
　　歌声ひびく橅《ぶな》の緑と
無数の影に包まれた一劃で、おまえが
　喉を一杯に膨らませ、夏を歌っているからだ。

2

おお、一杯のワインがほしい。長い年月、
地中に深く掘られた酒蔵で冷やされ、
フローラと田園の緑、踊りと
プロヴァンスの歌と日焼けした歓楽の味がするワインが。
おお、暖かい南国がいっぱい詰まった広口グラスがほしい。
本物の赤いヒポクレネ(1)が入っていて、
縁《ふち》では珠のような泡がぱちぱちとはぜ、
飲み口には赤紫の痕がついている。
それを飲んで、人に見られずこの世を去り、
おまえと一緒に仄暗い森へ消えて行きたい。

3

はるか遠くへ消え、溶けて、すっかり忘れたい。
木の葉の中に隠れているおまえが知らないこと——
この世の退屈、狂騒、苛立ち。そこでは
人は坐ってたがいに他人の苦痛の呻きを聞き、
中風が残り少ない悲しい最後の白髪をふるわせ、
若者は蒼ざめ、亡霊のように痩せ細って死んでいく。
ものを思うことは、すなわち悲しみと
鉛色の絶望でいっぱいになること。
美女もその輝く眼を持ちつづけることはできず、
新しい恋人が明日以後もその眼に焦がれることはない。

4

消え去ろう。僕はおまえのところに飛んでいきたい。
　豹が牽くバッカスの車ではなく、
目に見えぬ歌の翼に乗って。
朦朧とした頭はたじろぎ、尻込みしているのだけれど。
もうおまえのところにいるのか。なんて夜はやさしいのだ。
まわりを星の妖精みんなに囲まれ、
　月の女神はその玉座に就いているだろう。
　　けれど、この地上に光はない。
緑の暗がりと苔むして曲りくねった道をとおり、
　微風によって天から吹き寄せられる光をのぞいては。

5

僕の足もとにどんな花があるのか、僕には見えない。
　どんな柔らかな香りが木の枝についているのかも。
けれど、香しい暗闇のなかで、一つ一つの花を当ててみる。

花の季節にふさわしいこの月が
草や灌木や野生の果樹に与える花々を。
白い山査子《さんざし》、牧歌的な野薔薇、
すぐに色褪せる葉に包《くる》まれた菫、
それに五月半ばの花の長女、
ワインのような露を一杯ためた今を盛りの麝香《じゃこう》薔薇、
夏の夕べに羽虫がぶんぶんと群がるところ。

6

暗がりのなかで僕は聴いている。これまで何度も
僕はやさしい死に半ば本気で恋をした。
僕の息を大気のなかへ静かに引き取ってくれるように、
いくつもの歌のなかで彼のやさしい名によびかけた。
いま苦痛もなく真夜中に息絶えることは、
いつにもまして豊かなことにおもわれる。

こんなにも恍惚として、
　おまえが魂を注ぎ出している間に。
おまえはなおも歌いつづけ、僕の耳はむだになるだろう。
おまえのりっぱな挽歌にとって墓土になっているだろう。

7

不滅の鳥よ！　おまえは死のために生まれたのではない。
どんな飢えた世代もおまえを殺したことはなかった。
この過ぎゆく夜に僕が聴いている声は
はるか昔、皇帝も道化も聞いた声だ。
ルツ(2)が異郷の麦畑のなかで、故郷恋しさに
　涙をながして立っていたとき
　聞いたのと、おそらくは同じ声だろう。
　　危険な怒濤に向かって開け放たれた、
窓辺の美女をしばしば魅了したのと同じ声だ。

もの寂しい妖精の国の城、その窓辺の美女を。

8

もの寂しい！　この言葉は僕をおまえから、
　孤独な僕へ呼びもどす鐘の音のようだ。
さようなら！　騙し好きのエルフと世間は言うが、
　空想は評判ほど上手に欺くことはできない。
さようなら！　おまえの悲しい歌声は
　近くの牧草地を通り過ぎ、静かな小川を越え、
　丘のほうに上がっていった。今では次の谷間に
　　深く埋もれてしまっている。
あれは幻？　それとも醒めて見る夢だったのか？
　音楽は消えてしまった。僕は目覚めているのか？　眠っているのか？

（1）**ヒポクレネ**　（ギ神）ミューズの霊泉。

(2) **ルツ**　モアブびとルツは夫の死後、姑の住む異国に移り、落ち穂拾いをして姑と暮らした(「ルツ記」二章三節)。

ギリシア古壺のオード

1

おまえ、まだ汚《けが》れていない静寂の花嫁よ、
おまえ、沈黙と緩やかな時間の養い子よ、
僕らの作る歌よりもさらに美しい花いっぱいの物語を、
このように表現することができる森の歴史家よ。
葉に縁どられたどんな伝説がおまえの姿に纏わりついているのか？
神々や人間や、あるいはその両方の？
テンペ(1)やアルカディア(2)の谷の？
これはどういう男たち、神たちなのか？　嫌がっているのはどういう娘たちか？
必死に追いかけ、逃れようともがいているこの様子は何なのか？
これは何の笛、何の小太鼓なのか？　この狂喜の恍惚は何なのか？

2

耳に聞こえるメロディは美しい。しかし聞こえないメロディは
もっと美しい。だから、きみたち静かな笛よ、吹きつづけよ。
感覚の耳にではなく、魂に向かって、
　さらにゆかしく、調べのない歌を吹いてくれ。
木の下にいる美しい若者よ、きみが歌をやめることはありえないし、
あれらの木々が葉を落とすこともありえない。
　大胆な恋人よ、きみは絶対にキスすることはできない。
もう少しで目的を達するところなのに——でも嘆くことはない。
　きみは喜びを味わえないが、彼女が消えてなくなることもない。
きみはいつまでも愛しつづけ、彼女は美しいままだ。

3

ああ、幸せな、幸せな枝よ！　きみたちが葉を
　落とすことはないし、春に別れを告げることもない。
ああ、飽きることを知らない幸せな音楽家よ、
　きみは永遠に新しい歌を永遠に吹きつづけているのだ。
さらに幸せな恋人よ、さらに幸せな、幸せな恋人よ！
　永遠に暖かく、いつも味わうことができる。
　　永遠に鼓動し、永遠に若く、
生きた人間の情熱にはるかに勝る。
　悲しみでいっぱいの飽きあきした心、
　　燃える額、乾いた舌をあとに残す人間の情熱よりは。

4

生贄《いけにえ》の儀式にやってくるこの人たちは誰なのか？
おお、ふしぎな司祭よ、どのような緑の祭壇に、
空に向かって啼くあの雌牛をつれて行こうというのか？
雌牛の艶やかな脇腹は花で飾られている。
この敬虔な朝、この人たちが空《から》にして出てきたのは
どこの小さな町か？　それは川縁《べり》にあるのか、海辺にあるのか？
それとも平穏な城砦に守られた山の上にあるのか？
小さな町よ、おまえの通りは永遠に
静まりかえっていて、なぜ住民の姿が見えないのか、
町に戻って教えてくれる者はだれ一人いないだろう。

5

おお、アッティカの形よ！　美しい姿よ！
そこには、木々の枝や踏みしだかれた草とともに、
大理石の男たち娘たちが絡み合うように浮彫りにされている。

おまえ沈黙した形は、永遠と同じように、
僕らを惑乱させ、ものを考えられなくしてしまう。冷たい牧歌よ！
いま生きているこの世代を老齢が滅ぼすとき、
おまえは僕らの知らぬ不幸のなかでも依然存在し、
人間の友として、彼らにこう言うのだ、
「美は真理であり、真理は美である」と。それが
おまえたちがこの世で知り、知らねばならぬすべてだ。

(1)**テンペ**　ギリシア北部テッサリア地方の谷。
(2)**アルカディア**　古代ギリシアの牧歌的理想郷。

プシュケーによせるオード

おお女神よ！　この調子外れの歌を聴いてください。
心地よい強制、懐かしい思い出ゆえにしいて作ったもの。
あなたの秘密を御身の柔らかな耳にまで
お聞かせする非礼は、なにとぞお赦しを。
きょう僕はたしかに翼をつけたプシュケーの夢を見た。
いや、あれは夢ではなく、醒めたこの目で見たのか。
僕は無心に森をさまよっていた。
　突然、驚きで気が遠のくほどだったが、
並んで横たわる美しい男女が目に入った。
　木の葉とそよぐ樹花の屋根の下、
　深草の茂みのなかに。人目につかないが、
　　近くには小川も流れていた。
花芯は香しく、色は青や銀白、蕾はティル紫[1]——

こうした物言わぬ、冷たい根の花々にかこまれ、
二人は静かに寝息をたて、草の褥《しとね》に臥せっていた。
その腕は翼とおなじように絡みあわされている。
唇は触れていなかったが、離れていたのでもない。
睡りの柔らかな手で離されてしまったが、
燦めく愛がやさしく目を覚ます夜明けには、
さらに多い接吻《くちづけ》を交わすつもりのようだった。
　　翼をつけた少年に僕は見覚えがあった。
幸せな幸せな子鳩よ、あなたはだれなのか？
　　彼の貞節な恋人プシュケーではないか！

おお、オリンポスの色褪せた神々のなかで
いちばん後に生まれ、誰よりも美しい姿のあなた。
瑠璃色の夜空に浮かぶ月のポイベー[2]よりも、
　夜空を焦がす愛の蛍火ヴェスパーよりも美しい。
あなたには神殿もなく、花を積み上げた祭壇もないが、

　その美しさは月や宵の明星《ヴェスパー》にまさる。
しんと静まり返った真夜中に、
　甘い歌声を捧げる処女の聖歌隊もない。
歌声も、リュートも、笛も、鎖で振り回される
　香炉から立ちのぼる甘い香煙もない。
祠《ほこら》も、森も、神託もなければ、唇蒼ざめ
　夢に憑かれた神がかりの予言者もいない。

四

いと輝かしき者よ！　森の枝が神の依代《よりしろ》として
　神聖であり、大気も、水も、火も神聖だった頃、
その頃の古人の誓いにはもう遅すぎるし、
　竪琴で一途な信仰を奏でるのにも遅すぎる。
幸せな祭礼からこんなに遠ざかってしまった今、
　僕はオリンポスの色褪せた神々のなかで
　はばたいている、あなたの透きとおった
羽を目にし、その僕の目に霊感を得て歌う。

だから、僕をあなたの聖歌隊にして、
　真夜中に甘い歌をうたわせてください。
あなたの歌声、リュート、笛、振り回される
　香炉から立ちのぼる香煙にしてください。
あなたの祠、森、神託、唇蒼ざめて
　夢に憑かれた神がかりの予言者にしてください。

そう、僕はあなたの神官となって、どこか
　僕の心の未踏の地に神殿を建てよう。そこでは
心地よい苦痛とともに成長した枝なす想念が
　風を受け、松に代わってさやぐことだろう。
あたり一面どこまでも、黒ぐろと生い茂る木が
　一段一段、険しく肩をいからせた山々をおおう。
西風、小川、小鳥、蜜蜂が子守歌をうたい、
　苔に横たわる樹の精《ドリュアス》たちを眠りにつかせるだろう。
この広々とした静けさのただなかに、

僕は薔薇香る聖所を設け、
活動する脳髄の蔓棚でそこを飾ろう。
　棚には蕾、釣鐘花、無名の星花、
庭師の空想が思いつけるすべての花々が絡みついている。
　この庭師は花を作るとき同じものは決して作らないのだ。
こうして、胸を熱くした「愛《エロス》」を迎え入れるため、
　ほの暗い想念がもたらす
すべての優しい喜び、明るい松明、
　夜も開け放たれた窓を、僕はあなたのために用意しよう。

(1)ティル紫　フェニキアの古代都市テュロスで貝から採取された染料。古代ローマで珍重された。
(2)ポイベー　(ギ神)月を指す呼称。

空　想

「空想」はいつも彷徨わせておけ、
「喜び」はじっと閉じこもってはいない。
触れただけで、甘い「喜び」は消えてしまう、
雨がたたきつける時の水泡《みなわ》のように。
だから、翼をつけた「空想」は彷徨わせておけ、
その向こうにいつも広がっている思想のなかへ。
心の檻の入口は広く開けておけ、
彼女はそこから飛び出して、雲の方へ舞い上がる。
おお、甘美な「空想」よ、彼女を解き放て！
「夏」の喜びも慣れてしまえば台無しだし、
「春」の楽しみも同じこと、
春の花のようにすぐ色褪せる。
霧と露のなかで顔を赤らめ、

「秋」の赤い唇をした林檎も、
食べれば飽きてしまう。ではどうすればいい？
暖炉のそばに坐っていろ、
枯枝が赤々と燃えているときは――
燃える炎は冬の夜の精。
物音消えて大地が静まり返り、
田舎の若者の重たい靴から
凍てついた氷がはたき落とされるとき。
「夕べ」を空から追放するため
「夜」と「昼」が会談して、
秘密の謀議をこらすとき。
暖炉のそばに坐り外に送り出せ、
高貴な任務に就く「空想」を。彼女を送り出せ！
自らの想像力に圧倒されている心と一緒に。
彼女にはおつきの家来がいる。
寒気をものともせず彼女は持ち帰るだろう、

大地から消えた美のかずかずを。
彼女はおまえのところにすべてを持ち帰るだろう、
夏の天気のすべての喜ばしいもの、
露に濡れた草地や棘ある小枝から
五月のすべての蕾と釣鐘花を。
そっと謎のような忍び足で
山と盛った「秋」のすべての富を。
コップのなかの三種の極上ワインのように
彼女はこれら喜ばしいものの数々を混ぜ合わせ、
おまえはそれを一気に飲みほすだろう。おまえには聞こえる、
遠くの澄んだ収穫の喜びの歌、
刈り取られた小麦のさわさわと鳴る音、
夜明けを称える美しい鳥の鳴き声が。
そう言っているこの瞬間も——聴いてごらん！
あれは四月初めの雲雀の声だ、
それとも、忙しなくかあかあと鳴く深山《みやま》烏か、

棒切れや藁すじをあさりに行くのだ。
おまえは一目で見てとるだろう、
雛菊とマリーゴールド、
白く着飾った百合、この春初めて
咲いたばかりの垣根の下の桜草を、
木陰のヒアシンス(いつもとおなじ
瑠璃色をした五月半ばの花の女王)、
同じにわか雨で真珠の珠をつけた
すべての木の葉、すべての花を。
おまえは目にするだろう、野鼠が
穴倉の冬眠で痩せた姿で見上げているのを。
冬の間にすっかりやせ細った蛇が
陽のあたる岸で脱皮するのを。
　親鳥の翼が苔の巣を
　静かに覆っているとき、
山査子の木のなかで斑の卵が

孵るのをおまえは見るだろう。
それから、巣別れで蜜蜂が分封《ぶんぽう》するときの
忙しなさ、慌てふためくさまを。
秋のそよ風がうたうとき、
熟した団栗がぱたぱたと落ちていくさまを。

　おお、甘美な「空想」よ、彼女を解き放て！
何ごとも慣れてしまえば台無しだ。
いくら見つめても色褪せない頬は
どこにある？　熟れた唇が
いつも新しい娘はどこにいる？
どれほど青くても、飽きない
目はどこにある？　どこであろうと
見てみたい顔はどこにある？
どれほど心地よくても、しじゅう
聞いていたい声はどこにある？

触れただけで、甘い「喜び」は消えてしまう、
雨がたたきつける時の水泡《みなわ》のように。
だから、翼をつけた「空想」に
おまえのお気に召す恋人を探させよ。
顔の顰め方、小言の言い方を
冥王《プルートン》に教わるまえのケレスの娘、
プロセルピナのように麗しい眼をした恋人を。
お酌相手のユピテルはけだるい様子、
美酒の盃を手にしたまま、
帯の黄金《きん》の留め金はずし、
ローブを足もとにずり落とす――
そんなときの青春の女神へべのように
色白の腰と脇腹をもつ恋人を。
「空想」を縛る絹紐の網目を断ち切れ。
彼女を繋ぐ獄舎の綱をいますぐほどけ。
そうすれば、彼女はあれらの喜びをもってくるだろう。

翼をつけた「空想」はいつも彷徨わせておけ、
「喜び」はじっと閉じこもってはいない。

オード

「情熱」と「歓楽」の歌びとたちよ！
きみたちは魂を地上に置いていった。
きみたちは天国にも魂を持っていて、
新天地で第二の人生を送っているのか？
そう、天国の魂たちは
太陽や月と交流している。
不思議な噴水の音や
大音声《だいおんじょう》で交わされる会話、
天国の木々の囁きとも交信している。
魂たち相互の交流もある、
大きな釣鐘草の下にのんびり坐って。
そこはエリュシオンの野原、
草を食んでいるのはディアナの仔鹿。

雛菊が薔薇の香りをただよわせ、
薔薇も地上にない
香水をもっている。
ナイチンゲールがうたうのは
意味のない、呆《ほう》けた歌ではなく、
心地よい神聖な真理、
流麗な哲学の調べ。
天国とその秘義の
物語や黄金の歴史。

　こんなふうに、きみたちは天の高みで暮らし、
また地上でも生きている。
そして、きみたちが置いていった魂は
きみたちの見つけ方を地上の僕らに教えてくれる。
ここでは、きみたちのもう一つの魂が歓び、
眠ることも飽きることも知らない。

ここでは、大地で生まれたきみたちの魂が、人間に
そのちっぽけな一週間を今も語っている。
その数々の悲しみと歓び、
情熱と悪意、
栄光と屈辱、
強くするもの害うものを。
こんなふうに、遠くに去って行ったが、
きみたちは僕らに毎日、英知を教えている。

「情熱」と「歓楽」の詩人たちよ！
きみたちは地上に魂を置いていった。
天国にも魂を持っていて
新天地で第二の人生を送っているのだ！

人魚亭のうた

死んでこの世にいない詩人たちの魂よ、
いま暮らしているエリュシオンはどんなところか？
浄福の野原か、苔むす岩屋か？
人魚亭より立派なところか？
そこの亭主が出すカナリー葡萄酒より
上等な酒を飲んだことがあるか？
楽園エリュシオンの果物は、人魚亭の
美味な鹿肉パイよりうまいか？
おお、なんて贅沢な料理だ！
まるで豪胆なロビンフッドが
恋人マリアンと一緒に、角と罐から
飲み食いするために用意されたみたいだ。

僕が聞いたところでは、ある日のこと、
人魚亭の看板が飛んで逃げていった。
行く先は誰も知らなかったが、
星占いの古い羽根ペンが
羊皮紙に次の話を書きつけた。
星占いはきみたちが栄光に包まれ、
作りなおした昔の看板の下で
神聖な酒を酌み交わし、
舌鼓を打ちながら
十二宮の人魚座に乾杯したという。

死んでこの世にいない詩人たちの魂よ、
いま暮らしているエリュシオンはどんなところか？
浄福の野原か、苔むす岩屋か？
人魚亭より立派なところか？

ロビンフッド　ある友に

そう！　あれらの日々は過ぎ去った。
時間は年をとって白髪になり、
分秒《ふんびょう》も全部埋葬されてしまった。
長年踏みつけられた
落葉の棺蓋いの下に。
人が地代も借地権も知らなかった昔から、
冬の大鋏《ばさみ》、凍てついた「北」や
肌寒い「東」は、さわさわと鳴る森の
羊毛、枯葉のご馳走を平らげようと
何度も嵐を送り込んできたのだ。

　そう、角笛は吹かれないし、
もう弓がうなることもない。

ヒースの野こえ、丘の上に響いた
甲高い狩りの喇叭ももう鳴らない。
孤独なエコーが侘しい森の奥深く、
誰かの笑い声を自分へのからかいと
思い、驚いて谺《こだま》を返す——
そんな森の笑い声ももう聞かれない。

六月のいちばん爽やかなころ、
太陽か月を道連れに外に出る。
七人姉妹の昴《すばる》に灯りを借りるのも、
北極星を指針にするのもいいだろう。
けれども、リトルジョン(1)や
豪胆ロビンにはもう会えない。
仲間の全員だれ一人として
空き缶叩いて古い狩りの唄を
歌うことはない。美人女将の

歓楽亭めざし、みどり一色、
トレント川に沿う牧草地の道すがら、
退屈しのぎにその唄を歌ったが。
歓楽亭には香ばしいビールを誘いだす、
愉しい話があずけてあるのだ。

　陽気なモリスダンス(2)の賑わいは消えた。
ギャメリン(3)の唄も消えたし、
「みどりの森《グレーネ・ショー》」を徘徊する
堅帯締めた無法者たちもいない。
みんな消えていなくなった！
ロビンが突然、芝草に蓋われた
墓の下から放り出されたら、
マリアンがもう一度、むかしの
森の日々を過ごすことになったら、
マリアンは泣き、ロビンは狂うだろう。

造船所の斧で切り刻まれ、
塩辛い海に浸かって腐りはてた
森のすべての樫たちを思い、彼は喚くだろう。
自分に歌ってくれる蜜蜂がいないと言って
彼女は泣くだろう。こんなのおかしいわ！
蜂蜜がお金を出さないと手に入らないなんて！

　そのとおり。でも僕らは歌おう――
弓の弦に栄光あれ！
狩りの角笛に栄光あれ！
青葉茂れる森に栄光あれ！
リンカングリーンに栄光あれ！
鋭い弓使いに栄光あれ！
弓の名手リトルジョンと
彼を乗せた馬に栄光あれ！
今は森の茂みに眠っている

豪胆ロビンフッドに栄光あれ！
メイド・マリアンとシャーウッドの
すべての仲間に栄光あれ！
彼らの日々はとうに過ぎ去ったが、
僕らは二人して唄の折返し《バードン》を作ろう。

(1)**リトルジョン**　名前とはうらはらに大男。

(2)**モリスダンス**　十四世紀以来つづく五月祭の踊り。メイド・マリアンなどロビンフッド物語の人物も登場する。

(3)**ギャメリン**　十四世紀半ばに書かれた韻文ロマンス。主人公は森に隠れて無法者たちの首領となる。

秋によせる

1

霧と甘い熟成の季節よ、
　成熟する太陽の親しい友よ、
おまえは彼と謀りごとをめぐらす。茅葺屋根の軒をつたう
　葡萄が、どうすれば実をたわわにつけられるか。
苔むしたコテージの木をどうすれば林檎でしなわせ、
　全部の実を芯まで熟れさせることができるか。
　　瓢箪を膨らませ、榛《はしばみ》の殻を甘い仁《にん》で
太らせ、遅咲きの花々に蕾を
　次々につけさせ、蜜蜂に
暖かな日々に終わりはないと思わせられるか。

夏が彼らの蜜房をねっとりと溢れさせてしまっているのに。

2

収穫した作物の中におまえの姿を見かけなかった人はいない。
　そこかしこと出歩く人は、ときとして
実をふるい分ける風に髪を静かに吹きあげられ、
　穀物倉の床の上でぼんやり坐っているおまえの姿や、
罌粟《けし》の香りに眠気を誘われ、鎌は次の切り株と絡みついた花を
刈ることができず、まだ半分しか刈り取っていない小麦畑で
　眠りこんでいるおまえの姿を見かけたことがあるかもしれない。
またときには、落ち穂拾いの人のように、
　籠をのせた頭をしっかり支え、小川を渡っていく。
　あるいは林檎搾り機のそばに立ち、辛抱強く
　果汁の滴りを何時間も何時間もじっと見ている。

3

春の歌はどこへ行ったか？　そう、どこへ行ったのだ。
それは考えるな。おまえにはおまえの音楽がある。
しま模様の雲が静かに昏れゆく日を照らし、
刈り株畑の野辺を薔薇色に染めるころ、
悲しげに歌う聖歌隊さながら、小さな羽虫たちが
川柳の間から嘆きの声をあげ、微風が吹いたり
止んだりするたび、高く上がりまた沈んでいく。
すっかり成長した仔羊が小高い丘から大声で啼く。
生垣の蟋蟀《こおろぎ》が歌う。今度は静かな高い声で、
駒鳥が庭の畑からぴいぴいと口笛を吹く。
そして、群れつどう燕が空でさえずる。

憂愁《メランコリー》についてのオード

1

いや、いや、レテのほうへ行ってはいけない。
固く根を張った鳥兜《とりかぶと》を引き抜き、毒液を採ってはいけない。
おまえの蒼ざめた額を、プロセルピナの赤い実、
　美女《ベラドンナ》の別名もつ犬酸漿《いぬほおずき》に接吻《くちづけ》させてもいけない。
水松《いちい》の実からおまえの数珠を作ってはいけない。
　死番虫や髑髏《どくろ》面形《めんがた》すずめを
　　きみの嘆きのプシュケーにするのはよくないし、
綿毛の梟を悲しみの秘儀の仲間にしてもいけない。
　憂愁の陰と陰が近づけば両者の出会いは鈍すぎて、
　　ずきずきする魂の醒めた苦悩をかき消してしまうだろう。

2

うなだれた花々をみんな生き返らせ、
　緑の丘を四月の経帷子でおおう涙雨のように、
憂愁の発作が突然空から降ってくるとき、
　そのときこそ、朝の薔薇や
波打つ砂浜にたつ虹や
　一面に咲き乱れた芍薬を思い浮かべ、
　　心ゆくまでおまえの悲しみを楽しむがいい。
おまえの恋人がはげしい怒りを見せたときは、
　その柔らかな手を握りしめ、彼女を怒らせたまま、
　円らな美しい眼を奥までじっと見つめるがいい。

3

「憂愁」は美と一緒に住んでいる──死なねばならない美、
　それに歓びと。その手はいつも唇にあてられ、
別れを告げようとしている。それからすぐ近くにいる快楽、
　蜜蜂が蜜を吸っている間に毒に変わってしまう。
そう、ほかならぬ歓びの神殿のなかに、
　ヴェールをかぶった「憂愁」は最高の祠を有している。
　　力強い舌が歓びの葡萄を繊細な口蓋に
圧し潰せる人しか、その祠を見ることはできないが。
　彼の魂は「憂愁」の力の悲しさを味わったあと、
　　彼女の戦利品として神殿に高く掲げられるだろう。

ハイピリオン*

断片

第一巻

悲しみの陰なす谷の奥深く、
すこやかな朝の息吹も届かず、
真昼の輝き、宵の明星も見えない遥か地の底に、
白髪のサターン(1)が坐っていた。石のように動かず、
この隠れ処《が》をつつむ静寂《しじま》のようにひっそりと。
折り重なった雲のように、森また森が
頭上をおおい、風の動きはたえてなかった。
夏の日に綿毛の種を一つ、
草花から奪い取る勢いもなく、
枯葉は落ちれば、そこから動かない。
小川は音もなく流れ、没落した神の
影に覆われているためか、いっそう
静かに流れる。ナイアスは葦間で

冷たくなった指を唇にあてた。
　川縁《べり》の砂地の上に大きな足跡がついていたが、
足が迷い込んだところから奥には続かず、
そのままそこで絶えていた。湿った地面に
老神の右手があった。力なくぐったりして、死者のよう。
王威も失せている。領土を失った眼は閉じられ、
垂れた頭は、なおも慰めを求めているのか、
年老いた母「大地」に耳を傾けているように見えた。

　彼をその場から動かすことは到底無理だと思われた。
そこへ誰かがやってくる。恭しく身を屈めると、
血を分けたその手で彼の広い肩に触れたが、
彼はそのことに気づかなかった。
彼女は小人世界に君臨する女神だ。
そのそばでは背の高いアマゾンも

ピグミーの背丈しかなかっただろうし、髪をつかんで
アキレスの首を曲げることもできただろう。
また指一本で、イクシオン[2]の輪を止めることもできただろう。
その顔はメンフィスのスフィンクスの顔のように大きく、
賢人たちが知識をエジプトに求めたとき、
宮殿の中庭で台座に据えられていたかもしれない。
けれど、その顔の何と大理石に似つかわしくないことか。
また、何と美しいことか。悲しみゆえに「悲しみ」が
「美」よりも美しくなっているのでなければ。
その眼は何かを恐れ、聞き耳を立てているようだった。
まるで災難に見舞われた直後のように。
呪われた日々の先陣の雲が恨みの雨を
降らせたあと、今度は不機嫌な殿軍《しんがり》が
雷鳴を用意して進撃しているかのように。
彼女は人間の心臓が鼓動し疼くあの箇所に
片方の手を押し当てた。不死身でありながら、

まさにそこに耐え難い痛みを感じているかのように。
もう一方の手はサターンのうなだれた首の上に
載せ、彼の耳の高さのところまで
身を屈めると、口を開いて何か言葉を話した。
厳かなテノールの、野太いオルガンの調べで
嘆きの言葉を口にしたが、人間のかよわい言語でも、
悲しみは似た口調で表されるだろう(太古の神々の
あの雄大な話し方に比べると、なんとも弱々しいが)。
「サターン、顔をあげて！　お気の毒に、それもむだなこと。
あなたを慰める言葉がない。ただの一言もないわ。
「ああ、どうして眠っているの？」なんて、私には言えない。
天界はあなたから離反し、大地は
こんなに苦しんでいるあなたが神とは知らない。
海も同じこと。厳かな潮騒の音とともに
あなたの支配から離れて行った。空からも
あなたの古い権威は全部消えたわ。

あなたの雷霆《いかずち》は新しい支配者を意識して、
私たち没落した一族の頭上で渋々鳴っている。
それにあなたの電光は未熟者(3)に使われて、
むかし平穏だった私たちの領土を焦がし焼き払う。
おお、苦痛の時よ！　何年にも匹敵する一瞬よ！
おまえは去り際に恐ろしい真実を誇張し、
私たちの疲れた悲しみに押し付けるので、
信じたくなくても、不信は息をつく場がない。
サターン、眠りなさい！　ああ、なんて浅はかなの、
あなたの孤独な眠りをこんなふうに妨げたりして。
あなたの悲しい目を覚まさせてはいけないわ。
サターン、眠りなさい！　私が足許で泣いている間は」

　魔法に魅入られた夏の夜、
緑の外衣《ローブ》をはおった、あの大きな森の長老たち——
真剣な星に枝を魔法にかけられた長身の樫たち——が

夢を見る、それも一晩中そよとも動かず夢を見る
(孤独な突風に揺すられる枝のそよぎを除けば)。
戻り風は一度しか吹かないとでもいうように、
この突風は森の静寂に襲いかかると消えていくが、
そのように彼女の言葉は生まれて消えた。その間《かん》、
彼女は涙ながらに美しい大きな額を地面につけ、
垂れ下がった髪を広げて、サターンの足を
載せる柔らかな絹の敷布にした。
夜には月がゆっくりと変化しながら、
四つの銀の季節[4]を更新していたが、
洞窟の大聖堂にできた自然の彫像のように、
二人は先の姿勢のままじっと動かなかった。
硬直した大神は依然として地に坐したまま、
悲しみの女神は彼の足許で泣いていた。
ついに年老いたサターンが生気のない眼を
上げ、自身の王国が消滅したことを知り、

あたり一帯の薄暗がりと悲しみ、
跪いている美しい女神を目にすると、こう言った。
中風病みのような声で、髭は
小刻みに揺れるアスペンのように恐ろしげに震えた。
「おお、金色の神ハイピリオン(5)の優しい配偶《つれあい》、
シーアよ、おまえの顔を見なくてもおまえを感じる。
顔をあげて、そこに記されたわしらの運命を見せてくれ。
顔をあげて、この弱々しい姿がサターンのものか
教えてくれ。おまえに聞こえる声がサターンのものか
教えてくれ。立派な王冠もなく、むきだしの
皺だらけのこの額がサターンの額に見えるか
教えてくれ。わしを零落させた権力を
手にしたのは誰か。その力はどこからきたのか。
その急成長はどのようにして培われたのか。
「運命」はわしの力強い手で絞め殺されたように見えたが。
事実はこのとおり。わしの方が息の根を止められ、

神としてのすべての活動を奪われてしまった。
活気のない惑星によい影響をおよぼす、
もろもろの風や方々の海に訓戒を垂れる、
人間の収穫に温和な支配力を発揮する、等々、
主神が心に秘めた内なる愛を発揮する
その他数々の行為を。わしは自分の胸の中から
出て行ってしまった。わしの強固な正体《アイデンティティ》、
わしの本当の自我を、玉座とわしがいま坐っている
大地のこの場所――その間《あいだ》のどこかに
置き忘れてしまった。探せ、シーアよ！　探せ。
おまえの不死の眼を開け、すべての宇宙空間に
経《へ》巡《めぐ》らせよ――恒星の空間とその光の届かぬ所、
生きた大気が充満する空間と不毛な虚空、
火炎の空間と地獄のすべての裂け目に。
探せ、シーアよ！　探せ。そして教えてくれ、何か
形あるものか影が、翼をはためかせ、あるいは獰猛な

戦車を駆りたて、先に失った天界を取り戻そうと
進んでくるのが見えないか。前進は必ず、必ず
成果を上げるはず。サターンが王たるは必定。
そう、必ずや黄金の勝利がもたらされるにちがいない。
神々が倒され、凱旋式の喇叭が
静かに吹き鳴らされる。神の都の
黄金の雲の上には、祝祭の賛歌や
勝利を宣告する穏やかな声、亀の甲羅に張った弦から
銀の調べが流れるにちがいない。美しいものは
新しく作りかえられ、天界の子供たちを
驚かせるだろう。わしの命令を聴け。
シーア！　シーア！　シーア！　サターンはどこにいる？」

　このように心が昂ぶり、彼はつと立ちあがると、
空中でもがいているように両手を組みあわせた。
ドルイド僧のような震える長髪には汗が滲み、

興奮で両眼は飛び出し、声も絶え絶えだった。
彼は立ちつくす。シーアの歔欷《すすりな》く声は聞こえなかった。
しばらくすると、彼はふたたび次のように
言葉を継いだ、「わしは生み出せないのか？
わしは造れないのか？　わしは象《かたど》れないのか？
新しい別の世界、別の宇宙を。
そしてこの世界を制圧し叩き潰すことはできないのか？
新しい「混沌《カオス》」はどこにある？　どこだ」。この言葉は
オリンポスに届き、三人の反逆者(6)を
震撼させた。シーアは驚いて立ち上がったが、
その動作には一縷の希望が浮かんでいた。
早口で、しかし畏敬の念をこめて彼女はこう言った。
「お言葉は没落一族への励まし。仲間のもとへおいでください。
おお、サターン！　行って彼らに勇気を与えてください。
彼らの隠れ処を知っています。あたしはそこから来たのですから」
手短にこう話すと、懇願するような目で

後ずさりしながら、薄暗がりのなかをしばらく進んだ。
彼が後に続き、彼女は道を折れると老木の大枝の中を
先導していく。枝は、巣から舞いあがった鷲が
突っ切って行く靄のように、二人に道を開けた。

その間、別の領土でも大粒の涙が流されていた。
これに似た多くの悲しみ、相似た嘆き。
人間の言葉や文章に写すにはあまりに大きすぎる。
身を隠した者も、獄に繫がれた者も、勇猛なタイタンたちは
昔の忠義の復活を期待して嘆きの声をあげ、
鋭い苦痛に呻きながらサターンの声を待ちわびた。
しかしこの巨神族の同胞のなかで一人だけ、依然として
王権と勢力と威厳を保持している者がいた。
燃えて輝くハイピリオンはいぜん火の球体に
坐り、いぜん人間が太陽神にむかって
燻らせる香煙を嗅いでいた。しかし不安だった。

というのも、われわれ人間を暗い前兆が
恐れ困惑させるように、彼も恐れ戦《おのの》いていたのだ――
犬の遠吠えや忌まわしい梟の鳴き声、
あるいはよく知られている、臨終の鐘の
最初の音と同時に起こる当の死者の訪問、
真夜中の灯火の不吉な予言などではない。
巨神の神経に見合った恐怖が、しばしば
ハイピリオンを苦しめたのだ。その輝く宮殿は
燃え立つような黄金のピラミッドで守られ、
青銅のオベリスクの色合いも帯びていたが、
無数にある中庭、アーチ、ドーム、炎の回廊、
それらすべてをぎらつく血の赤色で染めた。
そして、宮殿の薔薇色の雲の窓掛はどれも
怒ったように紅潮し、これまで神々も好奇心旺盛な
人間も見たことがない鷲の翼が、時として
宮殿を暗くし、これまで神々も好奇心旺盛な

人間も聞いたことがない馬の嘶《いなな》きが聞こえた。
それに、神聖な丘の高みから馥郁と
環になって漂ってくる香煙を味わうとき、
彼の大きな口蓋は、芳香の甘さではなく、
有毒な真鍮や腐蝕した金属の臭味を感じた。
それで、晴れた昼間の仕事をすべて終え、
就寝のため西方に帰りついたとき、
高い寝台で神にふさわしい休息を取り、
楽《がく》の調べに抱かれて眠りに就く代わりに、
この心地よい休息の時間を、
巨大な大股で広間から広間へ歩いて回った。
一方、はるか廊下の奥や隅の部屋ではどこも、
有翼の従者たち(7)が驚きと恐怖の色を浮かべ、
群がって立ち尽くしていた。その様は、地震が
城の胸壁や塔を震わせるとき、不安になった人間が
広い野原の方々に群がり溜め息をつくのに似ていた。

この時も、凍りついた眠りから目を覚ましたサターンが
シーアの後をついて森を歩いていたころ、
ちょうど黄昏をあとにしたハイピリオンが
西の門口を駈け降りてくるところだった。
そのとき、いつものように宮殿の扉が開いた。
音もなく静かに――厳めしい西風《ゼピュロス》が吹き鳴らす、
おごそかな管楽器の甘く漂うような調べ、
ゆっくりと流れて行く旋律を除けば。
そして、色と形は赤い柘榴石、香りは穏やかで、
見た目は爽やか――そんな薔薇を思わせる、
厳めしく壮大な宮殿の玄関が満開になって、
ハイピリオンが入ってくるのを待っていた。

　彼は入っていったが、満面怒りを露わにしていた。
彼の赤々と燃える長衣は踵の後ろへ流れ、
地上の大火のように、ごうごうと音をたてた。

その音は柔和で繊細なホーライたちを恐れ竦ませ、
彼女たちの鳩の翼を震えさせた。彼は怒りに燃えていた。
壮麗な身廊から身廊へ、穹窿から穹窿へ、
光を香しい花環に仕立てた四阿《あずまや》や
ダイヤモンドを敷いて光沢《つや》出しをした長い拱廊《アーケード》を
幾つも通り抜け、中央の大頂塔《キューポラ》にやってきた。
すさまじい形相でその下に立つと足を踏み鳴らし、
地底の広間から塔の高みに至るまで、
己の黄金の宮殿をがたがたと震わせた。続いて
雷鳴の振動がまだおさまらないうちに、
神に相応しい抑制もかいなく、声が口をついて出る。
こんな内容だった、「夜昼かまわず襲い来る夢よ！
おお、醜悪な形象よ！　おお、苦痛の幻影よ！
おお、寒い、寒い、寒い暗がりで忙しなく動く亡霊よ！
おお、黒装束の池に棲む長い耳の妖怪よ！
なぜおまえたちを知っているのか？　なぜ見たことがあるのか？

こんな新参の恐ろしい亡霊を見たからといって、
なぜ不死身のおれがこんなにも動揺しているのか？
サターンは没落した。 おれもまた没落するのか？
おれは出て行かねばならぬのか？　わが憩いの安息地、
この栄光の揺籃、この穏やかな気候、
この幸の光に充ち溢れた平和な土地、
わが光の帝国の、これら水晶の建造物や
汚れなき神殿を？　今は住む人もなく
捨て置かれ、がらんどうで、訪ねることもない。
燃える炎も輝きも均斉の美ももう見えない。
見えるのは闇、死と闇だ。
おれの憩いの中心地であるここにも、
死霊のような幻がわがもの顔でやってきて、
わしの栄光を侮辱し、暗くし、圧し殺そうとする。
没落だと？　テルス(8)と水漬《みづ》く衣にかけて許さんぞ。
わが領土の燃える境界の向こうへ

わしの恐ろしい右腕をつきだしてやろう。
そうすればあの幼い雷鳴の主、謀反人のジョウヴを怯えさせ、
老いたサターンをもう一度玉座に就かせることになる」。
そう言うと話をやめた。その間、もっと激しい脅し文句が
声になろうと喉もとで犇《ひしめ》いていたが、出てこなかった。
大入り満員の劇場で、客が「静かに！」と
言えば言うほど騒ぎが大きくなるように、
ハイピリオンの言葉を聞いた蒼白い妖怪たちは
勢いづき、三倍も恐ろしく冷酷になった。
彼が立っている鏡のような床からは
あぶくの浮いた沼のように靄が立ちこめる。
これを見ると、彼の体全体、足許から
頭の天辺まで、苦痛が徐々に広がっていった。
しなやかで筋肉たくましい大蛇が、
力を使いすぎ頭と首を痙攣させて、
ゆっくり這って行く感じに似ていた。苦痛が治まると

彼は東の門へ飛んでゆき、やがて暁が朱に染まるまで、
露間《つゆま》のまる六時間というもの、
寝ぼけ眼の玄関に猛烈に息を吹きかけ、
覆っている重い靄を吹き払うと、突然
勢いよく、寒々しい海の潮流に向けて扉を開け放った。
毎日、東から西へ空を飛ぶ
彼が乗った燃える天球は、
黒い雲の帳《とばり》のなかを回転していた。
だから、ヴェールで完全に覆われたり、目隠し
されているのではなく、ときに球形や
円形や弓形《アーク》や広い帯状の四季線となって
燃え輝く姿をのぞかせ、深い地底から天頂まで、
おのれを包む闇の上にきれいな形の電光を
描き出した――古い象形文字の黄道十二宮。
それは、当時地上に住んでいた賢者や
眼光鋭い占星術師が何世紀にもわたる観察から

考察に考察を重ねて知り得たもの――
巨大な石の破片や黒大理石に記されたものを除けば、
今ではすべて失われ、その意味も分からなくなり、
叡知もとうに消え失せている。光り輝かせるために、
この球体には二枚の翼がついていた。銀の美しい翼――
神ハイピリオンが近づくとかならず高く掲げられる。
いまも暗闇のなかから、二枚の巨大な大羽が
次々に浮かび上がり、両方ともひろげられた。
その間、眩い球体は輝きを止めたまま、
ハイピリオンの命令を待っていた。
彼も喜んで命令を下し、喜んで玉座に就いて
一日を始めさせたかった。気分転換のためだけでも。
それは許されない。天地開闢の神といえども、
神聖な昼夜の別を乱してはならないのだ。
それゆえ、夜明けのもろもろの活動は、
いま話しているように、始まったところで中断していた。

二枚の銀の大羽は双子の姉妹のように広げられ、
球体を走らせんばかりになっていたし、広い玄関は
薄暗い夜の領域にむかって開いていた。
光り輝くタイタン神は新たな悲しみに心乱れ、
屈伏することに不慣れでも、今の悲しみには
有無を言わさず自分の心を服従させた。
そして、昼夜の境に浮かぶ
暗い千切れ雲の端から端へ、
悲しみに光も褪せた体を横たえた。
そこに寝ていると、星をちりばめた天空が
憐れみの眼で彼を見下ろし、
シーラス[9]の声が、宇宙の彼方から、
低く厳かに彼の耳にこうささやいた。
「おお、地に生まれ、天に産せられた
愛するわが子のなかで最も輝かしいもの[10]、
おまえが創られるときに出会った二神にも

明かされていない数々の神秘から生まれた息子よ！
二神の甘い喜びと動悸、穏やかな悦楽がどのようにして、
どこから来たのか、われシーラスは不思議に思う。
そして、その成果がどんな形をとるのか、
明瞭で目に見える神聖な象徴になるのか、
永遠の空間全体に、眼に見えないが瀰漫している、
あの美しい生命の顕現体になるのか。
おお、輝かしい子よ！　おまえはこの顕現体から新しく造られた。
おまえの兄弟たち女神たちは、それらから造られたのだ。
おまえたちの間に悲しい不和が、息子の父への
反逆[11]が生じている。わしは彼が没落するのを見た。
わしの最初の息子[12]が王位から転落するのを見たのだ。
わしにむかって彼の両腕が差し出され、彼の声が
頭の周りの雷鳴からわしに聞こえてきた。
わしは蒼くなって、靄のなかに顔を隠した。
おまえもそうした破滅に瀕しているのか？　漠とした恐怖が見えるぞ。

神にまったく似つかわしくない息子たちを見たことがある。
おまえたちは神聖に造られ、真剣な顔つきも神聖、
厳めしく、平静で苛立つことなく、
高貴な神のように生き、支配した。
今おまえには恐怖と希望と憤怒が見える。
それは激しい苛立ちと情念のはたらきによるもの——
有限の下界に暮らす、死すべき人間のなかに見るのと
なんら変わらない。息子よ、これは悲しむべきことだ。
破滅、突然の失意、没落の悲しい兆候だ！
戦いつづけよ。おまえにはそれができるし、
目に見える神として活動することができる。
また悪意の時に直面したときは、神の威光をもって
対抗することができる。わしは声でしかない。
わしの生涯は風と潮の生涯にすぎない。
わしには風と潮の役しかできないのだ。
しかし、おまえはそうではない。だから状況の

先手を打て。そう、張りつめた弦が鳴らないうちに、
矢尻の逆棘《さかとげ》をつかむのだ。大地に行け！
そこで、おまえはサターンと彼の悲しみを見るだろう。
その間、わしはおまえの輝く太陽を見張り、
順調に昼夜が交代するのを見守ってやろう」
この天からの囁きが半分も下りてこないうちに、
ハイピリオンは立ちあがり、弓なりの瞼を
星々に向けると、囁きが終わるまで
瞼を大きく開けていた。彼は瞼を開けたまま、
星々も同じように辛抱強く輝きつづけた。
それから、真珠採取の海に潜る潜水夫のように、
大きな胸板をゆっくり傾けると、
空中の岸壁から前へ乗り出し、
音もたてず深い夜の闇に飛び込んだ。

第二巻

「時間」の大羽根が羽ばたく同じ刻《とき》に、
ハイピリオンはざわめく大気のなかへ進入し、
サターンはシーアとともに、シベリー(13)や傷ついた
タイタンたちが呻いているあの悲しい場所にやってきた。
彼らの涙をあざけるかのように、光がそこに
射しこんでくることはない。彼らは自分の呻きを
感じはしたが、聞くことはなかった。どことも知れず
大量の水を吐きだしている、聾せんばかりの滝と
耳障りな激流の轟が絶えず聞こえていたからだ。
岩棚は突きだすように向き合い、眠りから覚めて
いま起き上がろうとしているかのような大岩は、
額を突き合わせて恐ろしい角《つの》を支えていた。
こうして大岩は無数の巨大な奇観をつくり、

この悲しみの巣窟に恰好の屋根を提供していた。
彼らが坐っていたのは玉座ではなく、固い火打石や
ごつごつした石の寝椅子、鉄分で堅くなった
粘板岩の大板だった。全員が集まっていたわけではない。
拷問の鎖に繋がれている者、放浪する者もいた。
シーアス[14]、ガイジーズ、ブライエアリアス、
タイフォン、ドウラー、ポーフィリオン――
その他、屈強な攻撃のつわものたちが、
息をつくのも辛いところに押し込められていた。
暗い海底の地下牢で、食いしばった歯を
さらに食いしばり、手足はすべて
締めつけ捩じられて、金属の鉱脈のように閉じ込められていた。
苦痛に喘ぎ、赤く狂ったように渦を巻いて噴き出す
脈搏のせいで、恐ろしく痙攣している大きな心臓を
別にすれば、動いているものは何一つなかった。
ニーモジニー[15]は世界を放浪していたし、

フィービーは月から遠く離れさまよっていた。
そのほか多くの者が勝手に外を徘徊していたが、
大部分の者はここに陰鬱な隠れ処を見出していた。
ここに一人、あそこに一人、生気ある姿には見えず、
巨体を横臥させていた。その様は、侘しい荒地に
横たわるドルイド教の陰鬱な環状列石にさも似る。
頃は曇り空の十一月、夕暮れ時に
冷たい雨も降り始め、内陣の円天井、
すなわち穹窿には、夜通し星も見えない。
彼らはだれも顔をおおい、隣には言葉もかけず
目もくれず、絶望のしぐさも見せない。
クリーアスもその一人だった。重い鉄の鎚矛《つちほこ》が
そばに置かれ、粉々になった岩山の一角が、
横臥して泣言を言う前の怒りの激しさを物語っていた。
アイアペタスもまたしかり。その手中には
血のついた蛇の首が握られていた。鋭い舌が

喉から押しだされ、長く伸びた体は完全に
死んでいる——この蛇は征服者ジョウヴの目に
毒を吐きかけることができなかったのだ。
次にいたのはコッタス。顎を突き出し、仰臥していた。
激痛をこらえているのか、火打石のうえで
口を開け、目を激しく動かしながら、
頭蓋骨を猛烈にきしらせていた。すぐ近くにいたのは
巨大な山カーフ[16]から生まれたエイシアで、
彼女は女児だったのに、母テルスに
息子たちの誰よりも大きな苦痛を強いた。
その暗い顔には悲しみよりも想念が宿っていた。
彼女は自らの栄光を予言していたのだ。
そして、その広大な想像力のなかでは、
オクサス川のほとりやガンジスの神聖な島々に、
棕櫚《しゅろ》の木陰の寺院や高い神殿が競うように建っていた。
「希望」が錨[17]に凭《よ》りかかるように、

それほど美人でない彼女は、いちばん大きな象が
落とした牙に凭りかかっていた。
彼女のはるか上方、不安定な岩棚の上に、
暗い顔をしたエンセラデスがいた。肘で頭を支え、
長々と寝そべっている。牧草地で何の不安もなく
草をはむ牡牛のように、以前は大人しくて従順だったが、
いま心は虎のように燃え、頭は獅子のように激《げき》していた。
彼は思案し、画策した。いまの今も頭のなかでは、
やがて始まる二度目の戦い――それに怯えた
若い神々たちが獣や鳥に姿を変えて身を隠す
あの戦いで、彼は山をつかんでは投げつけていた。
程遠からぬ処にアトラス。横ではゴルゴンたちの父
フォーカスがうつ伏せになっている。すぐ隣には
オーシアナスとティーシス。その膝で
クリミニが乱れた髪に顔を埋めて泣いていた。
彼ら全員の真ん中、暗くてまったく見えない

王妃オプス[18]の足許に、シーミスが横になっていた。
松の梢と雲の見分けがつかなくなる深い夜の
闇にもまして、どの姿も見分けがつかなかった。
ほかにも大勢いたが、その名前は言えない。
というのも、ミューズの翼が空にむかって広げられたら、
だれもその飛翔を遅らせてはならない。彼女はサターンと
案内役のことを詠わねばならないのだ。
彼らはもっとひどい谷底から、濡れて滑りやすい足場を
いま上って来た。暗い絶壁の上に
彼らの頭が現れ、身長が大きく伸びる。
平坦なところに来ると、彼らの歩みも楽になった。
するとシーアは、この苦痛の巣窟との境で
震える両手を大きくひろげ、
横目でサターンの顔をじっと見つめた。
彼女はそこに恐ろしい苦闘を見た。あらゆる心の弱さ――
悲しみ、怒り、恐怖、不安、復讐、

後悔、不機嫌、希望、とりわけ絶望と
闘っている至高神の姿を見たのだ。
このような災厄に必死に抵抗したが無駄だった。
「運命」は彼の頭に死の油を、彼の神威を
無効にする毒を注いでいたのだ。それに驚いた
シーアはじっと立ちつくしたまま、まず彼を
没落した一族のなかへ入って行かせた。

われわれ死すべき人間の場合も、悲しむ心は
さらに苦しみ、思いはたかぶる——
他の参会者の心も同じように悲しんでいる
喪中の家に近づいて行くときは。
一族の中へ進んで行ったとき、サターンもまた
気が遠のき、彼らのなかで倒れていただろう。
そうならなかったのはエンセラデスと目があったからで、
彼の強さと自分への畏敬の念が、瞬時に

霊感のように閃き、彼はこう叫んだ、
「タイタンよ、汝らの神を見よ！」それを聞いて呻く者あり、
立ちあがる者あり、同じように叫ぶ者あり。
ある者は泣き、ある者は喚く。全員が恭しく一礼した。
オプスは顔を包む黒のヴェールを引き上げ、
蒼ざめた頬、青白い額を余さず、
細くて真っ黒な眉毛、落ち窪んだ目をあらわにした。
「冬」が声を荒げるとき、吹きさらしの松にも
唸り声が聞こえる。神が唇に指をあて、
言葉では表せない重大な思いを
舌にのせるつもりであることを、
雷鳴や音楽や威光で合図するとき、
神々の間にはざわめきが起こる。
そのようなざわめきは吹きさらしの松林の轟に
似ているが、山の林で轟が途絶えたあと
別の音が続くことはない。しかしサターンの声は、

没落した神々のいる場所から消えたが、そのあと
ふたたび大きくなった。それは、別の調べが
突然消え、鳴り響いていた大気が銀色に震えるとき、
新たに旋律を開始するオルガンに似ていた。
彼の大きな声はこう言った。「わし自身の悲しい胸――
自らの大いなる審判者兼探索者たるこの胸のなかに、
汝らがこうでなければならぬ理由は見つからない。
星光るウラノスが、輝く指で、
引き潮の薄闇のなかに隠されていたのを
暗い岸から救い出したあの古い霊感の書、
それは汝らも知るとおり、いつも
わしの揺るがぬ足載せ台にしていたが、
その書物から学んだこの世の始まりの物語にも
その理由は見つからない。ああ、何たる弱さか！
そこにも、四大である地、水、風、火の
徴候や象徴や前兆にも、

戦争にも平和にも、一対一あるいは
一対二、一対三との、四者それぞれの
残りの三者との内部抗争にも(火が風と
激しく争っていると、大雨による洪水が
両者を水に沈め、地の表面に押さえつける。
そこに硫黄が見つかって、四大の怒りが
世界の箍《たが》を外す――この話から、わしは
未知の知識を手に入れ、それを精読したが)、
その争いにも、汝らがこうなる理由は見つからない。
そう、「自然」の普遍的巻物を渉猟し、
それを気が遠くなるほど熟視しても、
謎を解く答えは見つからんのだ――一体なぜ、
全ての形体を有する神々のなかで最初に生まれた汝らが、
汝らと比べ力が傑出しているわけでもない連中に
恐れ入らねばならんのか。しかし、汝らにしてこの有様。
制圧され、撃退され、打ちのめされた結果がこれだ!

タイタンよ、わしが「起て！」と言えば汝らは呻く。
「屈め！」と言ってもまた呻く。ではどうすればいい？
おお、広大無辺の天よ！　おお、愛する未見の父よ！
どうすればいい？　汝ら兄弟の神々よ、教えてほしい。
わしらはどう戦い、この大いなる怒りをどう力に変えればいい？
いますぐ考えを聞かせてくれ。サターンの耳は
すっかり餓えている。オーシアナス、おまえは
高く深くものを考える。おまえの顔には、
驚くべきことに、思考と熟慮から生まれる
あの落ち着いた満足が見える。力を貸してくれ！」

　サターンがそう話し終えると、海神が
立ちあがった。アテネの森の学舎ではなく、
暗い海での沈思黙考から、知者となり
賢者となったが、今では髪も乾いている。
言葉を習い始めた幼児のころ、遠くの泡立つ砂浜で

覚えたささやき声でこう話し始めた。
「おお、怒りに憔悴し、激情に翻弄されたあげく、
敗北に身をよじり、苦悩を愛《いっく》しみ、
感覚を閉ざし、耳を塞いでいる諸君！
私の声は怒りをあおる鞴《ふいご》ではない。
しかし、聞く気がある者は聞いてほしい。これから
諸君が敗北に甘んじなければならぬことを証明しよう。
また証明することで多くの満足が得られるだろう。
諸君が証明の真実性を受け入れるならば。
われらの没落は「自然」の法則の進展によるので、
雷霆《いかずち》やジョウヴの力によるのではない。大神サターン、
あなたは四大からなる宇宙を精査しておられる。
しかし、あなたがその宇宙の王であり、
至上の権力者であったがゆえに盲目となり、
一つの大道があなたの眼に入らなかった。
私はその道を通って永遠の真理に辿り着いた。

第一に、あなたは最初の権力者でなかったように、
最後の権力者でもない。そんなことはあり得ない。
あなたは初めでもなく終わりでもないのだ。
混沌と始原の闇から光が生まれたが、
これは、自ら驚異の結果を生もうとしていた
混沌と闇の内部抗争、あの陰鬱な騒乱の
最初の成果だった。機は熟して
光が生まれ、光は自らを生んだ
闇と交わり、ただちに縹渺たる物質に
触れて、それに生命を付与した。
まさにその時、われらの両親、
「天」と「地」が姿を現わした。
そのあと、最初に生まれたあなたとわれら巨神族は、
いつしか新しく美しい領土を支配していた。
いま真実の苦痛が訪れる——それが苦痛である者には。
苦痛とはばかな！　すべての赤裸々な真実に耐え、

状況を冷静に直視すること――
これぞ王者たるものの最高の印だ。よく聞いてくれ！
「天」と「地」が、かつて王であった
混沌や真闇よりも美しい、遥かに美しいように、
そして、引き締まって美しい姿形においても、
意志や自由な行動や交友や、その他
無数のより高尚な生活の指標においても、
われらが「天」や「地」よりも優れているように、
われらの背後に新しい完璧な種族が迫っている。
美においてより強力、われらから生まれ、
われらを凌駕すべく運命づけられている。われらが
栄光においてあの古い闇に優るように。われらが
それに征服されるのは、あの形なき闇の支配がわれらに
征服されたのと同じこと。愚かにも、森の土壌が
自分より美しいからといって、自分が養ってきたし、
今も養っている誇り高い森に文句を言うだろうか？

土壌は緑の森が王者たることを否定できるだろうか？
くうくう鳴いてあちらこちらを飛びまわり、楽しみを
見つけられる真っ白な翼を持っているからといって、
木は鳩をうらやむだろうか？
われらはそのような森の木だ。われらの美しい枝は
蒼白い孤独な鳩ではなく、黄金の羽をもつ鷲を
育てたのだ。彼らは美においてわれらを
遥かに凌ぎ、そこから生まれる権利によってわれらを
支配せずにはおかない。というのも、美において首位の者が
力においても首位たるべしというのは永遠の法則なのだ。
そう、この法則によって、われらが今悲しんでいるように、
別の種族がわれらの征服者を悲しませるかもしれない。
諸君は私の神位を簒奪した若い海神[19]を
見たことがあるだろうか？　彼の顔を見たことは？
彼が創った有翼の高貴な生物に牽かれ、
海上を泡立たせて疾駆する戦車を見たことは？

私は穏やかな海を疾走する彼の姿を見たが、
彼の眼の輝きのあまりの美しさに、
私はわが帝国全域に悲しくも別れを
告げざるを得なかった。悲しく別れたあと、
悲惨な運命が諸君にどんな打撃を与えたか、
またこの一大災難にどう慰めたらいいのか、
それを知りたくてここへ来たのだ。
真実を受け入れ、それを悲しみの鎮静剤にしてほしい」

　オーシアナスが話をやめたとき彼らが沈黙を
守ったのは、納得したふりをしたのか、それとも
軽蔑のせいなのかは、どんな深慮の達人にも分からない。
しかし沈黙は続き、しばらく誰も答えなかった。
誰も目を向けなかったクリミニを除いては。
しかも彼女は答えたのではなく、泣きごとを言っただけ。
口もとは興奮した様子、目はやさしく上を見ている。

厳めしい神々に囲まれ、おずおずと話した。
「父上様、[20] あたしここでは一番無知な存在です。
あたしに分かっていることと言えば、喜びが消え、
この悲しみというものが心に忍び込んで
永遠に居座るのではないかということだけです。
あたしのような弱い者が、当然の権利で強大な皆様から
受けられるはずの援助が受けられなくなると
考えたとしても、あたしは不吉なことを予言したくありません。
でも、あたしの悲しみを話させてください。涙ながらに
聞いたことを話させてください。それを聞いて、あたしたちから
希望がすべて消えたことを思い知らされたのです。
あたしは岸辺に立っていました。心地よい岸辺で、
香しさと静けさ、木々と花々の陸地から
甘い空気が吹き寄せていました。
あたしには悲しみが、岸辺には静かな喜びが溢れていました。
喜び、穏やかで快い暖かさが過ぎるほど満ちていたのです。

それであたしは、そんな孤独な自分を
不幸な歌、あたしたちの悲しみの歌をうたって、
たしなめ叱りたいという衝動を心に感じました。
その場に坐り、口を開いた貝殻を手に取ると、
声を吹き入れ、旋律を作りました。
旋律は無用でした。というのもあたしが歌い、
上手ではありませんが貝殻の鈍い反響音をそよ風に
注ぎ入れていると、真向かいの
木陰なす岸辺、海上の島(21)から、
旋風にのって魅力的な調べが聞こえてきました。
調べはあたしの耳をうっとりさせ、澄ませるのでした。
あたしが貝殻を砂浜に投げ捨てると、
波に覆われましたが、その様は、あたしの感覚があの
新しい幸せな黄金の旋律に満たされたのと似ています。
湧き出る一つ一つの音、繰り返し現れる熱狂的で
せわしない調べは、生死一体の恍惚の境地を思わせました。

調べは連続しながら、しかし同時に流れ落ちて来るので、
首飾りが切れて突然落ちてくる真珠の珠のようでした。
調べは次から次へと聞こえてきます。
音のない羽ではなく音楽の翼をつけた鳩が
橄欖《オリーヴ》の枝を飛び立って、
あたしの頭上を舞い、あたしの心を喜びと悲しみで
いちどきに満たしたのです。悲しみが勝り、
あたしが興奮した耳を塞ごうとしたとき、
震える手でふさいだ耳に、
声が、すべての調べに優る美しい声が聞こえ、
こう叫び続けました。「アポロ、青年アポロ！
朝日に輝くアポロ！　青年アポロ！」
あたしが逃げると、声は追ってきて「アポロ！」と叫ぶ。
おお父上、同胞《はらから》の皆様、あの時のあたしの苦しみを
皆様が感じられたら――大神サターンも感じられたら、
この話はあまりに慎みに欠ける、ここまでして他者《ひと》の

耳に入れるのは生意気だとはおっしゃらないでしょう」
　彼女の声はいつまでも流れ続けたが、それは
玉砂利の海岸で足踏みして、海に出るのを恐れている
小川のようだった。しかし、海に出たところで
震えあがった。というのは、巨体のエンセラデスの
威圧的な声が、彼女の声を怒りで呑み込んでしまったからだ。
重々しい言葉が、半ば海水に浸された
岩礁の空洞《うろ》に寄せる不機嫌な波のように
轟いたが、彼は依然として肘枕をしたまま
横になっていた――軽蔑するあまり体は起こさない。
「巨神族の諸君、われわれは過ぎたる知者に
耳を傾けるのか？　それとも過ぎたる愚者か？
あの反逆者ジョウヴの兵器庫がすべて空になるまで
次から次へ電光を浴びせられても、
この肩に次から次へ世界を載せられても、

この忌まわしい没落のまっただなか、
赤ん坊のたわ言を聞かされるのに比べればまだましだ。
寝呆け眼《まなこ》の巨神族諸君！　話せ！　吼えろ！　叫べ！　喚け！
諸君はあの襲撃、あの忌まわしい殴打を忘れたのか？
諸君は若造の腕に一撃をくらったのではないのか？
偽の海神、きみは海中で受けた電光のやけどを
忘れたのか？　何だって！　諸君はこんな簡単な言葉を
二、三聞いただけで、怒りが湧いてきたのか？
嬉しいぞ！　諸君がだめになってないことが分かって。
嬉しいぞ！　諸君のたくさんの眼がぎらぎらと復讐に
燃えているのを見られて」。こう言うと、
彼は巨体を起こして立ちあがったが、
その間も中断することなく、次のように話を続けた。
「諸君は今や炎だ。どうすれば燃え上がり、敵を
天空から一掃することができるか、教えてやろう。
また、どうすれば邪悪な電光を猛然と見舞い、

思い上がったジョウヴの雲どもを焼き払って、
幕屋にいるあのけちな野郎の息の根を止めてやれるかを。
おお、おのれの悪行を奴に思い知らせてやろう。
おれはオーシアナスの説教など軽蔑するが、
おれは領土の喪失以上の苦しみを味わっているのだ。
安らぎと平穏無事の日々は過ぎ去った。
むごい戦争のことなど何も知らなかった日々——
そのころ、天界に棲むすべての美しい存在は
目を開けて、われわれの話すことを推測した。
われわれが眉を顰めることを知らなかった頃のこと、
われわれの唇が厳めしい声しか知らなかった頃のことだ。
われわれが、有翼の女神「勝利」に負けたり、
勝ったりすることを知らなかった頃のことだ。
諸君には、われわれの最も輝かしい兄弟ハイピリオンが
まだ失脚していないことを忘れないでほしい——
ほら、ハイピリオンだ！　彼の光が射してきたぞ！」

　全員の眼がエンセラデスに注がれ、
まだハイピリオンの名前がその唇から
頭上の大岩にむかって飛んでいる最中に、
彼らは青白い光が彼の厳めしい顔に流れるのを見た。
凶暴さは消えていた。多くの神が、自分と同じように
怒っているのが分かったからだ。彼は全員を見たが、
それぞれの顔に淡い光が浮かんでいた。
一番輝いていたのはサターンで、その白い髪は、
舳先が真夜中の入江を目指して滑って行くとき、
竜骨の周囲にわきたつ泡のように光っていた。
彼らは青白い銀色の静けさのなかにいたが、
突然、朝日のような輝きがひろがった。
張り出した薄暗い断崖全体に、
忘れられたすべての悲しみの空間に、
すべての洞穴、すべての古い裂け目に、

人声途絶えたすべての頂き、あるいは騒々しい
奔流のために声も嗄れたすべての暗い地底に。
そして、永久に途絶えることのないすべての瀑布、
まっしぐらに落ちて行く、遠くや近くのすべての激流は、
それまで暗闇と巨大な影におおわれていたが、
いま光を目にし、その恐ろしさを知ることになる。
光はハイピリオンだった。彼の輝く足は
頂上の花崗岩を踏みつけ、そこに留まったまま、
おのれの輝きが厭わしくも見せつけた
このうえなく悲惨な光景を見ていた。
その金髪はヌミディア獅子の短い鬣《たてがみ》のよう、
堂々たる体軀は威厳があり、輝きに
包まれたまま彼が落とす巨大な影は、
宵闇せまる東方から来た旅人が日没時に
目にする、メムノン[22]像の大きな影を思わせた。
彼はあのメムノンの竪琴がたてるような悲しい

ため息をつき、瞑想しているかのように
両手を合わせ黙って立っていた。
気落ちした「日の神」を目にして、
失望がふたたび没落した神々を襲い、
彼らの多くは光から顔を隠した。
しかし荒ぶる神エンセラデスは兄弟たちに
視線を向け、そのぎらつく光を受けて
アイアペタスにクリーアスが立ちあがり、それに
海で生まれたフォーカスもつづき、そろって
彼が聳え立っているところへ歩いていった。
そこで彼ら四神が老神サターンの名前を叫ぶと、
ハイピリオンが頂きから大声で「サターン！」と応えた。
サターンは神々の母の近くに坐っていた。
すべての神々がその虚ろな喉から「サターン」と
叫んだが、その顔に喜びの色はなかった。

第三巻

このように雄叫びと悲しい沈黙を交互に繰り返しながら、
彼らタイタンたちはすっかり途方に暮れていた。
ミューズよ、彼らのそばを離れよ！　彼らを悲しみに耽らせておけ！
このような恐ろしい騒乱を詠うほどあなたは強くない。
ひとりの悲しみが、寂しい嘆きを詠うことが、
あなたの唇にはいちばん似つかわしいのだ。
ミューズよ、彼らのそばを離れよ！　あなたはすぐに、
当惑を隠さず、いたずらに岸辺をさまよう、
おおぜいの没落した旧い神々を見るだろう。
今しばらくは、粛然とデルフォイ(23)の竪琴を奏でよ。
その応援に空吹くどの風も、ドーリアの横笛《フルート》が
奏でる静かな曲を送ってよこすだろう。
見よ！　それはすべての詩《うた》の父(24)のためだ。

紅色のすべてのものを鮮やかに輝かせよ。
薔薇を激しく燃えたたせ、大気を熱くせよ。
夕べと朝《あした》の雲をふっくらした羊の
綿毛に変えて、丘の上を流れ行かせよ。
高杯《ゴブレット》の赤ワインを湧き出る泉のように冷たく
泡立たせよ。砂浜の、あるいは海底の、
淡い色の貝殻を、その数々の迷路の奥まで
赤く染め変えよ。突然の熱い接吻《くちづけ》に驚いている
ときのように、乙女の顔をはげしく赤らめさせよ。
おお、デロス(25)よ、よろこべ。おまえこそ
キクラデスいちばんの島。緑の橄欖《オリーブ》、白楊《ポプラ》、
芝地に陰なす棕櫚《しゅろ》、西風がひときわ大きな調べを
奏でる橅《ぶな》、日陰に黒々と幹を覗かせる
密生した榛《はしばみ》――これらがおまえを覆っている。
アポロがふたたび、この詩の黄金の主題だ。
仲間たちの悲しみのさなか、「太陽の巨神」が光に

包まれて立っていたとき、彼はどこにいたのか？
同じ寝室で寝ている、美しい母と
双子の妹のもとを離れ、
朝まだき、谷間の百合の根もとに
　踝《くるぶし》まですっぽり埋まって、
小川の行李《こり》柳のかたわらへさまよい出た。
ナイチンゲールは歌い終っていたが、星がいくつか
まだ空に残っており、早くも鶫《つぐみ》が
しずかに歌い始めていた。島のどこにも、
潮騒の鈍い音が聞こえない隠れ処や
奥まった洞窟は一つとしてなかった。
森の奥では聞こえないことが多かったが。
彼は耳を澄まし、涙を流す。光る涙は
手に持つ黄金の弓をつたって流れ落ちた。
こうして彼は涙目を半ば閉じて立っていたが、
近くの行く手をはばむ大枝の下から、

畏ろしい女神が重々しい足取りで現われた。
その表情には彼にあてた意味が込められ、
彼は戸惑いながらあれこれ推し量っては、それを
読み取ろうとし、同時に流暢な言葉遣いで言った。
「あなたは道なき海をどうして渡ってきたのですか?
それとも今まで、そのゆかしい物腰、長衣姿で、
この谷間を誰にも見られず歩いていたのですか?
涼しい森の中でひとり坐っていたとき、
お服が枯葉のうえを引きずっていく音を
たしかに聞いたことがあります。広い裳裾が
このもの寂しい草地でたてる衣ずれの音を
追っていき、その静かな音の流れにあわせて、
花々が首をもたげるのを見たことがあるのです。
女神様！　僕は以前、あなたの眼、永遠に冷静な
その表情、お顔全体を見たことがあるのです。
それとも夢だったのでしょうか?」「そう」やんごとない姿は言う、

「あなたは私を夢に見たのです。目が覚めたとき、
あなたは金色の竪琴がそばにあるのに気づいた。
あなたの指が弦を奏でると、全宇宙の
巨神たち皆《みな》の倦むことを知らぬ耳は、
苦痛と歓びでこの新しく誕生した驚異の調べに
聴き入りました。変ではありませんか、
こんなに才能に恵まれていながら泣くなんて。
話してごらんなさい、あなたの悲しみが何なのか。涙する
あなたを見るのはつらい。悲しいわけを話してみて。
この寂しい島でわたしはあなたの眠りも、
活動している間も見守ってきました。
幼い手でうっかり、か弱い花を摘み取った
幼少時から、その腕が後世にまで名を馳せた
あの弓をしなわせるようになる時まで。
あなたの心の秘密を旧い神族の私に明かしてほしい。
私はあなたの予言と新たに生まれた

美のために、古くからの神聖な玉座を
見捨てたのです」。これを聞くとアポロは
突然探るような、澄んだ眼差しで
次のように答えたが、美しい声をした喉が
言葉をふるわせた。「ニーモジニー様！
あなたのお名前を知っています。なぜかは分かりませんが。
よく見ておられることを僕がなぜ話す必要があるのでしょうか。
明らかなこととしてあなたの口が告げることを、僕がなぜ
明かそうと努力しなくてはならないのでしょうか。僕の眼は
暗い、暗い、そして苦しい、厭な忘却で固く閉ざされています。
自分がどうして悲しいのかを必死に探っていると、
心が沈んで手足が痺《しび》れてくる。
そうすると僕は草の上に坐って呻くのです、
翼を失った者のように。ああ、どうして僕は
呪われ挫折した気になるのでしょうか？　自由な大気は
上昇する僕に道をあけてくれるのに。どうして僕は

緑の芝草を僕の足に厭わしいものとして斥けるのでしょうか？
優しい女神様、僕の知らないことを教えてください。
この島以外に別の世界があるのではありませんか？
星って何ですか？　太陽、太陽がある！
そして、最も忍耐強く光り輝く月が！
星は何千とある！　どれか一つでいいから、
美しい星へ行く道を教えてください。
僕は竪琴を持ってそこへ飛んで行き、
銀色に輝く星を幸せで震えさせましょう。
雲間から雷鳴が聞こえました。権力はどこに？
どんな手、どんな存在、何という神が
空中のこの騒がしい音をたてているのですか？
僕はといえば、岸辺で徒にそれを聴いているだけ。
何も恐れてはいませんが、無知ゆえに心は疼いています。
ああ、孤独な女神様、朝な夕なに悲しい調べを
奏でるあなたの竪琴にかけて、教えてください、

この木立の傍らで、なぜ僕はこんなに嘆くのかを。
あなたは黙っている――黙ったままだ。でもあなたの
沈黙した顔のなかに、すばらしい教訓が読み取れます。
膨大な知識が僕を神に変えてくれる。
名前、事績、灰色伝説、凶事、反乱、
神々、神の声、苦悶、
創造と破壊――それらが一時《いちどき》に
僕の脳髄の大きな隙間に流れ込み、
僕を神にしてくれる。なにか口当たりのいい
葡萄酒か、またとない透明な霊薬エリクシルを飲んで、
不死の身になったかのようだ」と、アポロ神。
その間《かん》、彼の燃えるような眼は、白くふっくらした
顳顬《こめかみ》の下で視線を水平に向け、光で震えながら
じっとニーモジニーに注がれていた。
たちまち激しい興奮が彼の体を震わせ、
神に相応しい白い四肢を赤く染めた。

あるいは、蒼白い永遠の死同然の生に
別れを告げ、冷たい死とは真逆の熱い発作に見舞われて
激しい痙攣を起こし、死んで新しい生を得る人に
さらによく似る。このように青年アポロは苦悶に呻いた。
髪の毛までが、あの名高い金髪までが、
真剣なアポロの首の周囲で波うっていた。
彼が苦しんでいる間、ニーモジニーは予言者のように
両手をたかだかと上げた。ついに
アポロが悲鳴を上げた。すると見よ！　その神聖な
四肢から……

＊　この叙事詩はギリシア神話の新旧二つの神族、オリンポス神族とティタン（タイタン）神族の戦いに取材したもの。オリンポス神族の神々の呼称について、キーツは主神のサターンをはじめ、ローマ神話の呼称を用いることが多い。

(1)**サターン**　（ロ神）ジュピターに交代する前の主神。ギ神のクロノスに相当。

(2)**イクシオン**　（ギ神）ゼウスの怒りにふれ、絶えず回転している火炎の車に縛りつけられた。

(3)**未熟者**　ジュピター。
(4)**四つの銀の季節**　新月、上弦、満月、下弦の四位相。
(5)**ハイピリオン**　(ギ神)ヒューペリオン。タイタン神族の太陽神。オリンポス神族のアポロン(英語読み／アポロ)に相当。
(6)**三人の反逆者**　サターンの息子であるジュピター、ネプチューン、プルートン。
(7)**有翼の従者たち**　(ギ神)ホーライ(時間)。三人の美しい乙女で表される。
(8)**テルス**　(ロ神)地母神。ギ神のガイアに相当。
(9)**シーラス**　ギ神のウラノス。クロノス(この詩ではサターン)の父。
(10)**二神**　テルスとシーラス。
(11)**反逆**　ジュピターの父サターンへの反逆。
(12)**最初の息子**　サターン。
(13)**シベリー**　(ギ神)キュベレー。サターンの妻。
(14)**シーアス……シーミス**　いずれもタイタン神族の神または女神(英語読み)。ただし、ガイジーズとブライエアリアスは神ではなく、「百手の巨人」。コッタス(四九行)も同じ。
(15)**ニーモジニー**　(ギ神)ムネモシュネー。記憶の女神。ミューズたちの母。
(16)**カーフ**　コーカサスに比定される山。エイシアの父としたのはキーツの独断。
(17)**錨**　希望を象徴するエンブレム。「ヘブル書」六章一九節参照。
(18)**オプス**　(ロ神)大神サターンの后。
(19)**若い海神**　ネプチューン。(ギ神)ポセイドン。

(20)**父上様**　海神オーシアナス。

(21)**海上の島**　アポロン(やがてオリンポス神族の太陽神、詩と予言の神となる)の住むデロス島。

(22)**メムノン**　エジプト王アメンホテップ三世の巨像。最初の朝日には明るい調べを、夕日には悲しい調べを発したという。

(23)**デルフォイ**　古代ギリシアの都市。アポロンの神殿があった。

(24)**詩の父**　詩神アポロン。

(25)**デロス**　アポロン誕生の島。

拾遺詩集

侘しい夜が続く十二月に

侘しい夜が続く十二月に
　幸せすぎるほど幸せな木よ、
緑に包まれた至福の時を
　おまえの枝が思い出すことはない。
霙《みぞれ》まじりの北風がひゅうひゅうと鳴り、
枝の葉を散らすことはないし、
春に枝が凍りついて
　芽吹かないこともありえない。

侘しい夜が続く十二月に
　幸せすぎるほど幸せな小川よ、
アポロンの夏の眼差しを
　おまえの清流が思い出すことはない。

それは甘美な忘却で
小波を水晶のように凍りつかせ、
凍《い》てつく冬のことを
　決して、決して恨んだりはしない。

ああ！　心優しい多くの若者たちも
どうかそうであってほしい。
けれど、過ぎ去った歓びを思って
悶え苦しまなかった人がいるだろうか。
それを癒してくれるものが何一つなく、
それに平気でいられる麻痺した感覚もないとき、
それを感じないでいられる感情が
　詩で詠われたことはなかった。

二〇

「リア王」をもう一度読もうと椅子に坐り

おお、明るいリュートと黄金の舌の「ロマンス」[1]よ!
　美しい羽飾りのセイレン[2]、遠い古の女王よ!
　この冬ざれの日、歌をうたうのはやめてくれ。
古い歌の本を閉じ、静かにしていてほしい。
さらばだ!　僕はもう一度、地獄と
　情熱の土塊《つちくれ》との激しい論争[3]の
　火に焼かれ、もう一度謙虚にこのシェイクスピア産
果実の、苦《にが》甘い味を吟味せねばならないから。
詩人の王よ、きみたちアルビオンの雲よ、
　僕らの深遠な永遠の主題を生む者たちよ!
僕が古い樫の森[4]を通り抜けたとき、
　不毛な夢のなかを彷徨わせないでくれ。
炎に焼きつくされたあと、憧れの境地へと

飛び立つ、新しい不死鳥の翼がほしい。

(1)「ロマンス」　ロマンスの擬人化。スペンサー『妖精の女王』に登場する、羽飾りの兜をかぶった女戦士のヒロインが想像されている。
(2)セイレン　(ギ神)船人を歌で誘惑した海の精。
(3)地獄と…激しい論争　リアが味わった奈落の苦しみと愛の歓びの葛藤。「土塊」は人間の比喩。
(4)古い樫の森　叙事詩「ハイピリオン」の舞台を指している。このソネットが書かれたころ(一八一八年一月下旬)、キーツは「ハイピリオン」の執筆を構想していた。

死ぬのではないかと不安になるとき

胸中に溢れる思いをペンが拾い集めないうちに、
　高く積み上げた書物が、豊かな穀倉のように、
よく稔った言葉を収納しないうちに
　死ぬのではないかと不安になるとき、
星ちりばめた夜の顔に、高貴なロマンスの
　おぼろで巨大な象徴を目にし、
生きているうちに、偶然の魔法の手で
　その影を辿ることはないだろうと思うとき、
行きずりの美しい人よ、もう二度とあなたと
　会うことはあるまい、分別をこえた妖精の恋を
二度と味わうことはないだろうという
　気がするとき、――そんなとき、広い世界の
岸辺にひとり立ってものを思うと、

愛も名声もいつしか無の水底《みなそこ》に消えていく。

喜びようこそ、悲しみようこそ

それぞれの徒党の旗の下、
彼らは萌芽状態の原子の群を
戦闘に駆り立てる。
ミルトン(1)

喜びようこそ、悲しみようこそ、
レテの喪章もヘルメスの羽も、
今日よ来い、明日よ来い、
僕はどっちも大好きだ！
晴れた日は悲しい顔を見て、
雷鳴と一緒に陽気な笑い声を聞くのが好き。
きれい、汚い、どっちも好き。
下で業火《ごうか》が燃えているきれいな牧草地も。

驚いた拍子のふふっという笑いも。
お伽芝居《パントマイム》(2)を観ている真面目な顔も。
お弔いも結婚式の鐘も。
髑髏《どくろ》をおもちゃにしている赤ん坊も。
晴れた朝も嵐で難破した船も。
忍冬《ハニーサックル》に接吻する犬鬼灯《ベラドンナ》(3)も。
赤薔薇の陰で舌を鳴らす蛇も。
女王の正装をして、毒蛇に
乳房を嚙ませるクレオパトラも。
舞踏の音楽も、悲しい音楽も、
正気、狂気のどちらでも。
晴れやかなミューズも蒼ざめたミューズも、
憂い顔のサターンも元気溌剌のモーモス(4)も、
笑ってため息ついて、また笑いなさい。
おお、なんと苦痛の甘いこと！
晴れやかなミューズも蒼ざめたミューズも、

みんなヴェールを取りなさい！
顔を見せて、書かせてくれ！
昼間のことも夜のことも、
二つ一緒に。甘い心の痛みを感じて
みたい——僕の願いをどうか叶えて！
四阿には水松《いちい》(5)を植え、
それに新しい天人花、
松や花真っ盛りのライムの木を混ぜ、
草陰の墓を寝椅子にしよう。

(1)**ミルトン**　「失楽園」第二巻八九八-九〇一行からの不正確な引用。

(2)**お伽芝居《パントマイム》**　お伽話をもとに歌や踊りを加えたどたばた調の芝居。「真面目な顔」で観るような芝居ではない。

(3)**忍冬《ハニーサックル》に…犬鬼灯《ベラドンナ》も**　美女《ベラドンナ》が蜜《ハニー》を吸う《サックル》裏のイメージが浮かび上がる。犬鬼灯は毒草。

(4)**モーモス**　(ギ神)他人を誹謗中傷する神。

(5)**水松《いちい》**　水松は墓地に植えるもの。

J・H・レノルズへ(1)

親愛なるレノルズ、昨夜ベッドで寝ていると、
あの例の幻影、亡霊、追憶が――彼らは
一分おきに苛立たせ、歓ばせてくれる――
次々と眼のまえに現れた。
てんでんばらばら、北から南からお出ましだ。
智天使《ケルビム》の口の上に魔女の眼が二つ、
兜に楯、鎖帷子をまとったヴォルテール、
寝帽《ナイトキャップ》を被ったアレクサンダー大王、
ネクタイを結んでいる老ソクラテス、
ミス・エッジワース(2)の猫と戯れるハズリット、
ふらつく足でソーホーにむかう、
一杯機嫌のジュニアス・ブルータス(3)。

こうした来訪を回避できる人は少ない――
たぶん一人か二人。その体には勤勉な羽が生えている。
カーテンからおぞましい鼻が覗く[4]ことはないし、
猪が牙で突くことも、人魚の爪先が覗くこともない。
今を盛りと咲き誇る花々、
人間になった若い風鳴琴《イオルス》――
一部はティツィアーノ[5]色を写実的にしたもの。
供犠はつづく。神官のナイフは
光のなかで輝き、乳白色の牝牛は啼く。
笛が一斉に鋭く鳴り、神酒が注がれる。
白帆が緑の岬のはるか上方に現れ、
突端を回ると頑丈な錨を投げ入れる。
船乗りたちが陸地の聖歌に声を合わせる。
きみも「魔法の城[6]」は知っているよね。
木立に囲まれた湖岸の岩の上に
立っている。城をはじめどれも、ウルガンダ[7]の剣の古い魔法のせいで震えているように見える。
おおフォイボス、この美しい夢見心地の城を
病気で臥せっている友に見せてあげられる、
あなたの神聖な言葉があればいいのにと思う。

　きみは苔むした処のように見えるあの場所のことも
よく知っているはず。マーリンの大広間、ある夢。
澄んだ湖、小さな島々、青い山脈、
近くの冷たい小川のことも知っているよね。
どれも別な土地では生気は半分しかないが、
ここでは愛や憎しみ、微笑みや渋い顔にも
反応するように見える。彼らは地下で蠢《うごめ》く
巨人の上にのっけられた、うず高い壇のようだ。

　建物の一部は追放されたカルデアの聖者《サントン》(8)が
建てたお気に入りの居館。

残りの部分は彼から二千年後、
聖オールドブリムのカスバート(9)によって建てられた。
それに、涙脆い尼僧になったラップランドの魔女が
建てた、小さな陽の射さない翼《よく》もある。
その他、古い石で造られた多くの突き出た部屋——
これらは大勢の石工《いしく》悪魔の呻き声で建てられた。

　扉はすべてひとりでに開いたようだし、
窓はどれも妖精やエルフが掛金を下ろしたようだ。
そして窓からは、銀色の閃光が光る。
夏の夜の西方から、あるいは古い歌や詩の
読みすぎで頭がおかしくなった美女——
その大きな青い眼から射してきたかのように。

　見よ、朧に霞む遠くから何かがやってくる！
つやつやと光る金色のガレー船だ。

三列の櫂《オール》は水面を出る瞬間、光を反射させ、
緑に覆われた島々の奥へ入って行く。
城壁の下の日陰のなかへ
音もなく進んでいくが、今はまったく見えない。
喇叭《クラリオン》が鳴り、裏門の格子戸から洩れてくる
美しい音楽のこだまが、あわれ牧夫の心に
恐怖を生む。彼は家畜の群れをひきつれて、
魔法にかけられた泉の静寂を乱したのだ。
美しい音楽と聞こえた場所を友人みんなに
話すが、誰も彼の言うことを信じない。

　おお、寝ているとき目覚めているときの
われわれすべての夢が、魂の昼を
暗い夜の虚空で陰らせるのではなく、
夕日から、何か崇高なものから、その色彩を
借りてほしいと願う。というのもこの世では、

僕らの争いは絶えないから——旗艦の旗棹に僕の旗は
まだ掲げられていない。物事を理屈で思弁すること、
それはまだしたくない！　おお、人生の栄誉や
高尚な理性や善悪の知識が僕に恵まれることは
決してないだろう。物事はわれわれの意志では
決まらず、われわれを焦らして思考停止に追いやる。
それともこういうことか？　本来の領域を跳び越えて
ある種の出口のない煉獄に迷い込み、
そこに閉じ込められた想像力は、
地上、天国、どちらの標準規則にも
適応することはない——幸福のさなかに、
己の領分を超えた世界を見るのは間違っている。
それは夏空のもとで人を嘆き悲しませ、
ナイチンゲールの歌を台無しにしてしまう。

親愛なるレノルズ、僕は不思議な話を知っているが、

それを話すわけにはいかない。その一頁目は
大波に緑の海藻が揺れ、笠貝が張りついた
岩の上で読んだ。静かな夕べだった。
岩はどれも静かで、広い海は褐色の平らな
砂浜沿いに、銀の泡でできた静穏な
帯を作っていた。僕はくつろいでいたし、
最高に幸せだったはずだが、海のなかを
奥まで覗きすぎた――そこでは強者が絶えず
大口を開けて弱者を食い物にしている――
僕は永遠につづく獰猛な破壊の核心を
あまりにもはっきりと見てしまった。
それで幸福から遠ざかってしまったのだ。
それを思うと今でも吐き気がする。今日は
春の若葉、日日草《にちにちそう》と野苺の
明るい花々を摘んだが、
やはりあのこの上ない獰猛な破壊が目に浮かぶ。

凶暴な餌食を襲う鮫、獲物を急襲する鷹、
豹や雪豹さながら、虫をむさぼり食う
優しい駒鳥――去れ！　おまえら忌まわしい気分、
心のご機嫌とやら。僕が奴らを嫌っているのは知ってるよね。
こんな厭な連中と一緒に置き去りにされるぐらいなら、
どこかカムチャツカの伝道教会の
釣鐘の舌になったほうがましだということも。
どうか元気になってくれ――トムも同じ[10]――僕は踊って、
忌まわしい気分から新しいロマンスに
逃げ込むつもり――下手な韻文百行はしかと
請け合います。だから「このあと散文が続く[11]」。

(1)**J・H・レノルズ**　キーツの詩人仲間、主要な文通相手の一人。東洋ものの小説のほか、ボッカチオに取材した物語詩を書いている。

(2)**ミス・エッジワース**　女流小説家エッジワースは猫好きで、批評家ハズリットは猫嫌いで知られていた。

(3)**ジュニアス・ブルータス**　ジュニアス・ブルータス・ブース(一七九六―一八五二)は

俳優。ソーホーは、ロンドンの（当時は）邸宅街。
(4)カーテンから……覗く　フュースリの絵画「悪夢」を想像したものか。
(5)ティツィアーノ色　豊潤な色づかい。
(6)魔法の城　クロード・ロランの絵画「魔法の城」をもとに、キーツ自身の想像を加えたもの。
(7)ウルガンダ　十五世紀スペインのロマンス『アマディス・デ・ガウラ』に登場する魔女。
(8)カルデアの聖者《サントン》　カルデアはバビロニアにあった王国。サントンはイスラムの聖者。
(9)聖オールドブリムのカスバート　地名も人名もキーツの思いつき。
(10)新しいロマンス　同時期にキーツが書いていた「イザベラ」。
(11)「このあと散文が続く」　シェイクスピア『十二夜』二幕五場一四七行。韻文ロマンス「イザベラ」はいずれ、散文による悪評を被るだろう、との意。

今夜　僕はなぜ笑ったか

今夜　僕はなぜ笑ったか　誰も教えてくれないだろう。
　神も、厳しい答えを返す悪魔も、
天国や地獄から答えてはくれない。
　だからすぐに、僕は人間の心と向き合う――
心よ、おまえと僕は二人きり、寂しくここにいる。
　どうして笑ったのか言ってくれ。おお、この苦痛！
おお、闇よ、闇！　僕はいつまでも苦悶し、
　天国と地獄と心に空しく問いつづける。
僕はなぜ笑ったか？　貸しだされたこの命を、空想が
　幸福の極限まで広げてくれることを僕は知っている。
しかし、この真夜中に息絶え、俗世の煌びやかな
　旗じるしがずたずたに引き裂かれるのを見てみたい。
詩、名声、美はじつに強烈だが、

死はさらに強烈――死は生の高価な報酬だ。

ある夢　パオロとフランチェスカの挿話を読んだ後で

アルゴス(1)が唄に騙され、気絶して眠ってしまうと、
ヘルメスが軽やかな翼にのって飛び去ったように、
僕の怠惰な精神もデルフォイの葦笛を奏で、
鬼のような世間の百の眼を
同じように魅了し、征服し、奪い取った。
そして、眠り込んだのを見て、同じように飛び去った。
冷たい雪空の清純なイダ山(2)ではなく、
その日ゼウスが悲しんでいたテンペの谷でもなく、
あの悲しい地獄の第二圏谷(3)へと。
突風や旋風、吹きつける
雨や雹のつぶてのなかで、恋人たちは悲しみを
物語る必要はない。僕が見た美しい唇は蒼ざめていた。
あの陰鬱な嵐の中で、僕が接吻《くちづけ》した唇は

蒼ざめていたし、一緒に流れていった肢体は美しかった。

(1)アルゴス　(ギ神)百眼の怪物。ゼウスの恋人イーオの見張りをしていた彼をヘルメスが退治した。
(2)イダ山　(ギ神)クレタ島にあるゼウス生育の地。
(3)地獄の第二圏谷　ダンテ『神曲』地獄篇第五歌で、情欲の罪を犯した者が落とされている圏谷。

非情の美女《ラ・ベル・ダーム・サン・メルシ》　バラッド

1

おお、鎧の騎士よ、どうしたというのか、
　ただひとり、顔蒼ざめてさまようとは。
菅は枯れて湖から消え、
　鳥も啼かない。

2

おお、鎧の騎士よ、どうしたというのか、
　そんなに窶《やつ》れ、そんなに悲しそうで。
栗鼠《りす》の穀倉はあふれ、

刈入れは終わった。

3

あなたの額に百合が見える、
苦悩と熱でじっとり汗ばみ。
そして頰でも、しおれた薔薇が
見る間に色褪せて行く。

4

おれは牧草地で女に会った、
本当にきれいで、妖精の子だ。
髪は長く、足どり軽やか、
眼は妖しく光っている。

5

女の頭にのせる花冠をつくった、
　腕輪や香しい花の帯も。
女は恋人のようにおれを見て、
　甘い声でうめいた。

6

ゆるゆる進む馬に女を乗せ、
　一日中女のほかは何も見なかった。
女は横ざまに体を傾げ、
　妖精の唄を歌っていたから。

7

女はおれに甘い草の根、
　野生の蜂蜜や甘露を見つけ、
知らない言葉でたしかにこう言った、
　本当にあなたを愛しています。

8

女はおれをエルフの岩屋へ連れて行き、
　涙を流して心底辛そうに溜め息をついた。
おれは妖しく光る女の眼を閉じた、
　四度くちづけをして。

9

女は唄を歌っておれを眠らせ、
　おれは夢を見た——ああ、なんて忌々しい！
それはおれが見た最後の夢、
　寒い丘の中腹で。

10

おれが見たのは顔蒼ざめた王たち、王子たち、
　顔蒼ざめた兵《つわもの》たち——誰も死のように蒼ざめていた。
彼らは叫んだ、「非情の美女が
　おまえを虜にしたぞ！」

11

薄明りのなかに彼らの痩《こ》けた唇が見え、
　恐ろしい警告で大きく開けていた。
そして目が覚め、気がつくとここにいた、
　寒い丘の中腹に。

12

ここを離れないのはそういうわけ。
　ただひとり、顔蒼ざめてさまよう。
菅は枯れて湖から消え、
　鳥も啼かないのに。

名声について

食べたケーキを残しておくことはできない——諺

何という熱狂ぶりだろう——この世の日々を
冷静な目で見ることができず、
人生という本の頁を焦燥で埋めつくし、
芳しい名前を自らすすんで汚す人は。
それはあたかも薔薇がおのれを摘み取り、
熟した李《すもも》が自身の白粉《しらこ》を拭き取るようなもの。
あたかもナイアスが悪戯な小人のように、
その清潔な洞窟を濁った泥で汚すようなもの。
しかし、薔薇は棘ある茎にとどまって、
風の接吻を受け、蜂に蜜をめぐむ。
熟した李はいつもおぼろな衣装を身につけ、

静かな湖は水晶のような水面を広げている。
だのに、どうして人間は、世間の愛顧をうるさくせがみ、
獰猛な、誤った信念のために己の救済を台無しにするのか。

怠惰のオード

彼らは労せず、紡がず(1)

1

ある朝、僕の前に三つの人影が現れた。
首《こうべ》を垂れ、手を組みあわせ、顔を横に向け、
前の者の後について静かにやってきた、
音なしのサンダルをはき、白い長衣を優雅に纏って。
反対側を見ようと壺を回転させたときの
大理石の人物像のように、彼らは通りすぎていった。
彼らはまたやってきた。もう一度壺を
回転させたときのように、最初に見た亡霊が戻ってきた。

フェイディアス[2]の仕事に造詣が深い人にも
　未知の壺があるように、僕にとって彼らは未知の人物だった。

2

幻影よ、僕がきみたちを知らないのはなぜか。
　こんなに静かな仮面劇に音もなく登場するのはなぜだ。
そっと忍び寄り、僕の怠惰な日々に
　何の仕事も与えまいとする、無言で測り知れぬ
秘密の企みなのか。もの憂い時は熟していた。
　怠惰の夏の幸せに満ちた雲が
　僕の目に霞をかけ、脈拍はますます間遠になった。
苦痛は棘がなくなり、歓びの花環から花が消えた。
　おお、なぜ僕のまえから姿を消し、「無」の他は何も
　僕の感覚を訪れないようにしてくれないのか。

3

彼らは三たび通りすぎ、通りすぎるとき三人とも
　一瞬、顔を僕の方に向けた。
そのあと姿を消したが、僕はぜひともついて行きたかった。
三人が誰か分ったので、どうしても翼が欲しかった。
先頭は美しい娘で、「愛」という名前。
二番目は蒼白い頬をした「野心」で、
　　憔悴した目でいつも見張っている。
最後は、僕が愛すれば愛するほど、それだけ
　ご当人が非難を浴びる最高に横柄な娘、
　僕にとり憑いた悪霊の「詩」だとわかった。

4

彼らは姿を消したが、僕は心底翼が欲しかった。
ばかなことを！「愛」とは何だ？　そしてどこにある？
それにあの哀れな「野心」はどうか――そいつは人間の
ちっぽけな心の、短い熱病の発作から生まれる。
「詩」はどうだ！　だめだめ、あの女の処に歓びはない――
すくなくとも僕には――もの憂い真昼のように、
蜜の怠惰に浸された夕べのように甘い歓びは。
おお、長い年月、苦悩と無縁で過ごせないものか！
月の位相がどう変化したかなどまったく関知せず、
忙しない常識の声などとんと聞かずに。

5

もう一度彼らはやってきた。ああ、なぜだ。
僕の眠りは朧な夢でつづられていた。
僕の魂は、花々やちらつく木陰や

反射光線をちりばめた草地だった。
朝は曇っていたが、雨は降らなかった。
その目蓋には五月の甘い涙が宿っていたが。
開けた窓で芽吹いた蔦は壁に押し付けられ、
暖かくなっていく外気と鶫《つぐみ》の囀りが流れ込んだ。
おお、幻影たちよ！　別れを言うときがきた！
きみたちのスカートに僕の涙はこぼれなかったよ。

6

きみたち三人の幽霊よ、さようなら！　花咲く草地に寝て、
ひんやり心地よい僕の頭を持ち上げることなどできない。
センチメンタルな笑劇の愛玩用仔羊のように、
甘い褒め言葉など浴びせられたくはないのだ。
僕の視界から静かに姿を消し、もう一度
あの幻想的な壺の仮面劇のような人影になってくれ。

さようなら！　夜にはまだ見る夢があるし、
ちょっとした夢なら昼にもたくさんある。
きみたち幻影よ、僕の怠惰な精神から
雲のなかへ消えて、二度と戻ってくるな！

(1)彼らは…紡がず　「マタイ伝」六章二八節。
(2)フェイディアス　古代ギリシア最盛期の彫刻家。

ハイピリオンの没落　ある夢

第一歌

狂信者も夢を見るが、彼らはそこから、
宗派のための楽園を創り出す。野蛮人も
そのもっとも高尚な夢想から、
天国のことを臆測する。残念なことに、
両者とも流麗な言葉による夢想の名残を、
羊皮紙や多羅《たら》樹《じゅ》(1)の葉に書きとめなかった。
彼らは月桂冠とは無縁のまま生き、夢を見、死んでいく。
夢を語ることができるのは詩歌だけ。
詩歌だけが精妙な言葉の魅力によって、
想像力を黒魔術や無言の呪縛から

救いだすことができる。誰が言えるだろう、
「あなたは詩人ではないから、夢を語ることはできない」と。
魂が土塊《つちくれ》でない人なら誰にも
夢はあるのだし、自国の言葉を愛し、
それに熟達していれば夢を語るだろう。
ここで述べられようとしている夢が詩人、
狂信者、いずれの夢であるかは、書記役である
この温かい僕の手が墓に入った後でわかることだ。

　あらゆる土地の木々——棕櫚、天人花、
樫、大楓《おおかえで》、橅《ぶな》、それに芭蕉と香《かぐわ》しい花々が
目隠しのように立っていたように思う。
僕の耳に優しく落ちてくる音から判断すると、
噴水の近く、鼻孔に触れる薫りから考えると、
薔薇の花々から遠くはない。振り返ると
東屋《あずまや》が見えたが、格子棚を這う蔓や釣鐘花や

もっと大きな花が天井になって垂れさがり、
花の香炉のように軽やかに空中で揺れている。
花環で飾られた入口の前、苔むした壇の上に
夏の果物のご馳走が広げられていたが、
近寄って見ると、天使かわれらの母イヴが
食べ残したあまりもののように思われた。
空になった木の実が草の上に散らばっていたし、
半分食べただけの葡萄の房、甘い香りの食べ残しも
他にあったが、元の種類までは分からなかった。
有名な角《つの》(2)が、宴会で空になるまで三度
注ぎ出されたよりも沢山のご馳走があったけれど、
それは、白い牝牛の鳴く野に戻ってくる
プロセルピナのため。僕は地上で
感じたことのない激しい食欲の
高まりを覚え、それを美味しく食べた。
その後しばらくして渇きを覚えたが、近くに

冷えた透明な果汁の器が置かれ、
迷い込んだ蜜蜂が吸っている。それを手に取ると、
僕はこの世のすべての人間、その名が
語り継がれているすべての死者のために
乾杯した。この乾杯こそ、この物語の生みの親だ。
アジアの阿片も、すぐに死んでいく
用心深いカリフたちが飲まされた精妙な霊液《エリクシル》も、
緋衣の老人枢機卿の数を減らすべく、
閉め切った修道士の独房で作られる毒薬も、
抵抗する命をあれほど簡単に奪うことはできなかっただろう。
僕は草の上で、香しい木の実の殻や
つぶれた木苺に囲まれ、効きはじめた薬と
必死に闘っていたのだ。しかし、それも無駄。
朦朧とした昏睡に見舞われ、古壺に描かれた
シレノスさながら、地面に倒れた。
どのぐらい眠っていたのか、確かなことは分からない。

生の意識が戻ったとき、僕は羽ばたきをしたように
はっと立ち上がったが、美しい木々は消えていたし、
苔むした壇と東屋はなくなっていた。
厳めしい屋根をのせた古い神殿の
浮彫のある壁を見まわしていたが、
神殿はとても高いので、下方に霞のような雲が
星空を覆わんばかりに広がっているように思われた。
そこは大そう古い土地で、地上でそれに類する
場所を見た記憶はない。僕がかつて見た
灰色の大聖堂、控え柱のある壁や崩れかけた塔などの
滅亡した王国の遺跡、あるいは
波風に責め苛まれた自然の大岩は、
この円屋根のある永遠の記念建造物に比べれば、
倒壊寸前のがらくたでしかないように思われた。
足もとの大理石の床には、たくさんの
不思議な容器や大きな織物が置かれていたが、

織物は染色した石綿で織られたにちがいない。またここでは、虫に食い荒らされることがないのか、亜麻布は真っ白だった。それで一部の布には、暗い機《はた》で織られた模様がはっきりと残っていた。外衣《ローブ》、金火箸、吊り香炉、焜炉付き鍋、飾り帯、金鎖、祭事用の宝石――これらが一緒くたになって雑然と置かれていた。
そこから畏るおそる目を離すと、僕はもう一度視線を上に向け、四方八方あたりの様子をうかがった。天井には浮彫が施され、静まりかえった重々しい列柱が南北につらなって、先は虚空の靄のなかに消えている。東に目を転ずれば、黒々とした門が日の出にむかって常時閉じられている。次いで西の方角に目を向けると、遠くに彫像が見えたが、顔は雲のように大きく、足の高さのところに祭壇が横たわっていた。

八〇

どちらの側にも階段と大理石の手摺がついており、
数えきれないほどの階段を数える辛抱強さが
あって初めて、近づけるようになっている。
僕は厳粛な足どりで祭壇に向かったが、
この場の神聖さにそぐわないと思い、急ぐのは控えた。
近づいてみると、祭壇の脇に
祭司がいて、炎が上がっている。
五月半ば、厄病神の東風が突然
南風に変わるとき、暖かな小糠雨が
すべての花の凍てついた香りを溶かし、
大気を心地よい生気でいっぱいに満たすので、
瀕死の重病人も経帷子のことを忘れる。
そのように、高く舞い上がる供犠の炎は
春の香気を送りこみ、幸せの他は
何もかも忘れさせる火の粉を振りまきながら、
祭壇全体にふんわりと香煙をくゆらせた。

その香しい白い帳《とばり》から、次のような言葉が
聞こえてきた。「この階段を上ることが
できなければ、そのまま大理石の上で死ぬがよい。
おまえの肉体はただの塵も同然だから、
養分を欠いて干からびるだろう——おまえの骨は
数年もたてばやせ細って消えてしまい、
どんなに目ざとい人でも、その冷たい床に立っていた
在りし日のおまえのかすかな名残も見出せまい。
おまえの短い生涯の命の砂は今にも尽き、
この世の誰の手もおまえの砂時計をもとに返す
ことはできない。不死の命を授けるこの階段を登り
終えないうちに、この香木の葉が燃え尽きるならば」。
僕は聞き、僕は見た。二つの感覚は一時《いちどき》に、
繊細かつ鋭敏に、あの猛烈な脅迫と
提示された厳しい課題の暴虐を感じた。
そのための労苦は莫大なものに思われた。葉はまだ

燃えていたが、突然痺れるような寒気が
大理石の床から僕の四肢を襲い、
喉の両脇で脈動しているあの生気の流れを
冷たい手で止めようと急ぎ昇って行くところだった。
僕は悲鳴を上げた。苦痛に満ちた鋭い悲鳴は
僕自身の耳をつん裂いた。感覚が麻痺しないよう
必死の思いで用心し、一番下の階段に上がろうともがく。
僕の足取りはのろく、重く、死者のよう。寒気で
心臓のあたりが息苦しく、窒息死しそうだった。
両手を握りしめてみたが、感覚はなかった。
死の一分前、僕の冷えきった足が一番下の
階段に触れた。そして触れると同時に、生気が
爪先から流れ込んでくるようだった。僕は上っていった。
昔、美しい天使たちが階段をつたって
緑の草地から天国へ飛んで行った[3]ように。「神聖な権能者よ」、
鴟尾《しび》で飾られた祭壇に近づくと僕は叫んだ、

「このように死から救われた僕は何者なのですか？
ここで冒瀆の言を口にしないよう、死に再度
息の根を止められることがない僕は何者ですか？」
するとヴェールを被った幻影は言う、「おまえは
寿命が尽きるまえに、死んで生き返ることがどういう
ことかを体験した。そうする能力がおまえにはあることが、
おまえの安全に役立った。おまえは死の時を
先延ばししたのだ」。「優しくも高貴な予言者よ」、僕は言った、
「どうか僕の心の靄を取りはらってください」。
幻影が応えていう、「誰もこの高みに登ることはできない。
この世の不幸を不幸と思い、
それを黙視できない人以外は。
この世に安息の地を見出し、
何の屈託もなく日を送る人が
偶然この神殿に迷い込んだりすれば、
おまえが半ば朽ちていた床の上で朽ち果てるだろう」。

「この世に何千という人がいるのではありませんか」
幻影の穏やかな声に励まされて僕は言った、
「そのためなら死も厭わないほど同胞を愛し、
この世の莫大な苦悩をわが身に感じる人、
さらには、哀れな人類の奴隷さながら、
人間の幸福のために労を厭わない人は。ここには他にも
人がいていいはずですが、いるのは僕だけです」。
「おまえの言う人は幻視者ではない」
声が答えた、「ひ弱な夢想者でもない。
彼らは人間の顔以外の不思議を求めない。
幸せな響きの声以外の音楽を求めない。
彼らはここには来ないし、来ようとも思わない。
おまえはここにいるが、それは彼ら以下の人間だからだ。
おまえやおまえの仲間たちは、外の世間に
どんな貢献ができるのか。おまえは夢想者で、
自分の熱に浮かされている。地上を思え。

おまえにとってそこにどんな幸せの希望があるのか？
どんな安息の地が？　生けるもの全てに自分の家がある。
どんな人にも喜びの日があれば苦痛の日もある。
その労働が高尚であろうと低俗であろうと。
苦痛は苦痛だけ、喜びは喜びだけ、両者は別々。
夢想者だけが、罪ゆえに忍ばねばならぬ以上の
不幸を背負いこみ、人生の日々を台無しにする。
それゆえ、幸せを少しは味わわせてあげようと、
おまえのような者もしばしば、おまえが先ほど
通ったような庭に入ることが許されるし、
この神殿に立ち入ることも認められる。そんなだから、
おまえはこの彫像の下で無事に立っていられるのだ」。
「とるに足りない私を助けてくださったこと、
慈悲深いお言葉で卑しからざる病に苦しむ私を
癒してくださったことをうれしく思います。
このような栄誉に恵まれ、泣きたくなるほどです」

そう答えた後さらにつづけた、「荘厳なる亡霊よ、
どうか教えてください。世間の人に
聴かせるために歌われる歌の全部が全部、
無益というわけではないはず。詩人は賢者で、
人道主義者で、すべての人を癒す医師のはずです。
私は無に等しい人間だと感じています。鷲がいるとき、
禿鷹が鳥ではないと感じるように。
では、私は何者なのですか？　あなたは私の仲間のことを言われた。
どういう仲間ですか？」白いヴェールを垂らした背の高い幻影が
答えたが、前よりもずっと真剣だったので、吐息のために
手に提げた黄金の香炉の近く、
折り重なった薄い亜麻布のヴェールの襞が
動いた。「おまえは夢想者の仲間ではないのか？
詩人と夢想者ははっきり違う。
両者は別もの、まったくの正反対、対蹠人だ。
前者は世間に慰めを与え、

後者は世間を苛立たせる」。それで僕はわれ知らず、
アポロの女予言者《ピュティア》が怒り狂ったように叫んだ、
「アポロよ！　行方も知れず飛び去ったアポロよ！
すべての似而非《えせ》詩人、もったいぶった自己陶酔者、
自慢のへぼ詩をひけらかしてやたら威張り散らす輩——
戸の隙間から家へ忍び込んで彼らに感染させる、
あなたの霞のような疫病風はどこへ行ったのですか。
彼らと同じように私も死の息を吐いていますが、彼らが
私より先に墓に入るのを見たら、生き返る思いがするでしょう。
荘厳なる亡霊よ、私がどこにいるかを教えてください。
これは誰の祭壇で、立ちのぼるこの香煙は誰のためですか。
大理石の膝が大きくて顔が見えませんが、
これは誰の彫像ですか。そしてそんなに丁重で、
女性らしい言葉遣いをするあなたは誰ですか」。

　すると亜麻布のヴェールを被った背の高い幻影が

答えたが、前よりもずっと真剣だったので、吐息のために
手に提げた黄金の香炉の近く、
折り重なって垂れているヴェールの薄い襞が
揺れた。そしてその声から、彼女が長く貯めていた涙を
流しているのが分かった。「悲しくも侘しい
この神殿は、遠い昔、巨神族が謀反者と
戦ったとき、その戦災を免れた
唯一の建造物です。ここにあるこの古い彫像は
(彫りの入ったお顔は倒れたときに罅《ひび》が入ったのですが)、
サターンの顔です。私モニータは巨神族の生き残り、
見捨てられた彼の神殿を守る唯一の女祭司です」。
僕は返す言葉がなかった。というのも、僕の舌は
役立たずになって、言葉が生まれる口蓋に、
モニータの嘆きに応えるのにふさわしい、
重々しい言葉を見つけることができなかったのだ。
沈黙がつづいた。その間、祭壇の炎は

香しい薪を求めて揺らめいていた。僕は炎から
大理石の床に目を移したが、近くには
肉桂《シナモン》の小枝の束やその他、枯れた香木が
山のようにたくさん積まれていた。それから
僕はふたたび祭壇や灰で白くなった
鴟尾やけだるそうな炎を見、
それからもう一度、香木の束を見た。
これを繰り返すうち、悲しげなモニータが叫んだ。
「供犠の祭祀は終わった。それでも、
あなたの熱意に応え、助けて進ぜよう。
わたしの記憶力は、わたしには今でも呪いだが、
あなたには驚きだろう。電光さながら一瞬の変化で
味わった悲惨とともに、わたしの球体の脳髄を
今でも卒倒するほど鮮明に流れる光景については、
あなたはその濁った人間の眼で見るがよい。
驚きが苦痛でなければ、苦痛などまったく感じないはずだから」

この最後の言葉は、不死の人が話す天上の言葉としては、
優しい母の言葉に限りなく近いものだった。
それでも僕は、彼女の外衣が怖かった。
とりわけ、その額から薄く垂れ下がり、
彼女を謎のようにおおい隠しているヴェールが。
恐怖のあまり、心臓から血が飛び出しそうだった。
これを見た女神は、神聖な手で
ヴェールを引き開ける。すると蒼ざめた顔が見えた。
人間の悲しみでやつれたのではなく、
癒えることのない不死の病で白く光っていた。
病は絶えず顔に変化を生みだし、幸せな死が
それを終わらせることはない。顔は死に向かって
進みながら、死に向かってはいないのだ。それは
百合よりも雪よりも白かった。僕はその顔を
見たけれど、いまこれ以上のことを考えてはいけない。
彼女の目に気づかなかったら、僕は逃げ出していただろう。

僕は優しい光を湛えたその目にひきとめられたが、
光は半ば閉じた神々しい瞼で和らげられていた。
彼女の眼には外界の事物がまったく見えていないようだ。
それは僕のことも見ていなかったが、
優しい月のように曇りのない光で輝いていた。
月は自分が見ていない人々を慰めるし、どんな目が
自分を見上げているかも知らない。山の中腹で
金《きん》の粒を見つけ、貪欲の疼《うず》きを抑えかねて、
金の詰まった山腹の暗い内部を調べようと
目を凝らしたことがあったが、
この場合も悲しげなモニータの額を見て、
虚ろな脳髄の奥に何が宿されているのか、
その頭蓋の暗い秘密の部屋で、
冷たい唇にあれほど恐ろしい緊張を強い、
星のような目をあのような光で満たし、
声にあのような悲しみを帯びさせるのは、

どんな高貴な悲劇が演じられているせいなのか、
それを無性に見てみたかった。「「記憶」の幻影よ！」、
足許にひれ伏すと僕は叫んだ、
「あなたの没落した一族に垂れこめている薄闇にかけ、
この最後の神殿にかけ、サターンの黄金時代にかけ、
あなたの愛する養い子アポロにかけて、
また滅び去った一族の蒼ざめた末裔、
孤独な神格たるあなたご自身にかけて、
先ほど言われたように、あなたの脳髄のなかで
忙しなく去来しているものを僕に見させてください」。
この懇願が僕の熱心な唇から発せられるや否や、
厳めしい松の木のそばのいじけた灌木のように、
僕は彼女と並んで立っていた。
悲しみの陰なす谷の奥深く(4)、
すこやかな朝の息吹も届かず、
真昼の輝き、宵の明星も見えない遥か地の底に。

前方、薄暗い大枝の下に目をやると、
最初は巨大な彫像だと思ったものが見えた。
サターンの神殿の台座の上に高々と据えられていた
彫像に似ていた。やがてモニータの声が
短く僕の耳に聞こえてきた。「領土を失ったとき、
サターンはそんなふうに坐っていた」。それを聞くと、
神が見るようにものを見る視力、外なる目が
物の大きさと形をすばやく把握するように、
物事の意味を即座に認識する膨大な知力が
僕のなかに生まれた。彼女のわずかな言葉によって
高貴な主題が僕の心の前に大きく立ち現れたが、
その織地《おりじ》は半分しか見えていなかった。
残りが見えるように、また見たら忘れないように、
僕は鷲の眼で見守ることにした。
この死の谷に生の動きはなかった。
夏の一日が経過する間に、綿毛の種を一つ

草花から奪い取るほどの風もなく、
枯葉は落ちれば、そこから動かない。
小川は音もなく流れ、没落した神の
影に覆われているためか、いっそう
静かに流れる。川の精ナイアスは葦間で
冷たくなった指を唇にあてた。
川縁《べり》の砂地の上に大きな足跡がついていたが、
老サターンの足が止まったところから奥には
続かず、そこで中断していた。何と長い中断か！
湿った地面に、貶しめられ冷たくなった
彼の右手があった。力なくぐったりして、死者のよう。
王威も失せている。領土を失った眼は閉じられ、
垂れた頭はなおも慰めを求めているのか、
年老いた母「大地」に耳を傾けているように見えた。

彼をその場から動かすことは到底無理だと思われた。

そこへ誰かがやってくる。恭しく身を屈めると、
血を分けたその手で彼の広い肩にふれたが、
彼はそのことに気づかなかった。
そのとき悲しそうなニーモジニーの声が聞こえ、
僕もそれを悲しく聞いた。「むこうのひどく
侘しい森から出てきて、私たちの没落した神に
ゆっくり近づいて行くのをおまえが見たあの女神は
シーアといい、私たちの一族ではいちばん気性が優しい」。
僕は美しいすらりとした背丈の女神が
蒼白いモニータより頭一つ背が高く、
その悲しみが人間の女性の悲しみに近いことに気づいた。
その眼は何かを恐れ、聞き耳を立てているようだった。
まるで災難に見舞われた直後のように。
呪われた日々の先陣の雲が恨みの雨を
降らせたあと、今度は不機嫌な殿軍《しんがり》が
雷鳴を用意して進撃しているかのように。

彼女は人間の心臓が鼓動し疼くあの箇所に
片方の手を押し当てた。不死身でありながら、
まさにそこに耐え難い痛みを感じているかのように。
もう一方の手はサターンのうなだれた首の上に
載せ、彼の耳の高さのところまで
身を屈めると、口を開いて何か言葉を話した。
厳かなテノールの、野太いオルガンの調べで
嘆きの言葉を口にしたが、人間のかよわい言語でも、
悲しみは似た口調で表されるだろう(太古の神々の
あの雄大な話し方に比べると、何とも弱々しいが)。
「サターン、顔を上げて！　お気の毒に、それもむだなこと。
あなたを慰める言葉がない。ただの一言もないわ。
どうしてこんなふうに眠っているの？　とは私には言えない。
天界はあなたから離反し、大地は
こんなに苦しんでいるあなたが神とは知らない。
海も同じこと。厳かな潮騒の音とともに、

あなたの支配から離れて行った。空からも
あなたの古い権威は全部消えたわ。
あなたの雷霆《いかずち》は新しい支配者に楯ついて、
私たち没落した一族の頭上で渋々鳴っている。
それにあなたの電光は未熟者に使われて、
むかし平穏だった私たちの領土を焦がし焼き払う。
情け容赦のない速さで次々と新しい悲しみが
押し寄せるので、不信は息を吐くひまがない。
サターン、眠りなさい。なんて浅はかなの、
あなたの孤独な眠りをこんなふうに妨げたりして。
あなたの悲しい眼を覚まさせてはいけないわ。
サターン、眠りなさい。私が足許で泣いている間は」

　魔法に魅入られた夏の夜、
真剣な星に枝を魔法にかけられた森は
夢を見る、それも一晩中そよとも動かず夢を見る

（孤独な突風にゆすられる枝のそよぎを除けば）。
戻り風は一度しか吹かないとでもいうように、
この突風は森の静寂の中で大きくなり消えて行くが、
そのように彼女の言葉は生まれて消えた。その間、
彼女は涙ながらに美しい大きな額を地面に押しつけ、
垂れ下がった巻き毛の髪を広げて、サターンの足を
載せる柔らかな絹の敷布にした。
じつに長い間、この二人は先の姿勢のまま動かなかったが、
彼らが自らの力で墓に建てた
彫像のようだった。長い間、畏敬の念をこめて
僕は彼らを見ていた。それでも彼らに変化はなかった。
硬直した大神は依然、大地に頭を垂れたまま、
悲しみの女神は彼の足許で涙を流し、
モニータは沈黙していた。自分の弱い
人間の力の他に、支えも頼りもない僕は、
この永遠の静謐、変わることのない暗闇、

まるひと月僕の感覚にのしかかっていた
三つの動かぬ姿の重圧に耐えた。
僕は興奮した頭で、月が夜空で
更新する銀の季節を正確に計測したが、
自分は日ごとに痩せ細って、亡霊のように
なるのではないかと思った。しばしば、死が
僕をこの谷とここでの苦悩から拉致してくれるよう
必死に祈った。変化に絶望して、喘ぎ喘ぎ
何時間もの間、僕は自分を呪った。
ついに老サターンが生気のない眼を上げ、
あたりを見回して、自身の王国の消滅を知り、
あたり一帯の薄暗がりと悲しみ、
足許に跪《ひざまず》いている美しい女神を目にした。
花や草や木の葉のしっとりとした香りが
森の住人の鼻孔にはお馴染みの匂いで
森の谷間を隅々まで満たすように、

サターンの言葉は苔むした薄暗い岩陰を、
時間に腐蝕された樫のうろや
曲がりくねった狐の穴の奥にいたるまで、
悲しい低い声で満たしたが、彼が話している間、
その言葉は孤独な牧羊神に不思議な思いをもたらした。
「嘆け、兄弟たちよ、嘆け。わしらは飲まれてしまった。
神としてのすべての活動を奪われてしまったのだ。
生気のない惑星によい影響を及ぼす、
人間の収穫に温和な支配力を発揮する、等々、
主神が心に秘めた内なる愛を発散する
その他かずかずの行為を。嘆き悲しめ。
嘆け、兄弟たちよ、嘆け。見よ、反逆した天球は
回転を続け、星々も古くからの軌道を守り、
雲は今もおぼろな霞と一緒に大地を訪れ、
今も太陽や月から思う存分、光を吸収している。
木々は今も芽ぐみ、海辺は今もざわめいている。

宇宙全体、どこにも死はないし、
死の臭いもないが、死は来るだろう。嘆け、嘆け、
嘆け、シベリー、嘆け。おまえの性悪な赤ん坊どもが
神を中風病みの老人に変えてしまったわ。
嘆け、兄弟たちよ、嘆け。わしにもう力はないし、
葦のように弱い――弱い、声と同じように弱々しい。
おお、おお、この苦しみ、弱さゆえの苦しみよ。
嘆け、嘆け。わしは溶けてゆく。助けを貸してくれ。
あの餓鬼どもを倒して、わしに勝利を恵んでくれ。
おまえたちとは別の嘆きを聞きたい。静かに
吹き鳴らされる凱旋式の喇叭、天国の幾重にも重なった
雲の黄金の頂から聞こえてくる祝祭の賛歌、
勝利を宣告する穏やかな声、亀の甲羅に張った
弦の銀の調べを聞きたいのだ。美しいものは
新しく作りかえられ、天界の子供たちを
驚かせるだろう」。彼は力なく話し終えたが、

その声はよわよわしく生気がなかったので、
僕は地上の老人が俗世の損失を嘆いているのを
聞いているような気がした。また、僕の眼と
耳は、美しい声が優美な姿から発せられ、
悲劇の竪琴の悲しい調べが
大男に奏でられるときの、あの心地よい
感覚の一致を感じられなかった。僕はなおも目を凝らした。
彼は依然、黒い木々の下にじっと坐っていた。
枝は凶暴な蛇の姿をして方々に広がり、
葉叢《はむら》は音もなく静かだ。彼の畏るべき存在感は
（あたりは静まり返っている）僕が先ほど聞いた言葉を
完全に裏切っていた。やっと彼の唇が
白くねじれた髭のあいだで震えた。
震える唇は真相を物語っている。その周囲に垂れている
真っ白な髪は、大空に浮かぶ真昼の綿雲のように、
気品があったが。シーアが立ちあがり、

虚ろな闇に白い腕を伸ばして
ある方角を指さした。すると彼も立ちあがったが、
その様は、海を行く男たちがもの憂い真夜中に
波間から現れるのを目にする巨人を思わせた。
二人は僕の視界から森のなかへ消えた。
振り向こうとしたとき、モニータが叫んだ。「あの二人は
悲しみにくれる同族《うから》たちのもとへ急ぐところです。
黒々とした大岩の下、彼らは苦しみと闇に包まれ、
何の希望もなく憔悴している」。彼女はさらに続けた。
その内容は、この夢の控えの間から倦むことなく
先へ進む意欲のある皆さんが読まれるとおりだ。
僕は控えの間の開け放った扉の手前でしばらく
休息し、彼女の高尚な言葉を記憶をたぐって
拾い集めねばならない。その先へは行かないかもしれない。

第二歌

「人間よ、おまえに正しく理解してもらうために、
地上の物事に喩えたりして、
私の言葉をおまえの耳に合うようにしよう。
さもないと、風に耳を傾けるのも同じこと、
その言葉はおまえには意味のない雑音だろう。
木々を吹きぬける風は伝説をはらんでいるのに。
悲しみの領土では、大粒の涙が流されている。
ここと似た多くの悲しみ、相似た嘆き。
人間の言葉や文章に写すにはあまりに大きすぎる。
身を隠した者も、獄に繋がれた者も、勇猛なタイタンたちは
昔の忠義の復活を期待して嘆きの声をあげ、
悲運のなかでサターンの声を待ちわびる。
しかしこの大鷲族の同胞のなかで一人だけ、依然として

王権と勢力と威厳を保持している者がいる。
燃えて輝くハイピリオンは依然、火の球体に
坐り、依然人間が太陽神にむかって燻らせる
香煙を嗅いでいる。しかし不安なのだ。
というのも、地上で不吉な前兆が
恐れ困惑させるように、彼も恐れ戦《おのの》いている——
犬の遠吠えや忌まわしい梟の鳴き声、
あるいはよく知られている、臨終の鐘の
最初の音と同時に起こる当の死者の訪問などではない。
巨神の神経に見合った恐怖が、
偉大なハイピリオンを苦しめる。その輝く宮殿は
燃え立つような黄金のピラミッドで守られ、
青銅のオベリスクの色合いも帯びているが、
無数にある中庭、アーチ、ドーム、炎の回廊、
それらすべてをぎらつく血の赤色で染めている。
そして、薔薇色の雲の窓掛はどれも

二〇

怒ったように紅潮している。神聖な丘の高みから
馥郁と環になって漂ってくる香煙を味わうとき、
彼の大きな口蓋は、芳香の甘さではなく、
有毒な真鍮や腐蝕した金属の臭味を感じるのだ。
それゆえ、晴れた昼間の仕事をすべて終え、
就寝のため西方に帰りついたとき、
高い寝台で神にふさわしい休息を取り、
楽《がく》の調べに抱かれて眠りに就く代わりに、
この心地よい休息の時間を、
巨大な大股で広間から広間へ歩いてまわる。
一方、はるか廊下の奥や隅の部屋ではどこも、
有翼の従者たちが驚きと恐怖の色を浮かべ、
群がって立ち尽くしている。その様は、地震が
城の胸壁や塔を震わせるとき、不安になった人間が
広い野原の方々に悲しそうに群がるのに似ている。
ちょうど今、凍りついた眠りから目を覚ましたサターンが

シーアの後をついてむこうの森を歩いているが、
ハイピリオンは黄昏を後にして、
西の門口を駈け下りてくるところだ。
わたしたちもそこへ行こう」。薄暗い谷から解き放たれ、
いま僕は明るい光のなかに立っている。ニーモジニーは
磨きあげた四角い石の上に坐っていたが、
その透き通った奥底に彼女の司祭の法衣が
汚れなく映し出されている。僕の敏捷な眼は
壮麗な身廊から身廊へ、穹窿から穹窿へ、
光を香しい花環に仕立てた四阿や、ダイヤモンドを
敷いて光沢《つや》出しをした長い拱廊《アーケード》を幾つも通り抜けた。
まもなく光り輝くハイピリオンが突進してきた。
赤々と燃える長衣は踵の後ろへ流れ、
地上の大火のようにごうごうと音をたてた。
その音は柔和で繊細なホーライを恐れ竦ませ、
彼女たちの鳩の翼を震えさせた。彼は怒りに燃えていた……

(1)多羅樹　昔インドでこの木の葉に針で経文などを刻んだ。
(2)有名な角　コルヌコピア(豊穣の角)。ゼウスに授乳した山羊の角。
(3)美しい天使たちが…飛んで行った　「創世記」二八章一二節参照。
(4)悲しみの陰なす谷の奥深く　「ハイピリオン　断片」の書き出しに戻る。以下何箇所かで(第一歌三一―三〇行など)、「断片」に描かれたタイタン族の敗残シーンが、モニータの脳髄に明滅する記憶として再生される。

光り輝く星よ！

僕もおまえのように不動でありたい——
　夜空の高みにひとり輝き、
自然の我慢強い、眠らない隠者のように、
　人住む地球の岸辺をくりかえし洗う波——
司祭の洗浄式を思わせる波の儀式を、
　瞼を開いたまま永遠に見つめている。
あるいは、山や荒野に柔らかく降り積もった
　雪の新しい仮面をじっと見下ろしている。
そうではない。けれど、いつも動かずいつも変わらず、
　美しい恋人のふくよかな胸を枕にして、
その柔らかな起伏をいつまでも感じ、
　甘い不安のなかでいつまでも目覚め、
いつも、いつも彼女の柔らかな寝息を聴いて

ずっと生きていたい——さもなければ失神して死にたい。

解説

本書は長篇物語詩『エンディミオン』を除き、キーツの主要な詩を三部に分けて収録したものである。最初の二部は生前に刊行された二冊の詩集を、刊行当時の体裁で訳出したもの。最後の第三部「拾遺詩集」には、二冊目の詩集に採録されなかったものの中から代表的な作品を選んで訳出してある。わたしの知るかぎり、キーツの詩(原詩)が本書のような形で刊行されたことはない。制作順に配列し、一巻にまとめて刊行されるのが通例なのだ。しかしわれわれの方法を取ることによって、第一部の作品と第二・第三部の作品では、歌口も主題もかなり、ときに大きく変化していることに気づかされる。この違いは、作品をばらばらに読んでいたときには気づかないものだ。

第一部の『詩集』(一八一七年)はごく一部をのぞき、大方は一八一五年夏から一六年暮れにかけて書かれた。第二・第三部の作品は一七年一二月から一九年九月までに書かれている。両者の時間的な隔たりは、二冊の詩集の刊行年を取っても僅か三年半しかない。しかしこの間、文学的交遊の広がり、医学の研修、弟の死など、私生活のうえで新しい展開があった。またキーツの手紙には、年齢に不釣合いなほど成熟した人生観(そして文学観)が披瀝されているが、その数は一八年、一九年に集中している。彼の詩と人生に対する思索の深化は当然、作品の性格にも影響しているだろう。この点については、作品に即してさらに具体的に触れるつもりだ。

『詩集』(一八一七年)

この詩集(以下、「一七年詩集」と略記)が出版された翌月の一七年四月、『エンディミオン』の第一巻が書き始められた。その末尾に主人公エンディミオンが妹にむかって、幻の恋人シンシアとの出会いを語るくだりがある。この一節はそれに対するキーツ自身の註解、いわゆる「快楽の温度計」論(出版者テイラー宛、一八年一月三〇日付の手紙)とあいまってよく知られている。

「快楽」とは詩人が詩の主題から受ける歓びのことで、それには温度計の目盛りのように、程度の違いがあるというのだ。快楽は自然の美に始まり、音楽とロマンスの美を経て、最後は「最も強烈な快楽」である愛と友情の歓びに至るという。この主題段階説は「一七年詩集」を念頭に置いていたのではないかと思われるほど、この詩集によく当てはまる。集中の作品は、表題を見ただけでこの三つの主題(自然の美、ロマンスの美、愛と友情の歓び)のどれを扱っているかが分かるし、その段階についても所どころで仄めかされている。たとえばソネット「弟ジョージに」では、ある日目にした自然の美を述べたあと、「空や海の自然の驚異も、きみとの交遊の歓びがなければ、何の意味もないだろう」と結ぶ。そして、ロマンスを扱った作品(「ある詩の序歌」「キャリドー」)や友情を詠う三篇の書簡詩が同時に叙景詩でもあることを考えると、詩集全体が自然の美を主題としているとさえ言える。もちろん自然の美には、風景美の他に景物《けいぶつ》(花鳥風月)として捉えた美も含まれる。十八世紀から十九世紀にかけてのイギリスは風景画がジャンルとして確立していく時期にあたり、それと並行して自然の風景美を探勝するツーリズムが流行した。「一七年詩集」は時代の新しい趣味を反映し、それに呼応していると見ることができる。

風景にせよ景物にせよ、キーツの叙景詩はしばしば神話やロマンスを通して描かれている。これは自然の美に芸術的な奥行きを与える一方で、ともすると神話・ロマンスの色づけが機械的になり、叙景の生新さが失われる。直截的な写生を回避した分だけ、自然の美そのものの興趣は損なわれるのだ。読者の側に美的迂回を楽しむ趣味がないと、こうした傾向は退屈な欠点としか映らないだろう。その点、二篇の書簡詩「**弟ジョージへ**」と「**チャールズ・カウデン・クラークへ**」は、真情と美的迂回が適度に融合した交遊の記念碑になっていて、本詩集のなかでもっとも満足すべき作品と言える。

自然の美のほかに、この詩集の大きな特徴になっているのは〈自由〉である。というか、この詩集全体をくくる表向きのテーマとして自由が設定されている。まずタイトルページのエピグラフと「献詩」で、そのことが公然と表明される。自由の主たる体現者は、この詩集ではリー・ハント（キーツが奉った尊称はリバタス〈リバティ〉）だから、ハント自身が取り上げられるのは言うまでもないが（「リー・ハント氏が出獄した日に」）、ソネット「コシチューシコに」にいたるまで、他の自由の擁護者たちも様々な箇処で顕彰されている。たとえば、オード「希望によせて」（三三―四〇行）や、書簡詩「ジョージ・フェルトン・マシューへ」のなかで――「……自由の大義のために／斃れた人たちのことを語り合おう――／わが国のアルフレッド、ヘルヴェティアのテル、……」。自由が詩集のテーマとなった遠因として、キーツがクラーク校の寄宿生時代に読んだギルバート・バーネット著『わが生涯の時代史』の影響を挙げることができる。半ば自伝的なこの本は清教徒革命とその後の半世紀を扱っていて、自由をめぐる著者と王権との闘いを述べている。彼はチャールズ二世の放蕩を諫めて国王付きチャプレンの職を逐われているが、キーツはリー・ハントの投獄をこの事件と重ね合わせに見ていたかもしれない。

一八一六年一〇月初め、チャールズ・カウデン・クラーク（キーツが七歳から一五歳まで寄宿生として学んだ私立学校の助教。書簡詩と訳註を参照）からリー・ハントを紹介され、ハントを通じてハズリットやシェリーらと知り合った。またこれより先五月には、ソネット「おお、孤独よ」がハントの目にとまり、週刊誌「エグザミナー」に掲載されている。「眠りと詩」の最後は、ハントの家で過ごした一日、そこで目にした数々の絵画や胸像の回想に充てられている。キーツはクラーク校に在学中から「エグザミナー」の愛読者だったが、リベラルな論陣を張る編集者リー・ハントは、キーツにとって政治・文学・芸術万般のカルチャー・ヒーローとなった。もっとも、その英雄崇拝は長くは続かなかったのだが。

自由には政治的自由の他に、詩の方法における自由も含まれる。キーツは後世の文学史家が命名したロマン主義運動のことも、自らがロマン派詩人と呼ばれることも知らなかったが、詩の新しい時代に際会しているという意識、慣習や約束事ではなく想像力こそ詩の原理なのだという意識は明確に持っていたはずで、それは次の詩句にもはっきりと窺える——「きみたちは……／お粗末な定規と劣悪なコンパスで描いた黴臭い／法則に縛りつけられ……粗末なおんぼろの／軍旗を担ぎまわっていたが、それには／ひどく安っぽい標語と大文字でボワローという／名前が記されていた」(「眠りと詩」一九四–二〇六行)。

詩集に通底するモチーフとして〈健康〉をあげれば、怪訝に思う人もあるだろう。病気や劣悪な住環境などをあわせ考えれば、このモチーフは詩集のそこかしこに潜んでいるのだが、詩との結びつきが意外なだけに気づかれない。冒頭でもふれたように、この詩集の作品は主に一五年夏から一六年暮れにかけて書かれた。キーツの人生でこの一年半は、医者になるための仕上げの時期と重なる。外科医のもとで四年間の徒弟奉公を終えたキーツ（一九歳）は、アポセカリ（後のケミスト／薬剤師）、さらには外科医の資格を取得すべく、一五年一〇月ガイ・聖トマス合同病院の研修生になった。＊病院は市中《シティ》からロンドン橋を渡ってすぐのところにあったが、周辺は貧民街を思わせるごみごみしたところで、キーツの下宿もその一画にあった。書簡詩「ジョージ・フェルトン・マシューへ」（執筆／一五年一一月）では、「陰気な都市で……／彼女を否定するものの中では」ミューズも詩の歓びを授けてくれないだろうと嘆き、ソネット「おお、孤独よ」（執筆／前掲詩と同じ頃）では、「おまえと一緒に暮らさなくてはいけないなら、／ひしめきあう建物の暗い部屋だけは」願い下げにしたいと詠う。彼の「健康な精神」（「キャリドー」）は、ここ以外ならどこへでも、健康な精神にふさわしい場所へ脱出することを考えていたにちがいない。病院を辞める直前、弟トムの看病で滞在中、保養地マーゲイトで書いた書簡詩「弟ジョージへ」には、陰気な都市の暗い部屋から解放された喜びが溢れている。

＊キーツは研修生（後に助手）になって一〇ヶ月後の一六年七月、アポセカリの試験に合格して開

業資格を取得。外科医の試験は受けないまま病院を辞めた。文筆（詩作）で身を立てる覚悟を決めたのである。アポセカリは、当時は一般庶民がかかる最下級の医者で、外科の仕事も覚えたキーツは、将来開業するにしても医師免許はこれ一つで十分と考えたのかもしれない。

眠りの癒す力、詩との親近性をうたう長篇「**眠りと詩**」は、〈物は付《づ》け〉のような問いかけで始まっている。その一つに「青葉茂る谷間より健康なものはなに？」というのがあり、これ以外の〈物は？〉が大方は自然の景物であるだけに、この一行の意外性は際立っている。弟トムが肺結核で亡くなり、自身にも同じ病の兆候が現われるのは、この詩から二年後のこと。母の死に始まる業病の魔除けとして、無意識のうちにこの一行を書きつけたのではないかとさえ疑われる。「**小高い丘で爪立ちをした**」の末尾には、キーツが外科医の助手として病室を巡回していた時のあるシーンが描かれている。熱病が癒え、いわば死の淵から生還した青年を見守る恋人や友人のよろこびを述べているのだが、このとき青年と恋人の口から発せられた言葉は〈詩〉になっていたと詩人は言う。叙景詩の後半は、プシュケーとエロスの愛をはじめとして、自然を背景に数々の神話物語が生まれた瞬間、いわば詩の誕生の瞬間を列挙している。病室の場面はその最後に置かれているが、ここでも場違いな異質性が際立っていて、キーツにおける〈健康〉モチーフの執拗さを思い知らされる。

「眠りと詩」もキーツ個人の、あるいはイギリスにおける詩の発展をあつかっている。古典主義からロマン主義へという英詩の展開については、詩の方法における自由を述べた際に触れた。キーツが詩人としての将来をどのように展望していたか――「一七年詩集」のなかで、ソネット「チャップマン訳のホメロスを初めて覗いたとき」と並んでアンソロジー・ピースと言いたくなるほど有名な一節をここでも引いて、その答えとしよう。この詩を書いたあと五年あまりしか生きられなかったキーツに、十年という歳月は許されていなかったのだが――「ああ、詩に没頭できる十年がほしい。／……まず最初に、フローラと／パンの国を通って行こう。草原に寝ころび、／赤い林檎と苺を食べ、／僕の空想が目にする一つ一つの愉しみを選ぶ。／木陰に憩うニンフの白い手を握り、／そむけた顔から甘い接吻をぬすむ。／指をもてあそび、白い肩に唇を当て、／おもいきりつよく咬んで、可愛らしく／身をすくませる。……／僕はこうした歓びに別れを告げることができるだろうか。／そう、僕はさらに高貴な人生に入っていかねばならない。／僕はそこで人間の心の苦悩や苦闘を／見出すだろう」(九六行以下、一部省略)。

『レイミア、イザベラ、聖アグネス祭の前夜、その他の詩』

「小高い丘で爪立ちをした」には、リー・ハント作『リミニ物語』(一八一六年)の一行がエピグラフとして引かれていた。またキーツにも「リミニ物語のこと」と題するソネットがある。リミニとは物語のヒロイン、フランチェスカが嫁いだ城主の領地の名。エピグラフもソネットもリミニ城主家の風景庭園の美しさに注目している。しかし、これは奇妙なことではないだろうか。世上流布していたリミニの物語は、まず何よりもパオロとフランチェスカの倫ならぬ恋の物語のはずだから。リー・ハントの物語詩も屋敷の緑なす庭園の美を描いてはいるが、これは「宿命の情熱《フェイタル・パッション》」と題された第三歌の一部。第三歌全体の目的は表題どおり、二人が恋に落ちた次第を物語ることにあるのだ。「一七年詩集」の表向きのテーマが自由であることはすでに述べた。この詩集（以下、「二〇年詩集」と略記）が前半三篇の物語詩であつかっているのは情熱（恋愛）で、〈自由〉〈情熱〉どちらの主題も、先導したのはリー・ハントだった。

「**レイミア**」は物語の末尾に付された註からも明らかなように、ロバート・バートンの奇書『メランコリーの解剖』（一六二一年）の一節を膨らませている。メランコリーは黒胆汁（メラン／黒＋コレル／胆汁）が勝ち過ぎて、四つの体液（他に、血液、胆汁、粘液）のバランスが崩れたために起こる病気と考えられていた。引用箇所は、恋愛に見られるこの病気のさまざまな事例を挙げたなかで述べられている。レイミアの前身は蛇であるが、蛇の美女への変身や変身の描写については、神話を扱ったオウィディウスの『転身物語』に示唆されたらしい。また、この物語詩における魔術やレイミアの魔女的性質については、アラビア夜話など中近東の話を集めた『東方物語』(ヘンリー・ウィーバー編、一八一二年)の影響が大きいという。ここでは、キーツが蛇の魔女的性質をどのように描き出しているか、またそのことが物語の悲劇的結末とどう関連しているかに焦点を当ててみる。

リシアスの愛を知った後のレイミアに関しては、その優しさ、しおらしさが強調されているので、読者は変身前の蛇女の本性を忘れがちになる。蛇の姿で悲しみにくれていたとき、彼女は「罪を悔い改めた女のエルフにも／悪魔の恋人にも、悪魔自身のようにも見えた」(一・五五-六行)。またヘルメスに変身の取引を持ちかけたとき、その顔は「キルケーの顔」(一・一一五行)をしていたし、ひとたび変身が始まると、「彼女のエルフの血は狂ったように流れ／口は泡を吹き、草はその飛沫を浴びて／こよなく甘い毒性の雫のために萎れた」(一・一四七-九行)。エルフ—悪魔の恋人—キルケー——「レイミア」に現われるこれら魔性の存在は様々な作品の中で言及されてきたので、引喩としての累積イメージは大きなインパクトを持つ。〈悪魔の恋人〉の男性版は、英国伝承バラッドのなかで最も有名な歌の一つ(「魔性の恋人ジェイムズ・ハリス」)だし、キルケーは一人を除きオデュッセウスの部下全員を豚に変身させた極めつけの魔女だ。エルフについて言えば、フェアリ（妖精）と同義で使われることが多いが、ときに〈意地悪／悪戯な妖精〉や〈悪魔〉の意味でも使われた。「レイミア」の中のエルフは、言うまでもなく後者の語義の事例になる。

リシアスがレイミアへの恋を全うするには、レイミアには分かっていたが、魔性の女としての素性を隠しつづける以外に道はない。二人は隠れ住んでいた「甘い罪の館」（二・三〇行）から、外の世間へ出てはいけなかった。だのにあろうことか、リシアスは結婚披露宴を催して二人の関係を世間に公表する。宴席で老師アポローニアスにレイミアの素性を見破られ、二人の恋は破滅に終わる。リシアスが結婚披露宴を思いついたとき、すでに「恋の弔鐘」（二・三九行）は鳴らされ、悲劇的結末は見えていた。

「**聖アグネス祭の前夜**」でも、一連の詩的イメージが伏線となって物語の結末に影を落とす。この物語詩は『ロミオとジュリエット』を下敷きにしていて、主人公ポーフィロは家同士が仇敵の間柄である男爵の城へ忍び込み、旧知の乳母に恋人マデラインの部屋へ案内させる。乳母は言う、「きっとあなたは笊で水をすくう魔法使いか／エルフやフェイの王様にちがいない。／こんな大胆なことを仕出かすのだから」（一四連）。シェイクスピアの悲劇とは違い、この詩は一見ハッピーエンドで終わっているように見える。嵐のさなかとはいえ、ポーフィロは無事マデラインを連れて仇敵の城館を脱出し、自分の城に向かうから。しかし、そこここに鏤められた一連のイメージが、この作品を単純にハッピーエンドの物語と見ることを妨げる。

マデラインの目を覚まさせるため、ポーフィロはリュートを弾く(三三連)。よりによって、その曲はどうして「非情の美女《ラ・ベル・ダーム・サン・メルシ》」なのか。二人が「甘美な融合」を遂げたとき、「愛の神の警報」のように寒風が窓ガラスに霙をたたきつけていた(三六連)。いったい何に対しての警報なのか。バラッド「非情の美女」(『拾遺詩集』)が書かれたのは、この物語詩から三ヶ月後のこと。ポーフィロに同名の曲を弾かせたとき、詩人の頭の中でバラッドのシーンが閃いたとしてもおかしくはない。用心しないと〈鎧の騎士〉のように、おまえもエルフの岩屋に囚われの身になるぞ——「愛の神の警報」は、大要こういう趣旨のものだったにちがいない。「……はるか遠い昔、／恋人たちは嵐のなかへと飛び去った」(四二連)が、その嵐は「エルフの嵐」(三九連)だった。「エルフの嵐」と言ったのは他ならぬポーフィロだが、彼にエルフの正体が分かっていたとは思われない。

エルフと「非情の美女」のイメージを別の詩につなげる解釈には、もちろん反論もありうる。「愛の神の警報」はたんに恋人二人に城内の長居を戒めるもの、エルフはここでは妖精の別名。とすれば、この作品は詩人キーツの願望思考、愛の逃避行に終わる恋人ファニー・ブローンとのラヴ・ロマンスを描いたものということになるだろう。

「イザベラ」は基本的にはボッカチオの原話に従っているので、キーツが創作した部分は先の二つの作品に比べればはるかに少ない。そうした事情もあってか、ストーリーを展開する上でのキーツ独特の引喩の手法が、この作品ではほとんど見られない。物語は原話の流れに沿って淡々と進んでいくが、この詩が本当に始まるのは、イザベラ、ロレンゾ二人の情熱が暴力的に断ち切られた後のこと。イザベラのなかで恋とは別のパッションが目覚め、情熱は狂気を含む情念に変わる。イザベラの「抑えられない情念」(三一連)が、兄たちに殺されたロレンゾを夢枕に立たせる。彼の「土の寝床」に向かうとき、イザベラのなかではすでに「狂気と興奮の炎が燃えて」(四四連)いた。遺体から切りとった首を持ち帰り、接吻し梳るシーンには鬼気迫るものがあり、狂気に変じた情熱の激しさを思わずにはいられない。最後にはバジルの鉢に隠していた首まで奪われ、狂女となってフィレンツェの市中を徘徊する。あたしのバジルを返してと叫ぶ彼女の声は、物語が閉じたあとも反響しつづける。

一九年春、「ナイチンゲールによせるオード」など四篇のオードが書かれた。ここでは同じ年の九月に書かれた「秋によせる」とあわせて一連のオード群をとりあげる。オードとは何かにむかって呼びかけ、高揚した感情で詠われる抒情詩のこと。ソネットやバラッドなどと違い、とくに定まった型式はない。「プシュケーによせるオード」を除いた残りの四篇には、明暗・冷暖・陰陽など二項対比の構図が共通して見られる。事物のアイデンティティを正負一体の二面性において捉えようとする、キーツの認識論的傾向を示すものだろう。この傾向は、手紙で披瀝している「消極的能力」や「詩的性格」の考えと相通じる面がある。どちらも詩人としての資質や能力を問題にしているが、とくに「消極的能力」*に関して言えば、この能力が究極的には「真実とおぼしきもの」を認識し捕捉するための「積極的」能力であることを示唆している点に注目すべきである。

＊「〔消極的能力とは〕人が事実や理由を性急に追い求めず、不確実や神秘や疑問のままでいられる能力のことだ。たとえばコールリッジは半知の状態で満足できないために、神秘の奥に隠れている微妙な真実とおぼしきものを捉えそこなうだろう」（二人の弟宛、一七年一二月二七日）。

題材についていえば、オード群の場合もその多くは自然の風景であり、景物である。ただ「一七年詩集」とちがい、描かれているのはたんなる景観や景物の絵画的な美ではない。自然はいわば詩人の内面を投影する舞台装置として存在している。自由を称揚し自然の美を探求する「一七年詩集」から、人間の情熱と心の実相を直視する「二〇年詩集」へ――一口に言えば、これが詩人キーツの道程であった。

「**ナイチンゲールによせるオード**」で際立っているのは現実と夢の世界の対比である。

現実は第三連で言及される中風や肺病、「退屈、狂騒、苛立ち」が象徴的に表すこの世のこと。夢の世界は現実を忘れさせてくれる間だけ出現する、仮初の時間のことだ。両者は、地に縛られた詩人とドリュアス(樹木の精)のナイチンゲールの対比として提示されている。詩人は想像力によってナイチンゲールと一つになり、この世を忘れようとする。しかし、一体化は陶酔が続いている間の一時的なものだと分かっているから、陶酔のさなかで死んでしまいたいと願う。「やさしい死に半ば本気で恋をした」(六連)のだ。しかし本気は半分だけ、酔いがさめればまた「孤独な僕」(八連)へ帰っていくしかない。夢からさめて戻ってきた日常世界は、夢を見る前に比べいっそう索莫としている。詩人にとって、こうした経験は初めてではない。たとえば——「幻は全部消えてしまい、……それと入れ替わりに、／現実感覚が二倍も強烈になって戻ってきて、／僕の魂を……虚無へと／拉致していく」(「眠りと詩」一五五–九行)。

「ギリシア古壺のオード」も様々な対比から成り立っている。まず現実から隔離され、美と真理を封じ込められた壺の世界がある。現実と壺の対比は、永遠／霊の世界と時間／感覚の世界の対比でもある。また、静／冷の性質を持つ壺は、そこに浮き彫りにされた像の動／暖とコントラストをなしている。しかし、本当は像自体も冷たい静止したもの。詩人はその矛盾に苛立って、壺のことを「冷たい牧歌」(最終連)と言っている。また、永遠と霊の世界で繰りひろげられているのは(つまり、壺の中の世界は)、現実の感覚世界のコピーである。詩人が本当に求めているのは現実なのか永遠なのか、読者は考えているうちに混乱してくる。感覚がつねに充足されて永遠に飽きることがない世界、感覚対象の美が永遠に不変である世界――これがキーツの求めるものであろうが、そうした境地は人間の条件からは初めから除外されている。しかし、詩人はそうした一片の認識を得て満足することができず、この矛盾した境地を絶えず(あるいは繰り返し)求めずにはいられない。

「**秋によせる**」は果実の熟成と蜜の収穫、秋の野面や農家で見かける人びと、鳥や羊や虫の鳴き声などを通して秋の風景を点綴する。他のオードと違って、詩人はことさら何かを主張するわけではなく、ひたすら秋を描写することに専念しているように見える。しかしこの詩でも、叙景を通して秋の季節の二面性、熟成と凋落(死)が詠われている――すなわち、第一連では熟成が、最終連では凋落が。羽虫の群れのもの悲しい羽音は、逝く秋を悼む挽歌のように聞こえる。また最終連では、表面の訳語からは消えているが、死や死を暗示する言葉がいくつも使われている。

「**憂愁についてのオード**」に見られる対比は、前出三つのオードとは趣を異にしている。憂愁は「魂の醒めた苦悩」、死の仲間。憂愁の発作に見舞われたとき、人は憂愁に近い感情――悲しみや怒りを招き寄せて愁いを一層募らせる。しかし、〈陰〉(憂愁に陥っている人)が〈陰〉(憂愁をかきたてるもの)に近づけば、両者は合いすぎて衝撃がうすれる。憂愁に陥ったときこそ、様々な美のイメージを思い描き、苦には楽、陰には陽をぶつけて愁いの苦しみを積極的に愉しまなくてはいけない。このことができる人こそ、本当の美、本当の快楽を知る人だ。詩の前半では、憂愁がかえって強烈な歓びを創り出すことができるというこの詩の思想、いわば憂愁の創造性が説かれ、最終連では憂愁と歓楽の親近性を述べて、この真理を知った人だけが憂愁の神殿に祀られる資格があるという。

「プシュケーによせるオード」は、「一七年詩集」でたびたび言及されているプシュケーとエロス・アモールの恋をあつかっている。プシュケーは遅く来たために神として祀られることがなかったので、私が神殿と祭壇を設け、その神官になろうと詩人は言う。また、プシュケーを称える聖歌隊、神託の予言者になりたい、とも。神殿が建てられ、祭壇が設けられるのは詩人の心の奥。そこでは「枝なす想念が／風を受け、松に代わってさやぐ」。また「活動する脳髄の蔓棚」には、「庭師の空想が思いつけるすべての花々が絡みついている」。こうして、神殿の松林をわたる風、庭園の蔓棚に咲く花は、詩人の心に去来する想念とイメージにかわる。外(神殿)を内(脳髄)に置き換えて表象する手法は、象徴詩を思わせる。プシュケーが神として祀られるには遅すぎたという言葉には、歌の時代に遅れて来た者というキーツ自身の嘆き(「レイミア」二・二二九―三七行)が反映しているだろう。

「空想」――空想は囚われないことが身上だから(あるいは、そう詠われているから)、この詩を自由のテーマの一作品と見ることができる。他のロマン派詩人と違って、キーツは空想《ファンシー》という言葉を想像力と同じくらい頻繁に使ったが、両者は同じ意味だろうか。キーツはある手紙の中で、長篇詩は創作力の試金石であると述べたついでに、空想が帆であるのに対し、想像力は舵であると言っている(ベイリー宛、一七年一〇月八日)。空想は奔放で恣意的でもかまわないが、想像力には目的という方向づけが必要だから、両者の違いを一言で喩えれば、そういうことになるのかもしれない。

「ハイピリオン　断片」

この叙事詩はギリシア神話における新旧二つの神族、オリンポス神族とタイタン(ティタン)神族の戦いに取材したもの。表題に主神サターンではなくハイピリオン(太陽神)をもってきたのは、この叙事詩が音楽・予言を司る新しい太陽神アポロ(アポロン)誕生の物語だからである。物語の冒頭、敗北に打ちのめされ独り谷底に坐していたサターンは、ハイピリオンの妻シーアの案内で、戦いに敗れた他のタイタンたちのもとに赴く。

オリンポス神族への反撃を主張する者もあるなかで、タイタン族きっての智者、海神オーシアナスは敗北の必然性を説く。タイタン族が闇と混沌を征圧して世界の支配者となったように、美と知において彼らに優るオリンポス族が、新しい支配者となるのはいわば歴史的必然で、彼らはこの真理を直視しなければならない。権力奪還を唱える主戦論者のタイタンたちを置き去りにしたまま、物語は最終巻アポロ変身の場面へと移る。「記憶」の女神ニーモジニー(ギリシア語読み／ムネモシュネー)は朋輩のタイタンたちを見捨て、美貌の青年神アポロに期待を寄せる。アポロは女神の表情から、自身の悲しみの原因が〈忘却〉(記憶喪失)にあることを悟る。記憶女神の顔を凝視することで、神々(人間)の苦難についての記憶がよみがえり、期待された神へと変身を遂げる。

物語はアポロ変身の場面で突然中断している。アポロの神格化が完成したことは、旧い太陽神ハイピリオンの没落を暗示する。よって新旧両神統の政権交代をかけた戦いにも決着がついたことになり、詩人はこの叙事詩をこれ以上続ける動機がなくなった。これが唐突な中断の理由だろう。本物の神へと再生するための通過儀礼として、アポロに記憶回復を課したことには、プラトンの「アナムネシス(想起)」の考えが影響している*だろう。これは決して荒唐無稽な連想ではない。「レイミア」の次の一節は、キーツがプラトンのイデア説に通じていたことの状況証拠になる。二人の初めての出会い、リシアスがレイミアの前を「悲しくなるほど無関心に」通り過ぎたとき、「彼の心はマントのように/プラトン思想に包まれ、その秘義に囚われていた」(「レイミア」一・二四一—二行)。

＊プラトンによれば、真の知識を獲得する道は、霊魂が地上の肉体と結合する以前に眺めたイデアを「想起」することである。記憶女神の名前にも「想起」にも、記憶(ギリシア語/ムネメ)が含まれている。なお、クラーク校の寄宿生だったころ、キーツが読みあさったレンプリエール著『西洋古典固有名詞辞典』(後出《書誌》を参照)の〈プラトン〉の項には、次のような記述がある——「プラトンはすべての知識が想起にあること、人間の精神がかつて熟知していた完全不変な真実在の性質、形状、均衡を回想することにあるとした」。

拾遺詩集

ここには時期的には可能だったにもかかわらず、「一八二〇年詩集」に収録されなかった作品の中から一二篇を集めた。形式の点ではソネットが六篇でいちばん多いが、主題の面でいくつかのグループに纏めることができる。まず「ハイピリオンの没落」を取り上げ、以下グループごとに註解をこころみる。

「ハイピリオンの没落　ある夢」

語り手が迷い込んだのは東屋の庭。そこに置かれていた果汁を飲むと、睡魔に襲われ夢を見る。そこは神殿の中。巨大な彫像の足許に祭壇があり、語り手は女祭司と問答を交わす。彼は自分の信念、すなわち詩人は賢者で人道主義者で人を癒す医師であるという考えを披瀝すると、彼女は詩人と夢想者は違うと諭すが、語り手が詩人であるか否かについては明言しない。語り手の信念はキーツの信念でもあるだろうが、権力は美に由来するという「ハイピリオン　断片」（以下、「断片」）の政治哲学と同様、十分に説得力を持って展開されているとは言えない。このあと、自分はタイタン族の生き残りで神殿を守る祭司モニータだと告げ、タイタン族没落の次第、彼女の「球体の脳髄を／今でも卒倒するほど鮮明に流れる光景」（一・二四五―六行）を語り手に見させる。彼が目にするのは、省略と異同はあるものの、「断片」ですでに読者が知っているストーリーである。最後も「断片」と似た場面で中断している。

「ハイピリオンの没落」は詩人の夢想として語られ、その中に入れ子状に「断片」で語られた神々の戦いの物語が嵌め込まれている。叙事詩という性格はかなり薄まったことになるが、お手本にしてきたミルトンのスタイルに嫌気が差したことも関係しているだろう。物語を中断した理由もそこにあるのかもしれない。物語を中断したのと同じ日の一九年九月二一日、キーツは友人レノルズに宛てた手紙のなかで次のように記す――「ハイピリオンは断念しました。……ミルトン的な韻文は、技巧的というか技巧家の気分でなければ書けない。……ハイピリオンから何行か拾い出して、技巧から生まれた偽りの美には×を、感情の本当の声には//を付けてみると面白いかもしれません」。「感情の本当の声」は詩人キーツの本質を衝いた言葉だ。詩人としての資質を、あらためて確認した瞬間だったと言えるだろう。

(a)【インテンシティ――心を衝き動かすもの】

「**死ぬのではないかと不安になるとき**」「**今夜 僕はなぜ笑ったか**」「**名声について**」――これら三篇のソネットは、詩人キーツ最大の関心事、彼の心に強烈な感興をかきたてるものが何であったかを教えている。〈詩〉〈愛〉〈美〉〈名声〉がその答えだが、それらも〈死〉に比べれば無に等しい、「死は生の高価な報酬」(「今夜 僕はなぜ笑ったか」最終行)だと詠う。名声が詩、愛、美と同列に置かれているのは奇異な感じもするが、ミルトンが言うように、名声は「高貴な心の最後の病」(「リシダス」)なのかもしれない。キーツもこの病から逃れられなかった。

「**怠惰のオード**」もこのテーマの変奏と見ることができる。ここでも、詩人の心は依然〈愛〉、〈野心〉(＝名声)、〈詩〉に囚われている。しかし本当に欲しいのは、「もの憂い真昼のように、／蜜の怠惰に浸された夕べのように甘い歓び」(三六─七行)。勤勉を強いる〈詩〉さえいまは厭わしい。ワーズワス同様、キーツもトムソンの『怠惰の城』(勤勉の騎士が怠惰の城を征伐する寓意詩、一七四八年)を愛読した。ある手紙では「愉しい勤勉な怠惰」(レノルズ宛、一八年二月一九日)というオクシモロンを洩らしているし、弟ジョージ夫妻には「今朝の僕は一種怠惰でひどく無頓着な気分です。トムソン『怠惰の城』の一、二連に憧れています」(一九年三月一九日)と書き送っている。ワーズワス、キーツの時代は、世の中全体が〈勤勉〉の美徳に向かっていた。「ロビンフッド」(『二〇年詩集』)で詠われるロビンとマリアンの仮想の嘆きは、勤勉の時代に生きるキーツの嘆きのように聞こえる。

(b)【『神曲』「地獄篇」第五歌の余白に】

ソネット「**ある夢　パオロとフランチェスカの挿話を読んだ後で**」は明らかに、「侘しい夜が続く十二月に」もおそらく、「地獄篇」第五歌の一節に触発されて書かれている。ウェリギリウスに案内され地獄第二圏谷に降りたダンテは、フランチェスカと言葉を交わす。パオロは彼女の「美しい肢体ゆえに愛のとりこ」となり、ある日一緒に読んでいたアーサー王物語の一節、王妃グイネヴィアと円卓の騎士ランスロットがくちづけを交わす条りを読んだとき、彼らもまた恋におちた。フランチェスカがダンテに語った最後の言葉「その日私どもはもう先を読みませんでした」は、リー・ハント『リミニ物語』第三歌の最終行にもそのまま引かれている。

「侘しい夜が続く十二月に」は、「ギリシア古壺のオード」でキーツが願った境地、幸福のさなかに時間が止まり、そのまま永久に静止した世界を詠っている。ただし、これは自然界のはなし。人間で「過ぎ去った歓びを思って／悶え苦しまなかった人」(一九―二〇行)は一人もいないだろうと詩人は言う。この一節を書いたとき、キーツの心にはフランチェスカの次の言葉が去来していたのではないだろうか――「不幸の日にあって／幸福の時を思い出すほど辛い苦しみはございません」(平川祐弘訳。「地獄篇」第五歌からの他の引用も)。

(c)【bitter-sweet 苦さも甘さも】

ソネット「**「リア王」をもう一度読もうと椅子に坐り**」は、「一二〇年詩集」を書いていた頃のキーツの認識論的傾向を象徴する詩になっている。〈甘さ〉から〈苦甘さ〉へ、もののアイデンティティを複層において捉える――このような姿勢は、現実を神話・ロマンスに還元するのではなく、美醜と快苦を錯綜したままに見ようとする書簡詩「J・H・レノルズへ」にも通じる。「一七年詩集」の三つの書簡詩と読み比べれば、悪夢の現実にめざめたキーツの進化がわかるだろう。春の一日、「日日草と野苺の／明るい花々を摘んだが、／やはりあの…獰猛な破壊が目に浮かぶ。／凶暴な餌食を襲う鮫、獲物を急襲する鷹……」（一〇〇―三行）。「幸福のさなかに……〔暗い〕世界を見るのは間違っている」（八二―三行）かもしれないが、それに目をつぶることはもうできないのだ。キーツは暗くなった「処女思想の部屋」（レノルズ宛の手紙、一八年五月三日）に佇み、「人生の神秘の重荷」（ワーズワス）を感じる。以前は部屋の光と雰囲気に酔いしれ、「愉しい驚異」しか目に入らなかったのに。脈絡もなく断片を並列する手法は『荒地』（T・S・エリオット）を思わせ、モダニストの〈意識の流れ〉を先取りしている。

「**喜びようこそ、悲しみようこそ**」は、正負、陰陽、明暗、苦楽、そのどちらも詩人には好ましいと詠う。ノンセンス詩を思わせる歌口の軽みが、ものの正体の認識に強ばりは禁物だと告げているようだ。

(d)【恋人ファニー・ブローンへ】

「**非情の美女**　バラッド」――表題が中世フランスの詩人アラン・シャルチエの宮廷

風恋愛詩を批判した作品に由来すること、イギリスの伝承バラッド「魔性の恋人ジェイムズ・ハリス」に触発されたのではないかということは、「聖アグネス祭の前夜」の註釈や解説のなかでふれた。「非情の美女」、「鎧の騎士」それぞれについて、先行作品のエコーがあることは数多く指摘されている。また恋人ファニー・ブローンへの間接的言及も明らかだろう。キーツ書簡集に収録されている彼女に宛てた最初の手紙、とくに次の一節は言葉遣いもバラッドを連想させる――「愛するひとよ、僕を虜にし、僕の自由を台無しにしてしまったあなたという人が、残酷なひとでないかどうかを自分に問うてみてください」(一九年七月一日)。

「光り輝く星よ!」がキーツ最後の作品という通説は否定されているが、恋人ファニー・ブローンを詠ったものという大方の見方に変わりはないようだ。夜空に浮かぶ天体でキーツがもっとも魅かれていたのは月だろう。神話のなかで、美女を思わせる様々な名前(アルテミス、セレネー、シンシア、ディアナ、等々)で呼ばれていることがその一因かもしれない。それに何よりも、月の光は見慣れた世界を一変させ異世界を作り出す。しかしキーツは、自らを象徴する天体として北極星を選んだ。「いつも動かずいつも変わらず」がファニー・ブローンへの愛の誓いであることは言うまでもない。

《書誌》

本書『キーツ詩集』を翻訳するにあたっては、下記のテクストのうち(a)1を底本にしたが、作品の題名などで(a)2、(a)3に従った箇所もある。註釈については、(a)のほか(c)も参照した。また第一部と第二部の構成や目次については、それぞれ原書の翻刻本である(b)1、(b)2に拠った。詩行については、ソネットなど短い作品や、長いものでもスタンザ(連)で分けられている場合は行数を省き、長篇詩についてのみ一〇行ごとに付けた。(d)1は「解説」のなかでたびたび引用した手紙が収録されている書簡集。(d)2はキーツがクラーク校の寄宿生だったころに読みふけった神話辞典。訳者も高津春繁著『ギリシア・ローマ神話辞典』(岩波書店、一九六〇年)とともに、主に神名辞典として利用した。

(a)1. *John Keats: Complete Poems*, ed. Jack Stillinger, The Belknap Press of Harvard UP, 1982.
　2. *The Poems of John Keats*, ed. Miriam Allott, Longman, 1970.
　3. *John Keats: The Complete Poems*, 2nd ed., ed. John Barnard, Penguin Books, 1976.
(b)1. *John Keats: Poems, 1817*, ed. Jonathan Wordsworth, Woodstock Books, 1989.
　2. *John Keats: Lamia, Isabella, The Eve of St. Agnes, and Other Poems*, Biblio-

Life, 2010.

(c) 1. *Keats: Poems Published in 1820*, ed. M. Robertson, Oxford at the Clarendon Press, 1909.

2. *John Keats: Poems of 1820 and The Fall of Hyperion*, ed. D. G. Gillham, Collins, 1969.

3. *John Keats: Poems of 1820 and The Fall of Hyperion*, ed. Tatsuo Tokoo and Takuro Yabushita, The Hokuseido Press, 1978.

(d) 1. *The Letters of John Keats 1814–1821*, ed. Hyder Edward Rollins, 2 vols., Harvard UP, 1958.

2. *Lemprière's Classical Dictionary of Proper Names*, new ed. rev. F. A. Wright, Routledge, 1963.

*　　*　　*

本書を翻訳しているあいだ身辺の事情で何度か中断せざるを得なかったが、どうにか終わりまで漕ぎつけることができた。編集の実務を担当された岩波文庫編集部の村松真理さんには、訳稿をお送りするたびコメントに添えて温かい励ましをいただいた。心からの感謝を申し上げたい。

二〇一六年一月

中村健二

キーツ詩集《ししゅう》

2016年 8 月 17 日　第 1 刷発行
2021年 10 月 15 日　第 2 刷発行

訳　者　中村健二《なかむらけんじ》

発行者　坂本政謙

発行所　株式会社　岩波書店
〒101-8002 東京都千代田区一ツ橋 2-5-5
案内 03-5210-4000　営業部 03-5210-4111
文庫編集部 03-5210-4051
https://www.iwanami.co.jp/

印刷・精興社　製本・中永製本

ISBN 978-4-00-322654-4　Printed in Japan

読書子に寄す

——岩波文庫発刊に際して——

岩波茂雄

真理は万人によって求められることを自ら欲し、芸術は万人によって愛されることを自ら望む。かつては民を愚昧ならしめるために学芸が最も狭き堂宇に閉鎖されたことがあった。今や知識と美とを特権階級の独占より奪い返すことはつねに進取的なる民衆の切実なる要求である。岩波文庫はこの要求に応じそれに励まされて生まれた。それは生命ある不朽の書を少数者の書斎と研究室とより解放して街頭にくまなく立たしめ民衆に伍せしめるであろう。近時大量生産予約出版の流行を見る。その広告宣伝の狂態はしばらくおくも、後代にのこすと誇称する全集がその編集に万全の用意をなしたるか。千古の典籍の翻訳企図に敬虔の態度を欠かざりしか。さらに分売を許さず読者を繋縛して数十冊を強うるがごとき、はたしてその揚言する学芸解放のゆえんなりや。吾人は天下の名士の声に和してこれを推挙するに躊躇するものである。このときにあたって、岩波書店は自己の責務のいよいよ重大なるを思い、従来の方針の徹底を期するため、すでに十数年以前より志して来た計画を慎重審議この際断然実行することにした。吾人は範をかのレクラム文庫にとり、古今東西にわたって文芸・哲学・社会科学・自然科学等種類のいかんを問わず、いやしくも万人の必読すべき真に古典的価値ある書をきわめて簡易なる形式において逐次刊行し、あらゆる人間に須要なる生活向上の資料、生活批判の原理を提供せんと欲する。この文庫は予約出版の方法を排したるがゆえに、読者は自己の欲する時に自己の欲する書物を各個に自由に選択することができる。携帯に便にして価格の低きを最主とするがゆえに、外観を顧みざるも内容に至っては厳選最も力を尽くし、従来の岩波出版物の特色をますます発揮せしめようとする。この計画たるや世間の一時の投機的なるものと異なり、永遠の事業として吾人は微力を傾倒し、あらゆる犠牲を忍んで今後永久に継続発展せしめ、もって文庫の使命を遺憾なく果たさしめることを期する。芸術を愛し知識を求むる士の自ら進んでこの挙に参加し、希望と忠言とを寄せられることは吾人の熱望するところである。その性質上経済的には最も困難多きこの事業にあえて当たらんとする吾人の志を諒として、その達成のため世の読書子とのうるわしき共同を期待する。

昭和二年七月

岩波文庫の最新刊

柳井 滋・室伏信助・大朝雄二・鈴木日出男・藤井貞和・今西祐一郎校注
源氏物語（九）
蜻蛉―夢浮橋／索引

浮舟入水かとの報せに悲しむ薫と匂宮。だが浮舟は横川僧都の一行に救われていた――。全五十四帖完結、年立や作中和歌一覧、人物索引も収録。（全九冊）
〔黄一五-一八〕 定価一五一八円

カッシーラー著／熊野純彦訳
国家と神話（下）

国家と神話との結びつきを論じたカッシーラーの遺著。後半では、ヘーゲルの国家理論や技術に基づく国家の神話化を批判しつつ、理性への信頼を訴える。（全二冊）
〔青六七三-七〕 定価一二四三円

大塚久雄著／齋藤英里編
資本主義と市民社会 他十四篇

西欧における資本主義の発生過程とその精神的基盤の解明をめざした経済史家・大塚久雄。戦後日本の社会科学に大きな影響を与えた論考をテーマ別に精選。
〔白一五二-一〕 定価一一七七円

恩田侑布子編
久保田万太郎俳句集

万太郎の俳句は、詠嘆の美しさ、表現の自在さ、繊細さにおいて、近代俳句の白眉。全句から珠玉の九百二句を精選。「季語索引」を付す。
〔緑六五-四〕 定価八一四円

……今月の重版再開……

今野一雄訳
ラ・フォンテーヌ 寓話（上）
〔赤五一四-一〕 定価一〇一二円

今野一雄訳
ラ・フォンテーヌ 寓話（下）
〔赤五一四-二〕 定価一一二二円

定価は消費税 10% 込です　2021. 9

岩波文庫の最新刊

内村鑑三著
キリスト信徒のなぐさめ
内村鑑三が、逆境からの自己の再生を綴った告白の書。発行三十年を記念した特別版(一九二三年)に基づく決定版。(注・解説＝鈴木範久)
〔青一一九-一〕 定価六三八円

梶山雄一・丹治昭義・津田真一・田村智淳・桂紹隆 訳注
梵文和訳
華厳経入法界品 (下)
大乗経典の精華。善財童子が良き師達を訪ね、悟りを求めて、遍歴する雄大な物語。梵語原典から初めての翻訳、下巻は第三十九章―第五十三章を収録。(全三冊完結)〔青三四五-三〕 定価一一一一円

豊川斎赫編
丹下健三都市論集
東京計画1960、大阪万博会場計画など、未来都市を可視化させ、その実現構想を論じた丹下健三の都市論を精選する。
〔青五八五-二〕 定価九二四円

森崎和江著
まっくら
――女坑夫からの聞き書き――
筑豊の地の底から石炭を運び出す女性たち。過酷な労働に誇りをもって従事する逞しい姿を記録した一九六一年のデビュー作。(解説＝水溜真由美)
〔緑二二六-一〕 定価八一四円

紅野謙介編
黒島伝治作品集
黒島伝治(一八九八―一九四三)は、貧しい者の哀しさ、戦争の惨さを、短篇小説、随筆にまとめた。戦争、民衆を描いた作品十八篇を精選。
〔緑八〇-二〕 定価八九一円

……今月の重版再開……

高津春繁訳
ソポクレス
コロノスのオイディプス
〔赤一〇五-三〕 定価四六二円

オクターヴ・オブリ編/大塚幸男訳
ナポレオン言行録
〔青四三五-一〕 定価九二四円